桶的故事 书的战争

涵芬书坊
027

〔英〕乔纳森·斯威夫特 著

管欣 译

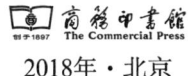

2018年·北京

Jonathan Swift
A TALE OF A TUB
THE BATTLE OF THE BOOKS

涵芬楼文化 出品

中译本序

管 欣

作者生平

1667年11月30日，乔纳森·斯威夫特（Jonathan Swift）出生于都柏林。他出生时父亲已经去世，3岁时母亲又返回了英格兰的娘家。小斯威夫特由伯父戈德文抚养长大。在他6岁那年，戈德文送他去念当时爱尔兰最好的学校——基尔肯尼语法学校，与剧作家康格里夫（William Congreve）同窗。1682年，斯威夫特入三一学院求学，在这里遇到了一些麻烦，最后以"特别开例"（speciali gratia）的名义勉强毕业，获文学士学位，继续留校攻读硕士学位。1688年，光荣革命爆发，爱尔兰局势杌陧不安，戈德文又撒手人寰，斯威夫特被迫中断学业，去英格兰投奔母亲的远方亲戚坦普尔爵士（Sir William Temple）。

坦普尔是17世纪英国颇具声望的政治家、文学家，晚年退隐距伦敦40英里的宅邸摩尔园（Moor Park），专心从事创作，擅长写作散文。斯威夫特担任坦普尔的秘书，为其整理文稿。坦普尔对古典文化的钟爱对斯威夫特产生了深远的影响，摩尔园丰富的藏书开阔了他的视野，从此斯威夫特学问大进。其间斯威夫特多次来往于英格兰与爱尔兰之间，并于

1694年获爱尔兰教职,担任贝尔法斯特附近一个小教区的牧师。

斯威夫特在摩尔园邂逅年方8岁的司黛拉(Stella)[①],开始了一段长达四十年的友谊。斯威夫特教她读书认字,按照自己的理想,把她塑造成一位知书达礼的淑女。1699年,坦普尔逝世后,留给司黛拉一份爱尔兰的土地,而斯威夫特也返回爱尔兰发展,任圣帕特里克大教堂牧师。1701年,在他的建议与资助下,司黛拉来都柏林定居。

摩尔园十年的读书生涯为斯威夫特打下了深厚的学术功底。1701年,斯威夫特初试啼声,发表了《论希腊和罗马的内部纷争》,此文以古典历史为背景,借古讽今,影射当代。1702年,斯威夫特获神学博士学位。1704年,《桶的故事》发表后一炮打响,当年就出了三个版本,斯威夫特名声大震。1707年后,斯威夫特作为爱尔兰教会的代表常驻伦敦,游说执政当局减免税收。在伦敦期间,斯威夫特与辉格党作家阿狄生(Joseph Addison)、斯梯尔(Richard Steele)等交游,为《闲谈者》(Tatler)等刊物撰稿。1708年,为了戏弄占星家帕特里奇,斯威夫特以其人之道,还治其人之身,模仿占星家的风格撰文预言帕特里奇的死期,弄得帕特里奇狼狈不堪。

斯威夫特继承了古典传统,一生热爱自由,信奉辉格党的政治哲学,但是辉格党政府不能满足爱尔兰教会的要求,而斯威夫特又希望维护英国国教的统治地位,同时与法国实现和解,这也与辉格党的政策背道而驰。权衡利弊后,斯威夫特最终倒向托利党一边,任托利党刊物《考察者》(Examiner)编辑和主笔,撰写了大量反映托利党观点的文章,深受托利党领袖罗伯特·哈利、亨利·圣约翰器重。在他们的帮助下,斯威夫特升任圣帕特里克大教堂教长。1713年,他参加了

---

① 原名艾斯特·约翰逊,系坦普尔女管家之女。

涂鸦社（Scriblerus），该俱乐部以托利党才子为主体，主要成员有蒲柏（Alexander Pope）、盖依（John Gay）等，他们意气相投，擅写讽刺文章，即使后来天各一方，仍然保持着终生的友谊。

在这段时间，斯威夫特身边又出现了一位年轻女性——艾斯特·范讷梅瑞（Esther Vanhomrigh），斯威夫特把她叫作范妮萨（Vanessa）。范妮萨当时才二十出头，对斯威夫特一往情深。斯威夫特似乎很早就立志终生不娶，并写下了《卡德努斯和范妮萨》，称赞范妮萨是维纳斯女神打造的完美女性，而自己作为一名四十多岁的老男人，实在很不般配。范妮萨执意离开母亲，追随斯威夫特来到爱尔兰。斯威夫特同时要和两位红颜知己周旋，已经十分尴尬；在都柏林的小天地内，身为教长的斯威夫特动见观瞻，行动更受束缚。他与司黛拉从未单独相处，每次见面时，司黛拉身边都有女友相伴。范妮萨来爱尔兰前，斯威夫特写信劝她三思，直言在都柏林他们来往的次数不会很多，事实也确实如此。一见杨过误终身，1723年范妮萨去世，年仅34岁。

伦敦的政治生涯是斯威夫特人生中一段闪亮的日子。他既是执政党的文胆、高层的幕僚，又与当世一流的文人为友，可以说同时进入了政坛和文坛的核心层。他在给司黛拉的书信中，记述了自己在伦敦的见闻与感想，后集成《致司黛拉书》一书。**斯威夫特认为，如果不是由于《桶的故事》触怒了安妮女王，他还可以升到主教的职位**。政治风云变幻莫测。1714年，安妮女王驾崩，乔治一世继位，开创了英国史上的汉诺威王朝。托利党随之下台，哈利、圣约翰受到清算，斯威夫特返回爱尔兰自我放逐，从此断绝仕进之路。

斯威夫特偃旗息鼓了五六年时间，在此期间没有发表多少作品。他在暗中积蓄力量，重新界定自己的位置。从1720年开始，斯威夫特以笔为剑，为爱尔兰人发言。1722年，英国五金商人威廉·伍德走乔治一世情妇的路子，获得在爱尔兰铸造半便士和四分之一便士的权力。爱尔兰人担心伍德铸造的铜币大大超过实际所需，引发货币贬值，一时舆情汹涌。斯威夫特以布商的名义写了七篇文章（即《布商的信》），对此进行猛烈抨击。当局悬赏三百英镑捉拿作者，尽管作者身份是公开的秘密，举国上下几乎无人不知，可是没有一个人出面领赏。英国政府被迫收回成命，斯威夫特成为爱尔兰的民族英雄。1726年，他去伦敦递交《格列佛游记》手稿，回来时受到盛大欢迎，有人打出了"欢迎回家，布商"的旗帜，一时间钟鼓齐鸣，街道上燃起篝火，人们一路高喊"布商万岁"，簇拥着他回家。

1721年，斯威夫特着手写作《格列佛游记》，中间因为《布商的信》而有所中断，现在终于大功告成。在伦敦时，他住在蒲柏的别墅内，和阔别十余年的老友共同编辑文稿，谋划出版事宜。1726年10月，《格列佛游记》问世，立即引起轰动。1729年，斯威夫特发表了《一个小小的建议》，这是一篇脍炙人口的作品，也是他散文创作的代表作。就像文学史上一再发生的事情那样，1714年的仕途失意成为了他推陈出新、再度出发的契机，他在五六年内写出了一生中最重要的一系列作品，个人声望达到了巅峰，永久地确立了在文学史上的地位。

在伦敦期间，斯威夫特收到司黛拉病重的消息，于是匆匆赶回。传说斯威夫特与司黛拉在1716年秘密结婚。如果这是真的，我们会感到十分安慰。可惜仅仅是传言而已，没有真凭实据。1728年司黛拉去世，终年46岁。

斯威夫特年轻时得了梅尼埃病（美尼尔氏综合征），此后终生为其所苦。1738年后，斯威夫特的健康持续恶化，直至精神失常。1745年10月19日，他在饱受病痛折磨后，终于离开人世，遗体安葬于圣帕特里克大教堂，与司黛拉为邻，遗产悉数捐出，用于建设爱尔兰的第一家精神病医院,该医院直到今天还在运营。他生前用拉丁文自撰碑文:"这里安葬的是神学博士乔纳森·斯威夫特教长,义愤从此不再折磨他的心肠。旅行者啊,如果你能,请效仿这位不屈的自由斗士。"

古今之争

1687年1月27日,佩罗(Charles Perrault)在法兰西学院的一次会议上当众诵读了《路易大帝世纪》(*Le Siècle de Louis le Grand*)一诗,歌颂法国在路易十四时代取得的长足进步,并把莫里哀、马莱伯(François de Malherbe)置于古典作家之上。佩罗的观点遭到了布瓦洛(Nicolas Boileau Despreaux)等人的激烈反对[①],双方就古代人和现代人孰高孰低、人类在进化还是退步展开争论,这就是17世纪末法国文坛著名的"古今之争"(Querelle des Anciens et des Modernes)。

布瓦洛、拉辛、拉封丹、拉布吕耶尔(Jean de La Bruyère)等人站在古人一边,主张人类是在不断堕落的,古人在政治哲学、文学上的成就为现代人所不可企及,古希腊、古罗马的文学是后世从事文学创作的唯一典范。

以夏尔·佩罗、丰特奈尔(Bernard Le Bovier de Fontenelle)为代表的另一方则厚今薄古,认为古人不及今人,伽利略、牛顿物理学超过了古代科学,科学的方法完全可以运用于政治学、伦理学。丰特奈尔提出,古今分享同一个自然,古代人和现代人在才智上是平等的,现代人完全可以取得荷马、柏拉图那样的成就;古代人之所以有那么多发现,是因为他们出生在我们前头;千百年后,后人也将对我们顶礼膜拜,一如我

---

① 有人说,布瓦洛之所以要反击是因为佩罗在诗中没有提到布瓦洛的名字。

们如今崇敬古人的模样。

1690年,坦普尔发表《论古今学术》(*An Essay upon the Ancient and Modern Learning*)一文,将这场争论引入英国。坦普尔认为从希波克拉底到马可·奥勒留是西方文化的黄金时代,此后1500年,西方人停滞不前。虽然在过去的150年间,西欧学术进步神速,天文学出了个哥白尼,医学出了个哈维,但坦普尔怀疑这两家的学说根本是错误的,即便正确也没多大意义。现代人在哲学和文学上都不及古人,根本不懂音乐为何物,虽说在航海上做出了一番成就,可惜还有不少缺陷,如果让希腊人或罗马人来干会干得更好。站在巨人肩头的矮子不一定看得比巨人更远,他可能是近视眼,有恐高症,或者压根儿不喜欢望远。

作为一名古典爱好者,我可以理解坦普尔、斯威夫特的心理。曾经沧海难为水,一个熟读古典的人又怎能在时髦的新书面前提得起精神呢。但是坦普尔犯了一个技术错误,他在论证古典作品具备永恒价值的时候,以所谓年代最古老的《伊索寓言》、《法拉里斯[①]书信集》为例,并断言后者是真品,绝非后人所能伪造。现在大致可以确定,《书信集》是后人伪托之作,但在坦普尔的时代这一点还有争议。无论如何,坦普尔此举很不审慎,因为他没有读过希腊文版本,对文献校勘也不在行,而且这一段文字篇幅不大,并非文章核心论证,即使删去也无关宏旨,实在不该贻人把柄、予人口实。1694年,沃顿(William Wotton)[②]撰文(《对古今学术的反思》)对古今学术进行比较,提出了相反的观点。1697年,

---

[①] 法拉里斯(Phalaris),公元前6世纪的西西里暴君,把人放在铜牛里活活烧死。
[②] 沃顿(William Wotton,1666-1727年),英国学者。他是一位天才,6岁就能读拉丁文、希腊文、希伯来文《圣经》,10岁进剑桥大学,13岁就获得了学位。他写《反思》时才28岁。

沃顿对该文做了修订，文末收录了古典学学者本特利（Richard Bentley）[①]的文章，从地理、引文、语言等多方面对《书信集》的真实性提出质疑，又惹怒了《书信集》的编辑波义耳（Charles Boyle）[②]。波义耳撰写文章反驳本特利，本特利则反驳这个反驳。从此，这场古今之争不但涉及古今学术的比较、《法拉里斯书信集》的真伪，还卷入了波义耳和本特利的个人恩怨[③]，双方你来我往，欲罢不能。

在这场争论中真正留下的代表性作品，还是斯威夫特的《书的战争》、《桶的故事》和《格列佛游记》第三卷。斯威夫特前后追随坦普尔近十年（这十年基本上也是这场古今之争进行的十年），受其影响很大，坚定地与坦普尔站在同一条战线上。事实上，《书的战争》中的许多人物都出自坦普尔的文章。

《书的战争》说的是，在帕尔纳索斯山的两座山峰上分别居住着古代人和现代人。现代人抱怨对方挡住了自己的视线，要求交换住处，或者干脆把山峰削低一点。古代人断然拒绝，因为他们是这里土生土长的居民，此山也给现代人带去了清凉，曾为其遮风挡雨，更何况这还是一块完整的岩石，根本奈何不得。于是，双方打起笔仗，出了很多的书，其中有代表性的都进了图书馆。

[①] 本特利（Richard Bentley，1662-1742年），英国最伟大的古典学学者之一，对法拉里斯的研究是其主要成就之一。伍尔芙说他对索福克勒斯的作品了如指掌，能把荷马史诗倒背如流，读品达就像我们读《泰晤士报》一样。他的脾气很大，曾经在三年内打了六场官司，而且还都打赢了。

[②] 查尔斯·波义耳（Charles Boyle，1676-1731年），英国贵族，翻译过普鲁塔克，编辑法拉里斯的时候才17岁。除了文艺之外，他对科学也饶有兴趣，英国钟表匠George Graham制作了世界上第一部太阳系仪献给他。

[③] 波义耳曾经托人向本特利借法拉里斯的一部抄本，结果书是借出来了，但是波义耳没有及时完成校对，书又被本特利要了回去。

这些书籍还保存着作者好斗的精神，在图书馆里继续争吵。现代书虽然人多势众，但是衣衫褴褛，装备很差。它们吹嘘其实自己更为古老[①]，自力更生，马匹是自己养的，武器是自己造的，衣服也是自己缝的，虽然有少数书在借鉴古书，但是大多数对这种做法是不屑一顾的。

斯威夫特行文至此，笔锋一转。在窗边的一个角落里，蜜蜂撞破了蛛网，和蜘蛛吵了起来。蜘蛛说，这个城堡是自己亲手建造的，用的都是自家的材料，不像蜜蜂那样一无所有，以偷窃为生。蜜蜂则反唇相讥蜘蛛坐井观天，闭目塞听，从外界吸收了一些毒药，自己又制造了一些毒药，根本谈不上什么自力更生，而它则四处游历，遍访百花，充分发挥自己的天赋，把蜂蜜和蜡带回家中。

这个插曲其实是在点明题旨：蜘蛛这个现代人吹嘘自己是自出机杼、不资外力，炫耀自己在建筑和数学上取得的进步，其实迷宫式的蜘蛛网复杂烦琐，作茧自缚，所谓自力更生其实是自我复制，吸收的是糟粕，制造的是争吵。蜜蜂则是古代人的吹鼓手，它采撷自然界精华，给人类提供了两样最高贵的东西：甜蜜和光明（sweetness and light）。

作者模仿史诗的笔法描写了这场古今之战。在现代书的阵营中，有以塔索（Torquato Tasso）、弥尔顿为首的骑兵，笛卡尔、霍布斯率领的弓箭手，以及司各脱（John Duns Scotus）、阿奎那率领的乌合之众。古代书更是猛将如云，阵营整齐，荷马、欧几里得、柏拉图、亚里士多德、希罗多德、李维等纷纷出场，甚至还惊动了奥林匹斯山上的天神。战争打响后，荷马、品达等所向披靡，现代书阵脚大乱。在休战间隙，本特利与沃顿溜到敌方阵地，想立点偷鸡摸狗式的功劳。他们盗走了法拉里斯

[①] 这是培根的观点。

和伊索的盔甲，回来时不幸碰上坦普尔、波义耳，结果双双丧命。文章至此戛然而止，尽管作者在标题中许诺，他将提供一部完整而真实的历史。

文章开头模仿了霍布斯式的政治哲学风格，整部作品采取的是历史的体裁，模仿了《伊索寓言》、《荷马史诗》的写法。这是一部用崇高的体裁描写卑微对象的作品，全篇充满了奇思妙想，涌现出一系列天才的创意，前半部分尤见匠心。我没有读过沃顿等人的文章，不知道他们究竟犯了多大的过错，要承受如此嘲弄，好像他们受到的折磨永远也没有停止的时候。

爱尔兰爱国者

我之所以欣赏斯威夫特，一是文章好，妙语如珠，奇纵奔放；二是读书多，学养丰厚，尚友古人。仅此两条也不足奇。文人学者在所多有，二三流的作家如果从来不读，好像也没多大损失；学者就更不用说了，大多数论文除了编辑之外，再也没有读者了。在斯威夫特的时代，人们更看重的是他作品的政治意义。他的英国著述、爱尔兰著述乃至宗教著述，无一不具有强烈的现实关怀。他在当世的社会事务中，发挥了重要的作用，在爱尔兰人民的心中占有崇高的地位，其影响至今不衰。

斯威夫特的正式职业是教士，文学只是业余爱好，用来表达政见。斯威夫特一生写了大量文章，除了《格列佛游记》有200英镑的稿费以外，从来没有从写作中获得任何收入，而且他也不屑于这样做。

斯威夫特来自一个信仰国教的家庭，祖父是一位国教牧师，因为支持詹姆斯一世，被清教徒褫夺教职，没收了大部家产。国教在爱尔兰处于弱势，爱尔兰人大多信仰天主教；在信仰新教的英格兰移民中，不信国教的又占多数，国教信徒在爱尔兰是少数派。斯威夫特最初服务的教堂荒凉破败，门庭冷落，下层教士生活十分清苦。无论是家庭的背景，还是个人的经历，都决定了斯威夫特的立场只能是维护爱尔兰教会的利益。

1673年英国议会通过《宣誓法》，爱尔兰教会在法律上被确定是国教，不信国教者不能出任公职。斯威夫特支持这个法案，拒绝对拒不服从的新教徒实行宽容。他主张服从现有的社会制度，将某种教义定于一尊，设立一个法定的教会，以平息教义上的争端。从某种意义上说，斯威夫特是反对宗教自由的，最起码他主张对言论自由进行一定的限制。在他看来，《圣经》是人们唯一应该信奉的权威，有些教义上的难题，比如"三位一体"，如果《圣经》上没有明确的解释，我们不必去盘根究底。我们视若至宝、拼命鼓吹的那些个人意见不过是理性的无端骄傲，现存的社会制度纵有百般不是，"彼相争以鸣者，固莫之能取而代之也"。国教如果有不好的地方，可以进行改革，但是绝不能搞宗教多元化，因为这是国家动乱之源。没有人具有完全理性，谁也不能掌握全部真理。如果有人宣称，只有按照他的意见治国国家才能繁荣昌盛，那是走火入魔的征兆。人不是理性的动物（animal rationale），而是能够使用理性的动物（rationis capax）。因为观点不同而进行战争是非常荒唐可笑的事情。

斯威夫特是当时具有巨大影响的政论家，一度担任过执政党的笔杆子，介入政治的程度很深。他21岁时经历了光荣革命，见证了英国民主政治的开端。1695年《授权法案》废止后，图书出版不需要申请许可证，书刊检查制度就此作古，英国文坛出现百家争鸣的局面，各种出版物如雨后春笋般涌现，各路文人纷纷粉墨登场。这是一个新闻业的黄金时代，和我们现代少数几家大公司垄断媒体的局面截然不同。当时人人可以发布新闻,在小册子上月旦时事,在咖啡馆里指点江山。① 随着咖啡馆里的辩论开始影响政坛走向,报纸和刊物成为政治意见的角斗场,政治家们纷纷跑马圈地,创办杂志,延揽文人,争夺话语权。阿狄生、斯梯尔的《闲谈者》、《旁观者》(*Spectator*)代表辉格党的观点,斯威夫特的《考察者》传递了托利党的声音②。斯威夫特见证了我们今天所谓"公共领域"的形成。事实上,哈贝马斯在追溯公共领域的历史时,首先就以斯威夫特、斯梯尔等人作为范例。③

斯威夫特是安妮王后统治时期托利党的头号宣传家兼新闻发言人,他的《盟军的行为》一文问世后取得极大反响,影响了社会舆论,为缔结《乌得勒支条约》、结束西班牙王室继承战争出了大力。定居爱尔兰后,斯威夫特笔耕不辍,写了很多小册子,就各类政治、经济问题发表看法④。在他看来,爱尔兰自然条件优越,人口众多,人民也很勤劳,之所以生活困顿、百业萧条,主要责任在于英国的压榨和爱尔兰自身的愚蠢。

从出生地来说,斯威夫特是爱尔兰人;从血统上说,他又是英格兰人。斯威夫特的祖父和外祖父都是英格兰教士,祖父去世后家道中落,父亲随大哥移居爱尔兰,而斯威夫特的母亲则是外祖父移居爱尔兰后所生。爱尔兰是斯威夫特的家乡,他在此地出生,又在此地终老,1714年

---

① 从某种意义上说,今天的互联网时代,在一定程度上又复归到了这个时代。
② 除了斯威夫特以外,罗伯特·哈利还有一个笔杆子——《鲁滨逊漂流记》的作者笛福。
③ 按照我的理解,哈贝马斯所谓的资产阶级公共领域是一个历史的范畴,仅指17世纪后期的英国和18世纪的法国。此后,随着国家和社会的融合,具有批判性的公共领域已经瓦解或者说转型了。
④《一个小小的建议》中有一个段落,罗列了作者提过的建议,洋洋大观。

后只去过英国两次。他同情爱尔兰人的不幸遭遇,并在下半生完全站在了爱尔兰一方。

英国对爱尔兰的殖民统治完全是独断而专横的,其推行的政策无非是为了维护英国的利益,在决策前又不与爱尔兰进行友好协商。少数英国人占有大部分爱尔兰的土地,而且其中多数并不在爱尔兰居住[1]。为了保护本土的产业,英国禁止向爱尔兰进口呢绒,爱尔兰的经济一直是以农业为主,工业始终发展不起来。18世纪20年代,南海泡沫破裂后,爱尔兰的信用体系受到破坏。20年代末连续多年农业歉收,出现严重的饥荒,民不聊生,人们纷纷移民美洲或者去当雇佣军。

爱尔兰有一种奇怪的现象,很多重要的职位由英国人占据。他们从不踏足爱尔兰半步,却照样领那份俸禄。英国实际上把爱尔兰当作自己的皮夹子,用来解决官员的就业和经费问题。比如,乔治一世想给自己的情妇搞一份年金,这时就需要爱尔兰出来买单了。1722年,乔治一世授权英国五金商人威廉·伍德,为爱尔兰铸造360吨[2]半便士和四分之一便士。肯德尔公爵夫人为此收了伍德1万英镑,据说还可以从伍德的利润中获得分成。

爱尔兰此时确实铜币匮乏,原因之一是它不能自行铸币。爱尔兰人多次请求设立像英格兰那样的铸币厂,但是都没有得到批准。在需要的时候,国王会授予某人特许状,铸造一定数量的货币,供爱尔兰使用,数百年来一直如此。这一次的不同之处在于,伍德不提供对其铜币的赎回,政府对其铸造货币的数量和质量又没有有效的控制。斯威夫特署名

---

[1] 即所谓的"不在地主"。
[2] 合108 000英镑。

M.B.布商①，写了七封信，每一封针对一个不同的对象②。第一封信用简洁平易的语言，向普通百姓介绍了事情的原委，分析了利害关系，呼吁国民根据法律赋予的权利，集体抵制伍德的半便士。伍德为了扭转自己在舆论上的不利局面，提出缩小铸币的规模。斯威夫特在信中痛斥此论之不通，爱尔兰国会对于伍德的行为也一致予以谴责，请求国王收回成命。英国政府对此置若罔闻，枢密院在组织调查后，出具报告为伍德说好话。于是斯威夫特又写出了第三封信，用较大的篇幅，详尽地驳斥了这一报告。斯威夫特大声质问道：

> 难道爱尔兰人民不是像英国人一样生来自由的吗？他们是怎样失去自己自由的呢？他们的议会不是像英格兰议会一样合法地代表了人民吗？他们的枢密院不是一样参与公共事务的管理，甚至权力还要更大吗？难道他们不是同一个国王的臣民吗？他们不是在同一个太阳照耀之下吗？他们不是在同一个上帝的保护之下吗？难道说我在英国还是自由人，花六小时时间穿越海峡后就变成一名奴隶了吗？

斯威夫特强调，这是伍德与爱尔兰人民之间的争端。他避免与英国政府产生直接冲突，尤其是摆出一副尊王的姿态，不把思路局限在半便士的问题上，而是直指造成这种局面的根源。他在致全体国民的第四

---

① M.B.寓意Marcus Brutus，即古罗马共和派志士布鲁图。
② 分别是普通民众、出版商、贵族、全体国民等等。严格说来，正式发表的只有五封。另外两封信，一封写给大法官米德尔顿，署了自己的本名，直到1735年才发表。另一封写给国会，更多的是谋划未来，就革除国内的各项弊端建言。信笺写成后，消息传来，伍德的特许状已被撤销。

信中，解释了英国宪政的原则：国王有权铸造货币，但是除非是金币或银币，否则无权强迫人民使用。爱尔兰人和英国人是同样自由的民族，爱尔兰不是英国的附属国。爱尔兰效忠于国王，但不效忠于英国国会。英国国会制定的法律对于爱尔兰人没有约束力，"未经被统治者同意的统治就是奴役"。斯威夫特实际是把爱尔兰描绘成一个独立的国家，和英格兰的唯一联系是效忠于同一个国王。

这封信发表后，爱尔兰执政者坐不住了。斯威夫特的出版商哈丁旋即被捕，政府悬赏捉拿作者。尽管举国上下无人不知作者身份，但是没有人出来告发，陪审团也拒绝对哈丁进行指控。事情闹大后，英国的首相、大臣们未尝不知此事荒唐，但是骑虎难下，事关帝国体面，终究不肯向殖民地民众示弱。爱尔兰人民同仇敌忾，集中火力攻击伍德一人，坚持在宪政的轨道上解决问题。面对着一个不肯改变自己意志的民族，英国政府最后只好做出让步。1725年8月14日，加特利宣布，国王终止对伍德的授权[①]。爱尔兰人民取得了胜利，这在爱尔兰历史上还是第一次，爱尔兰的民族自信心因而得到大大增强。

讽刺天才

据说，曾经有陌生人当着司黛拉的面称赞范妮萨是一位奇女子，竟然能给斯威夫特灵感，写出《卡德努斯和范妮萨》这样的好诗。司黛拉笑着回答，这位教长能够就扫帚的话题写出一篇好文章来。

斯威夫特是18世纪英国最伟大的散文家（蒲柏也许是当时最伟大的诗人）。他的文章简洁平易、不事雕饰、妙语如珠、奇纵奔放，用他自己

[①] 伍德也没有吃亏，他获得了3000英镑的年金（为期十二年）作为补偿。

的话来说，就是"把合适的词放在合适的地方"。他的散文风格被后世树为楷模，在英国散文史上起到了继往开来的枢纽作用①。

斯威夫特是才子中的才子，一只笔神出鬼没。他的代表作不是一两篇，而是一二十篇；他那些令人叫绝的段落不是一二十个，而是一两百个。他熟悉百姓生活，对人性的观察极为深刻，比如，天才的标志是所有的笨蛋联合起来对付他；再比如，一般人因为思想贫乏，所以口才流利，就好像教堂里听众少，出门就快。

斯威夫特继承了琉善、伊拉斯谟、拉伯雷、塞万提斯的传统，是世界文学史上最伟大的讽刺作家之一。他不喜欢直接表露自己的观点，很少直截了当驳斥论敌，有时故意隐藏自己的观点，站在敌人的立场说话。他善于改头换面，入室操戈，以子之矛，攻子之盾。斯威夫特的文章很少署自己的真名，他的讽刺作品都是匿名发表的②。《格列佛游记》名义上是医生格列佛的一部自传，《别克斯达夫文集》表面上出自一位占星家之手，《布商的信》的作者顾名思义是一位布商，《桶的故事》的作者似乎是一名典型的现代作家，提出《一个小小的建议》的策士显然不是斯威夫特自己。斯威夫特对马甲的应用让人叹为观止。

《别克斯达夫文集》是一组预先写好的文章，一次精心策划的伏击，用于攻击一位鞋匠出身的占星家帕特里奇。此人炮制的年历发行量极大，在社会上颇有影响，不但借此大笔敛财，还经常对国教指手画脚，引起斯威夫特的憎恶。1708年年初，斯威夫特使用别克斯达夫的化名，

---

① 参王佐良：《英国散文的流变》，商务印书馆，1998年，第72页。英国的一流名家还有培根、弥尔顿、吉本、约翰逊、萧伯纳、罗素等人，可谓群星灿烂。虽然罗马有西塞罗，法国有蒙田，总觉得无法与之相比，只有中国，有庄子、孟子、司马迁、韩愈、柳宗元、欧阳修、苏轼……骎骎然仿佛还凌驾其上。

② 匿名出版是英国文学的一个传统，奥斯丁的所有小说最初都没有署名。这也是为了保护自己，讽刺作家尤其有这个需要。

以占星家的身份出来清理门户。他抨击帕特里奇之流的害群之马玷污了这个行业，为了正本清源，向公众展示真正的占星术，他预言了当年即将发生的重大事件，其中第一条就是言之凿凿地断定帕特里奇将死于3月29日。3月30日，斯威夫特又冒充一位好事的旁观者，在第一时间报道了帕特里奇逝世的经过，宣布别克斯达夫的预言已经应验，并借帕特里奇之口指斥占星术是骗人的把戏。斯威夫特还写了一首悼诗，论证补鞋与占星之间的关系。这件事成为伦敦街头巷尾讨论的话题，并迅速演变成一场公共的狂欢，跟风的作品大量涌现。帕特里奇不肯认输，在次年的年历中宣布自己还活着。斯威夫特以别克斯达夫的身份做出回应，煞有介事地论证对方确实已经亡故，杜撰了一篇中世纪预言的16世纪译本，一篇以第三者的口吻对别克斯达夫明贬实褒的文章——斯威夫特的这一套左右互搏之术，让人好生佩服。经此一役，帕特里奇基本上身败名裂，被书商行会除名，不得再出版年历。

斯威夫特自述，讽刺已经融入了他的血液之中（见本书《咏斯威夫特博士之死》第455-456行）。他擅长写讽刺文，也擅长写讽刺诗；他的小品脍炙人口，长篇更是妙趣横生。他批评过的对象有大科学家牛顿、大诗人德莱顿、古典学学者本特利、格拉布街的小文人、皇家学会的科学家，各路批评家、策士……，斯威夫特骂尽了一世之人。

在斯威夫特的众多作品中，数《格列佛游记》、《桶的故事》篇幅最长、最具代表性，最酣畅淋漓地体现了斯威夫特的才华。《格列佛游记》雅俗共赏，深入人心；《桶的故事》未免曲高和寡，但是更让人叹为观止。约翰逊博士曾经说过，《格列佛游记》这部书，只要想到了巨人和侏儒这个点子，其他可挥笔立就，而《桶的故事》这部书，实在难以想象是人力所为。这个观点虽然有失偏颇，但也能说明一定问题。据说斯威夫特晚年重读此书，感慨自己当年那么有才气："上帝啊！我在写这部书的时候多么有天才啊!"关于《格列佛游记》,笔者在其他地方另有讨论,这里只谈《桶的故事》。

据说,渔夫遇到鲸鱼后,通常会扔过去一只木桶,分散它的注意力,防止它对船只造成破坏。同样,作者受命撰写这个故事,旨在给当代的才子提供消遣,以防他们对国家不利。

这个故事说的是,一位老人在临终前把三个儿子唤到床前,给他们每人一件外衣,同时留下一份遗嘱,对于衣服的使用和保管做了详细的规定,吩咐他们照此奉行,不得擅自更改。老人死后,三兄弟出外闯荡,起初还把老父的遗嘱放在心头,不敢逾越雷池半步,后来到了成家立业的年龄,在一个城市遇到三位心动女生,于是展开疯狂的追求。

这个地方流行一种拜衣教,三位女士尤其站在时尚的前沿。三兄弟不得不虚与委蛇,与时俱进。城里一度流行肩饰,三兄弟翻遍了遗嘱,找不到关于肩饰的只字片语。就在他们一筹莫展之际,有一个兄弟学问比较大,愣是无中生有地变出这个词。接着金饰带又流行开来,这位名叫彼得的兄弟区分了口传与文字遗嘱的不同,虽然遗嘱没有做出明文规定,但是据他人转述,父亲有过这样的意思。接下去他们又发现,很多东西可以补写到附录里去,附录是可以解决大问题的。再往后,城里又流行起遗嘱中明文禁止的东西了,彼得干脆对遗嘱做了颠覆性的解释,一口咬定遗嘱的原意是别有所指。他们就这样古为今用,从实际出发,不断地推进遗嘱的现代化和本地化。

新的时尚层出不穷,他们厌倦了无休止地寻找借口,于是一致决定将其封存,从此以后,他们将自行对遗嘱进行解释。彼得由于在这一领域内的杰出表现而名声大振,被一位贵族请去当家庭教师。那位贵族死后,彼得霸占了人家的家产,后来又搞了一系列的工程、发明,捞了一大笔钱。

发迹后的彼得妄自尊大，胡言乱语，以唯一继承人自居，欺压两位弟弟。马丁和杰克忍无可忍，决心与之决裂，临走时偷偷抄了一份遗嘱，这才发现自己一直被蒙在鼓里，原来三人都是继承人，共享所有的收入。两人决心以后一切行动都严格依照遗嘱行事，并着手改革他们的服饰。马丁只做了有限的拨乱反正，基本保持了以前的旧貌。杰克则一心要与过去一刀两断，彻底清除彼得的所有痕迹，把衣服弄得破烂不堪。既然两人所走路线不同，最终只有分道扬镳。

分手后，杰克自立门户，成为一派的领袖。马丁则来到北方，在那里发展自己的事业。作者接下来写三兄弟在北方这块土地上斗来斗去，基本就是一部英国史了。显然，这里的彼得代表天主教，那位贵族则是君士坦丁大帝，故事实际上叙述了原始基督教的纯正信仰一步步遭到扭曲的过程。马丁很可能是马丁·路德，杰克则是约翰·加尔文。作者在一个地方耐人寻味地指出，杰克和彼得其实是一样的，不但性格相同，模样也一样，连朋友都常常把他二人给弄错。

这里介绍的其实只是文章的一部分。《桶的故事》的正文共十一节，扣除一节导论，其余十节分两部分，一部分是三兄弟的故事，旨在揭露宗教的流弊；另一部分是所谓的题外话，意在讽刺学术上的流弊。两部分穿插在一起，基本上是一节叙事，一节离题的议论。在这里，正文永远是断断续续的，不断有题外话冒出来，将小说的叙述打断，我们在阅读时还以为自己在读乔伊斯或卡尔维诺的现代或后现代小说。

《桶的故事》的讽刺是彻底的。它的结构本身就是一种讽刺。正文之前有广告，有献词，有序言，一献再献，一序再序，占了全文的四分之一。斯威夫特明白地告诉我们，这是现代流行的方式，正文写得越短，序言就要写得越长。同样，题外话与"桶的故事"交叉编排，而且前者的分量大大超过后者，这显示了现代作家离题万里的功力。

斯威夫特几乎把各种现代文体模仿了一遍，有广告、献词、序言、导论、结论、注释，甚至还有佚文。他把沃顿的评论编成若干脚注插入文中，自己又写了部分注释，介绍了写作背景、用典出处，假装揣测作者用意，对作者进行批评和指责。为了讽刺或写作的需要，他在文中故意留出空白，宣称原文已经散佚。斯威夫特对写作和出版的每一个环节都进行了嘲讽，《桶的故事》是对现代学术的讽刺，也是对现代出版业的讽刺。

《桶的故事》是斯威夫特的早期之作，有着挥洒不完的才气，绝妙的比喻俯拾皆是，比如把表扬比作养老金，把写离题话比喻成军队驻地的粮食消耗一空后，要到远处去征集粮草。他的比喻是连珠炮式的，一发接着一发。他在谈到读者浅尝辄止的特点时，接连把智慧比作狐狸、奶酪、牛奶酒、母鸡、坚果；他在总结批评家的特点时指出，他们最擅长批评，就像捕猎者对拿下第一个目标最有把握；他们喜欢围住大作家，就像老鼠总是追逐最好的奶酪；他们喜欢找人家不要的东西，就像狗喜欢吃别人扔掉的东西。

斯威夫特可以在没有缝隙的地方创造出空间来，他射出去的箭可以拐弯，可以掉头，可以上天入地。他引用保桑尼亚斯（Pausanias）、希罗多德有关驴子的论述，然后告诉我们，由于古典作家不敢得罪批评家，所以在这里只能使用隐喻。批评家很像是赫拉克勒斯等古代英雄，前者在与作者的错误作战，后者在与毒龙、巨人作战，据说赫拉克勒斯比其降伏的妖怪更可憎，所以最后把自己也干掉了，我们的批评家似乎也该如此。

斯威夫特有一种故意装出来的真诚，揣着明白装糊涂，一本正经对一个荒唐可笑的问题展开讨论。根据斯威夫特的演讲学，要在人群中赢得听众的注意，必须占据高空的位置。理由是依据伊壁鸠鲁的学说，空气和语言都是有重量的，会自然下降，只有从一定的高度发射，才能保证命中目标。至于采用什么方法到高处去，也是大有讲究的。比如，法官席就不适用，因为从词源学的角度进行考察，法官席是老人睡觉的地方，从前是别人睡觉、他们说话，现在轮到别人说话、他们睡觉了。至于讲坛为什么要用烂木头，也是大有道理的，大家不妨从演讲者及其作品的思路上着眼。

斯威夫特故意模仿现代作家的文风，东拉西扯、废话连篇，把文章写得晦涩枯燥、拖沓冗长。他对英语如臂使指，精通拉丁语，擅长玩弄双关等语言游戏，让人眼花缭乱。他的文章真真假假、虚虚实实，陷读者于五里雾中。斯威夫特用文字建立了一座壮观的迷宫。

编译说明

斯威夫特的作品大多在生前陆续出版，有的还有众多版本。1735年，都柏林出版商乔治·福克纳将斯威夫特的作品结集出版，这是斯威夫特的第一部全集，一共有四卷，经过了斯威夫特的审读。斯威夫特一生写了大量的作品，历史上著名的版本有 1755 年 John Hawkesworth 的 12 卷本，1814 年 Walter Scott 的 19 卷本，1897 年 Temple Scott 的 12 卷本。现在的标准版本是 Herbert Davis 的牛津版《文集》14 卷本、Harold Williams 的《诗集》三卷本、Pat Rogers 的企鹅版《诗集》。

国内对斯威夫特的译介，主要集中在《格列佛游记》一书。斯威夫特的名篇如《一个小小的建议》、《扫帚把上的沉思》等，有周作人、王佐良等多个版本。《桶的故事》也有主万先生的一个译本，荜路蓝缕，功不可没。但就总体而言，我国对斯威夫特的介绍并不充分。作为专门的选本，本书可能还是第一部，不少篇目是第一次译介。

译者尽量选择了斯威夫特最具代表性的作品，但是作者作品众多，译者未一一尽观，各人好尚不同，难免有遗珠之憾。作为斯威夫特的代表作，《格列佛游记》在公开出版后立即引起轰动，据说在1815年前出了100多个版本。译者在网上搜索其中译本，什么导读本、插图本、典藏版、注音版，几乎每个月中文世界都有一个或者几个新版问世，因此这部选集就不再选入。此外，斯威夫特也是一位很好的诗人，这里只选了他一首诗，以见一斑。

斯威夫特的文章虽然号称平易，但是用意很深、思路很奇，有些奇思妙想不易领会；再加上时代久远、文化隔阂，许多词语的用法与现在不同，"拦路虎"比比皆是。尤其是《桶的故事》，从古典学、经院哲学、基督教到炼金术，几乎无所不包，故事荒唐可笑，行文晦涩玄奥，是一部与《尤利西斯》、《为芬尼根守灵》类似的天书。翻译斯威夫特的作品其实是超出我能力之外的。我上学时参加考试，考完如果踌躇满志，觉得发挥极为理想，结果往往只有八九十分；如果当时就感觉大事不妙，最后的成绩基本上是往七八十分去的。我在翻译本书的过程中，自信心屡遭挫折，几度辍笔，最后的结果也就可想而知了。

译者译介斯威夫特只是出于个人兴趣，并非专门学术研究，所以在注释时力求简要，可注可不注的一般不注。如果说这部译作的注释还算丰富，那也是因为需要注释的地方确实太多。我也算读了几本书的人，但是在斯威夫特面前只是一名学生，很多知识明显不是我所能掌握的。翻译时主要参考了牛津版《斯威夫特作品选》（*Major Works*, ed. Angus Ross and David Woolley, Oxford University Press, 2008），牛津版《桶的故事》（*A Tale of a Tub and Other Works*, ed. Angus Ross and David Woolley, Oxford University Press, 2008），企鹅版《一个小小的建议》（*A Modest Proposal and Other Writings*, ed. Carole Fabricant, London: Penguin, 2009）；王佐良、主万等的译本等。即使如此,也只能解决有限的一些问题。斯威夫特可以在文中留些空白,假装是抄本佚失的缘故;校注古籍时遇着不明白的地方可以不注[①];但是翻译家就没有这项便利,遇到读不懂、有歧义或者难翻译的段落不能跳过去,非得硬着头皮译出来。

斯威夫特曾经说过,他特别针对东方人做了优化,使其便于翻译成东方语言,尤其是中文。既然作者说了这话,译者觉得,我们怎么也得把他的作品翻译成中文,看看他到底是如何优化的。我们中国人至少对这一处英文的理解要超过英国人。

---

① 现在有些古籍,读不懂的词句往往没有注释,而大注特注的地方通常不存在什么阅读障碍。

目 录

中译本序 （管欣）/ 001

桶的故事　书的战争

书的战争（1697年）/ 003

   书商致读者书 / 003

   自序 / 004

   书的战争 / 005

当我变老时（1699年）/ 033

扫帚把上的沉思（1701年）/ 035

桶的故事（1704年）/ 037

   申辩 / 038

   附言 / 052

   致尊贵的约翰·索姆斯勋爵 / 052

   书商致读者书 / 055

致后代王子殿下的献词 / 057

　　序言 / 062

　　桶的故事 / 071

　　《桶的故事》增补 / 171

关于心理官能的陈词滥调（1707 年）/ 179

别克斯达夫文集 / 187

　　1708 年预言（1708 年）/ 187

　　别克斯达夫第一号预言的实现（1708 年）/ 197

　　挽歌（1708 年）/ 200

　　自辩（1709 年）/ 206

论在当前形势下在英格兰废除基督教将带来一些不便，可能不会产生拟议中的诸多好处（1708 年）/ 213

布商的信 / 227

　　第一封信　致爱尔兰的商人、店主、农民和普通民众（1724 年）/ 227

　　第四封信　致全体爱尔兰人民（1724 年）/ 238

致托马斯·谢立丹（1725 年）/ 255

致亚历山大·蒲柏（1725 年）/ 259

各种题目随想（1727 年）/ 265

一个小小的建议（1729 年）/ 277

咏斯威夫特博士之死（选段）（1731 年）/ 287

《仆人须知》总则 / 297

桶的故事　书的战争

书的战争[①]

（1697年）

书商致读者书

因为这部作品和《桶的故事》无疑出自同一作者手笔，所以它们大约是在同一时间写成的——我指的是发生了著名的古代学术与现代学术之争的1697年。争论的起因是威廉·坦普尔爵士就古今学术的问题发表了一篇文章，对伊索、法拉里斯给予高度评价。神学学士沃顿撰文予以回应，本特利博士又为其写了一篇附录，认为伊索、法拉里斯的作品是伪作。本特利博士在这篇附录中对尊敬的查尔斯·波义耳（当今的奥雷里伯爵）的新版《法拉利斯书信集》大加挞伐，波义耳先生详尽的答复尽显其渊博的学识与过人的才智，而博士也连篇累牍地还以颜色。看着像坦普

[①] 全名为《关于上周五发生在圣詹姆斯图书馆的古代书与现代书之战的完整而真实的历史》，1704年与《桶的故事》、《论精神的机械运动》结集出版。

爵士这样德高望重的人受到上述两位尊敬的绅士的粗暴对待和无礼挑衅，全城的民众都十分反感。这场辩论似乎永无休止，最后作者告诉我们，圣詹姆斯图书馆的藏书觉得自己有份参与，也展开了争论，并决一死战。可惜由于命运捉弄，风雨侵蚀，手稿已有多处漫漶模糊，我们已经无从得知后来战果如何了。

要提醒读者的是，这里提及的人名是书的代称，千万不要从字面上去理解。所以，当文中提到维吉尔的时候，我们不要将其理解为同名的著名诗人，而是用皮革装订的、印有这位诗人作品的纸张，其他依此类推。

自序

讽刺作品在某种意义上是一面镜子，观者从中看到了所有人的面容，只是不见他自己。主要是由于这个原因，它在人世间大受欢迎，很少有得罪人的时候。即使得罪了个别人，问题也不大。根据我多年的经验，我们不必担心旁人的反应会造成危害，因为愤怒固然会增强肉体的力量，同时也会使精神松懈，百般举动皆软绵绵地使不出力来。

有一种人的头脑只有一层泡沫可刮，由于数量有限，聚拢时要特别小心，尤其不要让比你厉害的人来搅拌，否则一下子膨胀过度，原料方面会供应不上。没有知识的智慧是一种乳酪，一夜之间涨到了头，技艺娴熟的人也许能很快将其搅拌成泡沫。可是一旦去除表面的泡沫后，剩下的东西只配去喂猪。

书的战争

任何人只要细心地披览年历，就会发现这么一条论断：战争是傲慢的孩子，傲慢是财富的女儿。[①]我们或许比较容易认同前者，而不大赞成后者。因为傲慢和行乞、匮乏同出一门，不是同一个父亲，就是同一个母亲，有时候还两者兼而有之。毫不夸张地说，如果家家富裕、人人安康，人类社会就不会有分崩离析；通常是北方侵略南方，贫穷觊觎富裕。产生争执的最古老、最自然的源泉是欲望和贪婪，它们肯定是贫困的子孙，虽然也可以说是傲慢的姐妹或亲戚。用政治学家[②]的术语来说，狗的共和国原本实行的似乎是民主政体，狗儿们美美地饱餐一顿后，刀枪入库，马放南山，一片祥和安宁的景象。一旦某个领袖抢到了一根大骨头，内乱就爆发了。它要么只同少数几条狗分享，其政体就变成了寡头制；要么自己独吞，成为僭主制。同样的道理也适用于围绕母狗身上某处肿块而引发的纠纷。因为产权是公有的（在这样微妙的情况下不可能明确产权），互相嫉妒，彼此猜忌，那条街上的整个国家陷入公开的战争状态，一场一切狗对一切狗的战争，直到某个更勇敢、更正直、更幸运的公民抢到了胜利品，而这条幸福的狗儿不知会引发多少怨恨、嫉妒与嗥叫。此外，如果我们观察共和国从事对外战争的原因，无论是对外侵略还是保

[①] "财富产生傲慢，傲慢是战争的根源"，云云，参见 Ephem. de Mary Clarke; opt. edit.。——原注

"Ephem. de Mary Clarke"是一部年历，"opt. edit."是"最佳版本"的意思，其实这种流行读物毫无版本可言。

[②] 或许是指霍布斯，这里是在影射《利维坦》。

家卫国，都遵循同样的逻辑；某种程度的贫穷或匮乏（无论是事实还是说辞，在这里没什么分别）和傲慢一样，是侵略者从事侵略的主要原因。

任何人如果有意将这一原理运用于知识王国或学术界，很快会发现造成此际两大阵营剑拔弩张的首要因素，并对事情的是非对错做出公正的结论。不过，这场战争的过程不容易推测，因为双方都有点儿头脑发热，对于冲突的产生都负有责任，双方都自以为是，不肯稍有假借。附近的一位老住户告诉我，这场冲突的起因和帕尔纳索斯山①山顶的一小块平地有关。帕尔纳索斯山双峰并峙，在较高大的山峰上居住着古代人——他们自古以来就是这里的房客，另一座山上则盘踞着现代人。后者对自己的处境感到不满，就派使者去见古代人，抱怨那座高峰如何遮住了他们的视线（尤其是东方②）。为了避免发生战争，古代人有两个选择：要么带着财产搬到低峰上，现代人会很愉快地腾出地方，自己住到高峰上去；要么就允许现代人带着铲子和锄头，将其高度降至他们认为合适的水平为止。古代人答道，当初他们宽怀大度地应允对方在身边近在咫尺的地方建立了这块殖民地，没想到现在居然敢对自己这样发号施令。他们是这里的原住民，不懂什么叫作搬迁、投降又是什么意思。如果他们所处山峰的高度破坏了现代人的视野，他们对此是无能为力的；但是请现代人不妨想一想，由此带来的阴凉和庇护是否能弥补大部分的损失（如果有什么损失的话）。此山是一块完整的岩石，削峰挖山徒然损坏工具，低

---

① 帕尔纳索斯山是缪斯女神的住所，位于希腊中部。
② 希腊人从东方学习了不少知识。

落士气，而山体岿然不动。现代人如果知道这一点还要蛮干，就是傻瓜；如果不知道，就是无知。他们建议现代人不要老想着降低人家的高度，而要考虑怎么提高自身的海拔，对于后面这种做法他们不但表示同意，还会提供很大的帮助。现代人暴跳如雷，断然拒绝，坚持要在自己的方案中两选一。于是这场争执演变成一场旷日持久的战争，一方凭着领袖及其盟友的决心与勇气，另一方则倚仗着人多势众，有源源不断的兵源可以屡败屡战。在这场争吵中，所有墨水的河床都干涸了，彼此针锋相对，梁子越结越大。这里要说明的是，有学问的人在打仗时都要使用墨水这种大型投射武器，装在一种叫作羽毛笔的工具中，由骁勇的战士奋力向敌人掷去，双方的技巧和力量难分上下，无穷无尽的墨水飞来飞去，那场面和豪猪群殴差不多。发明这种毒液的工程师在制作时采用了两种原料：五倍子和绿矾[1]，以其怨恨和恶毒在一定程度上能适应和激发战士们的潜力。希腊人在战斗结束后，如果不能就胜利的归属达成一致，就各自建立自己的纪念碑，失败者因此保留了面子，所以乐意承担同样的费用[2]（这一个值得赞美的古代风俗近来在战场上可喜地得到了恢复）。同样，学者们在结束一场激烈而血腥的争论后，无论孰胜孰负，都要树起自己的纪念碑，上面铭刻着出兵的理由，公正地记录着战役的经过，自己是如何取得无可辩驳的胜利的。众所周知，它们有好几个不同的

---

[1] 五倍子和绿矾（即硫酸亚铁）是制作蓝黑墨水（即鞣酸铁墨水，在西方历史上得到广泛使用，巴赫的乐谱、美国的宪法都是用蓝黑墨水写的）的主要原料。五倍子（gall）又有"怨恨、痛苦"的意思。

[2] 希腊人在战争中取得胜利后，通常要树碑留念，记录战争经过。修昔底德在《伯罗奔尼撒战争史》中描述了这一现象。

名字，像什么争论、辩论、答辩、简论、回答、答复、评论、反思、反驳、驳斥等等。短短几天之内，他们或者他们的代表①就把全部纪念碑矗立在公共场所，供路人围观，其中最重要、最高大的被运送到仓库（他们称之为图书馆）里去，存放在专门设置的区域内，从此它们就叫作论战之书。

每位战士在世时把精神注入这些书籍保存，去世后其灵魂在书中轮回转世，重新注入生机。这是人们通常的看法，不过，有些哲学家断言，有一种精神——他们把它叫作"brutum hominis"②——在图书馆及墓地的纪念碑上徘徊，直至肉体腐烂，或化为尘土，或为虫豸所食，方销声匿迹、绝迹人间。我们可以这样说：每一部书都萦绕着一个不安定的灵魂，直至泥土和虫豸将其收去。这一过程，有的在几天内完成，有的则要耗费更多的时间。论战之书属于后者，其上空游荡着最自由散漫的魂魄，一直被禁闭在单独的小屋内居住。为了防止他们打架斗殴，我们的祖先明智地用铁链将其固定住。这一发明的由来是这样的：司各特③的书出版后，被送到了一家图书馆，刚拿到馆方分配的房间，司各特就风尘仆仆地跑去晋见恩师亚里士多德，两人商定出动主力，把柏拉图拉下马——他已经在神坛上悠哉游哉地度过了

---

① 书名页。——原注

新书出版后，书商要将书名页张贴在街道上，这是当时的一种促销广告。

② "brutum hominis"：人的肉身，物质层面的人，语出英国炼金术士托马斯·沃恩（Thomas Vaughan，1621-1666年）的 *Anthroposophia Theomagica*（1650年）。斯威夫特多次提到这个人，称其作品为"在已出版的任何语言的著作中最不可理喻的空话"。这里讽刺有些学者浅薄无知，胡话连篇。

③ 约翰·邓斯·司各特（John Duns Scotus，约1265-1308年），中世纪经院哲学家，曾为亚里士多德的著作写过评注。在《格列佛游记》中，主人公请司各特出场与亚里士多德见面，亚里士多德对其嗤之以鼻。

将近八百年的光阴。两位篡位者大功告成后，将柏拉图取而代之，为了保证长治久安，他们下令把所有大开本的辩论书籍用链子固定住。

这一措施原本可以保障图书馆的公共安全，然而上述帕尔纳索斯山绝顶之争催生了学者们新一轮的笔战，涌现出一批毒性更强的新书，打破了原有的宁静。

在公共图书馆接纳这批书后，我记得曾经在某个场合跟人说过，如果不采取有力的措施，他们不管走到哪里都要惹是生非，因此我建议把双方的精锐之师相与联属或混杂，就像把毒性相反的毒药混合在一起，以收以毒攻毒之效。看来我既不是一名糟糕的预言家，也不是一名拙劣的谋士，正是由于在这一点上的疏忽，上周五在皇家图书馆，古代书与现代书之间爆发了一场可怕的战争。既然这场战争已经成为了街头巷尾热议的话题，大家很想了解战争的细节，而我又具备一名历史学家所有必备的条件，在这一事件中保持了不偏不倚的立场，因此，我决定应朋友们的强烈要求，撰写一部完整的、公正的历史。

皇家图书馆的守卫者[①]英勇绝伦，以其宅心仁厚[②]知名，是一位现代书的坚定支持者。在攻打帕尔纳索斯山一处巨石拱卫的隘口时，他发誓要亲自拿下守卫的两名古代首领[③]，可是在登山

[①] 本特利曾任皇家图书馆的管理员。
[②] 尊敬的波义耳先生在其编辑的《法拉里斯书信集》的序言中称，该图书馆的管理员有礼貌地（pro solita humanitate suâ）拒绝给他一部抄本。——原注
波义耳说，他去皇家图书馆查阅法拉里斯的一部抄本，被本特利"有礼貌"地拒绝了。在这里，斯威夫特用"humanity"（笔者译成"宅心仁厚"）一词，一方面指涉这场公案，另一方面这个词还有"人文、学术"的意思，符合本特利的身份。
[③] 法拉里斯与伊索。

时被自己的体重和向心趋势无情地拽了下来。这一属性深深困扰着现代人，因为他们头轻脚重，心骛八极，世上无山不可登；脚踏实地，下身沉沉如灌铅。这位现代大将在冲关受挫后，备感失落，对古书恨之入骨。为了泄愤，他全力袒护现代书，给他们最好的房间。谁要是敢为古代书说话，谁就会被扫入某个幽暗的角落活埋；哪个对他稍有一点儿得罪，哪个就有被扫地出门之虞。这时，所有藏书的位置正莫名其妙地处于一种混乱无序的状态，对此现象存在若干不同的解释。有人认为，是一股歪风扬起了现代书书架上大堆的尘土，落入了守卫者眼中。有人断言，他喜欢挑选学者身上的虫子，在空腹状态下活生生地一口吞下，有的虫子落入了脾脏中，有的爬到了脑袋里，双管齐下，导致他焦躁不安。还有人主张，他老是摸着黑儿在图书馆四周走动，遗忘了各部分的位置，在排放图书时常犯错误，把笛卡尔放到了亚里士多德身边，可怜的柏拉图被迫厕身于霍布斯和七大智者[1]之间，维吉尔则被德莱顿[2]和威瑟[3]夹在中间。

此时，那些现代书的吹鼓手们选出一名代表，巡视整个图书馆，清点他们的人数和实力，协调彼此的行动。这位使者非常卖力地完成了这一任务，交出了一份清单。他们有五万之众，主要

---

[1]《七大智者》(Seven Wise Masters)，古希腊有梭伦等七大智者之说，这里指的是17世纪欧洲颇为风行的故事集。

[2] 德莱顿翻译了维吉尔的作品，获得巨大成功。斯威夫特和德莱顿是远房亲戚。斯威夫特在给坦普尔当秘书时，德莱顿就已经功成名就了。据约翰逊博士说，德莱顿看到斯威夫特的诗后说："斯威夫特表弟，你永远做不了一名诗人（Cousin Swift, you will never be a poet）。"斯威夫特经常在作品中挖苦德莱顿。

[3] 乔治·威瑟（George Wither，1588-1667年），英国诗人。斯威夫特视其为蹩脚诗人的代表。

由轻骑兵、重装步兵、雇佣兵组成。总体上讲，步兵的装备很差，衣衫褴褛，马匹虽然高大，但是羸弱不堪、萎靡不振，少数几个通过与古代书交易，改善了自己的装备，大体还过得去。

随着事态的持续发酵，双方的冲突愈演愈烈，彼此恶语相向，剑拔弩张。在一个满是现代书的架子上，有一部古书孤零零地挤在中间，他主动要求参加辩论，试图用显而易见的理由证明：鉴于他们长期的占有，考虑到他们的睿智、古老以及相较于现代书的显著长处（这一点最为关键），他们才是老大。现代书斥其为无稽之谈，他们似乎很难理解，古代书怎么能自诩古老，因为明摆着他们的资格更老。①他们否认对古代书有什么义务。"是的，"他们说，"据说我们这里有个别不肖之徒向你们借取衣食，但是绝大多数（尤其是我们法国书和英国书）绝不会向这样卑劣的对象卑躬屈膝，到目前为止，我们之间还没讲过六个词。我们的骏马是自己养的，武器是自己造的，衣服是自己裁剪和缝制的。"柏拉图正好站在旁边的书架，看到讲话者衣衫褴褛的窘迫模样——马匹瘦骨伶仃，一瘸一拐，武器系朽木所制，盔甲已经锈迹斑斑——不禁放声大笑，友好地发誓相信他们的话。

现代书在商议事情时不够小心，引起了敌人的注意。那些挑起这场争端的书籍高声叫嚣着要开战，坦普尔爵士无意中听到后，立即向古代书通风报信。他们随即把分散的兵力集中起来，打算进行防御。有几本现代书也跑到了他们这一边，包括坦普尔自己。坦普尔长期浸淫于古典著作之中，在众多现代书中要数他

---

① 根据那个现代的悖论。——原注

培根认为，随着光阴的流逝，世界变得越来越老，正是从这个意义上讲，古代的世界是年轻的，而现代的世界是古老的。

011

最得古代书欢心,是他们的得力干将。

就在这一触即发的时刻,发生了一桩重要的事情[1]。在一扇大窗子上方一角有一只蜘蛛,由于吞噬了无数的苍蝇,体型变得硕大无比。在他的宫殿门口散布着苍蝇的尸骸,就像散落在巨人洞口的人类尸骸一样。在通往其城堡的道路上,按照现代防御工事的式样筑起了一道道栅栏。穿过重重宫廷,在中央的寝宫内我们或许会见到城堡的主人,所有进出的道路都正对着寝宫的一扇窗户,无论是攻是守,都能由此出击。他在这座府邸度过了一段和平富足的生活,这里上无燕子,下无扫帚,可以说是虫宅两安。这时一块窗玻璃裂了开来,一只四处游荡的蜜蜂被鬼使神差地吸引了进来,在盘旋一阵后,驻足在城堡的外墙上,由于重心失去平衡,坠落到地基上。他三度挣扎着要飞走,城堡中心三度地动山摇。寝宫内的蜘蛛感受到强烈的地震,起初以为是世界末日到了,抑或是鬼王别西卜[2]率领军队倾巢而出,要为无数陷身蛛口的臣民报仇雪恨。然而,他最终还是勇敢地挺身而出,迎接自己的命运。此时,蜜蜂已经摆脱了蛛网,在不远处安定下来,忙着清理翅膀上残余的蛛丝。这时蜘蛛已经冒险出来,看着断壁残垣,几乎不知所措。他像疯子一样破口大骂,身体膨胀,几欲爆裂。最后,他把目光集中在蜜蜂身上,明智地推断出事情的原委(因为他们两人互相打过照面)。"天杀的,"他说,"你这个婊子养的,是你把这里弄得乱七八糟的吗?你这个混蛋,就不能小心一点儿吗?你是不是觉得,我除了给你擦屁股就没事可做?真是

---

[1] 培根曾把理性主义者比作蜘蛛,哲学家比作蜜蜂;斯威夫特在这里把培根等现代人比作蜘蛛,古人比作蜜蜂。

[2] 别西卜(Beelzebub)的字面意思是"蝇王"。

活见鬼。""说得好，朋友，"蜜蜂整理完自己的仪表，有意调侃一下对方："我保证不再靠近你的狗窝半步，我打生下来还没遇到过这种倒霉事呢。""小子，"蜘蛛答道，"如果没有不在境外交战的家规，我非过来给你上上课，让你学学什么是文明礼貌。""要不是我一忍再忍，"蜜蜂说，"非打破你这些瓶瓶罐罐不可，你修房子的时候大概要用到的吧。""混蛋，混蛋，"蜘蛛答道，"对于一个举世公认比你优秀的人，你难道不应该恭敬一点儿吗？""说真的，"蜜蜂答道，"这种比较真是一大笑话。麻烦你倒是说说，在这场一边倒的辩论中，世人都能摆出哪些理由来呢。"蜘蛛的身体往外膨胀，摆出一副辩手的姿态，开始进入辩论的状态，决意将对手骂个狗血喷头，以泄心头之忿。他只顾讲自己的一套道理，至于对方怎么回答、如何反驳，他丝毫不予理会，不管对方说得多么在理，他都将抱定主张、不为所动。

他说："和你这样的下流胚子相提并论，没的辱没了我自己，你不就是一个无家可归的浪子吗？没有原料，没有遗产，赤条条地来，除了一双翅膀、一支单音管外一无所有。你以劫掠大自然为生，在田野和花园间打家劫舍，无论荨麻还是紫罗兰一样照偷无误。而我是家禽，靠自己的原料养活。这座巨大的城堡（这显示了我在数学上取得的进步[①]）从上到下都是我亲手打造的，原材料都是从我身上提取的。"

蜜蜂回答道："你至少承认，我的翅膀和声音是清清白白地得来的，对此我感到欣慰。看来我只应该为具备飞行和音乐这两种天赋而感谢上苍，而上天赐予我这两种天赋一定是出于最高贵

[①] 沃顿等人认为近代数学超越了古代。

的目的的。的确，我访遍了田间和园中的百花。但是，不管我采集了什么，我在自己得益的同时，对它们的色香味没有造成半点损害。关于你的建筑和数学才能，我无话可说，你为了造房子，也许花了不少力气，想了各种办法。但是，过去的不幸经验告诉我们，材料显然是无足轻重的，希望你日后能注意这一点，既要关心寿命和材料，也要关心方法和技艺。你说自己不依傍他人，吐的全是自己的丝，这是在吹牛。如果我们可以从你吐出来的东西来判断你的体液，那么，在你胸中积聚了大量的灰尘和毒药。我无意贬低你体内原有的库存，我只是怀疑你稍微借助了一点外援，增加了这两样东西的库存。你体内有一部分灰尘是固有的，并非来自底下扬起的垃圾；虫子互相攻击时施放的毒药，同时也有一份倾注到了你的身上。一言以蔽之，归根到底是这么一个问题：是在一块巴掌大的地方坐井观天、自命不凡、自我繁殖，把一切都变成粪便和毒液，除了毒药和蛛网以外，别的什么都不事生产，还是在一个广阔的天地中上下求索、反复研究，做出准确的判断，识别想要的东西，把蜂蜜和蜂蜡带回家中？这两者相比，哪一个更为高贵？"

这场激烈而喧闹的争论惊动了下面披坚执锐的两派书籍，他们静悄悄地站着，等待双方分出胜负，他们并没有等待很久。因为蜜蜂对于浪费了这么多时间感到不耐烦了，不待对方回复，径直向玫瑰花坛飞去，只剩下蜘蛛像个演说家一样在积蓄能量，等待爆发。

在这紧要关头，伊索挺身而出，率先打破了沉默。他近来遭受了仁厚的摄政王的虐待，后者撕去了他的书名页，破坏了一半的页面，把他牢牢地束缚在了现代书的架子上。他很快就意识到这场争执有可能将进入白热化状态，于是绞尽脑汁，乔装改扮，试图脱困。最终，他凭着借来的驴皮①让摄政王误以为是现代书，从而逃到古代书一方。这时蜘蛛和蜜蜂正好开始展开较量，他饶有兴趣地关注了整个进程。辩论结束后，他高声断言，自己从来没有见过这样巧的事情：虽然一个是窗户里的风波，一个是书架上的风云，然而不谋而合、相得益彰。他说："辩手们辩得很精彩，双方都尽了力，能说的都说了，两方面的论据都说得很透。刚才蜜蜂发表了一个很有学问的总结，结果我们发现它和当前我们与现代书的争论息息相关，现在要做的是把双方的理由进行调整，运用到我们的辩论上来，像蜜蜂那样对各自的劳动成果做出比较。先生们，难道还有像蜘蛛的风度、秉性及其悖论一样现代的东西吗？他是为他的兄弟——你们而辩，是为他自己而辩，他吹嘘自己自给自足、天生异禀、自己吐丝、自己结网、不屑于借助外力、不依靠外援。他展示了自己在建筑上的卓越技巧和在数学上的巨大进步。对此蜜蜂——我们古代书的辩护士——觉得应该这么回答：根据现代书的成就来评价其天才或发明，基本上是无稽之谈。不管使用怎样的方法和技术进行建设，如果只是用从五脏六腑（现代智者的内脏）里面吐出来的尘土做建筑材料，最后建成的只是蛛网，最终像其他蛛网一样被人遗忘、忽略，或藏匿于某个角落。现代书的风格就是争吵和讽刺，在性质和实质上和蜘蛛的毒液基本是一样的，他们虽然标榜自己吐出来的是自己的东西，其实他们使用的是同样的技艺，以当代的虫豸

---

① 本特利在评论波义耳编辑的《法拉里斯书信集》时引用了希腊谚语："列乌康（Leucon）背了一样东西，他的驴子驮了另一样东西。"波义耳认为本特利故意骂他是头蠢驴。

和害虫为生——此外他们还真诚地标榜过什么，我可记不得了。我们古代书愿意做除了翅膀与声音（也就是说飞行和语言）之外其他别无所长的蜜蜂。我们的全部收获都是不懈工作、天涯海角四处寻觅的结果。我们选择用蜂蜜和蜂蜡来营建蜂巢，而不是尘土和毒药，我们向人类提供两样最高贵的东西：甜蜜与光明。"

在伊索的长篇大论即将结束的时候，书籍们纷纷蠢蠢欲动，两大阵营对伊索的暗示心领神会，瞬时剑拔弩张，决意在战场上一决雌雄。两派人马在军旗的指引下，立即撤至图书馆的远端，聚在一起，商议对策。现代书在激烈地争论选谁当领袖，要不是大敌当前，这事非酿成兵变不可。最大的分歧产生在骑兵之中，从塔索、弥尔顿到德莱顿、威瑟，每个人都跃跃欲试。考利[①]、布瓦洛[②]率领着轻骑兵。英勇的笛卡尔、伽桑狄[③]、霍布斯是弓箭手的领袖，他们力大无穷，能像阿刻斯特斯[④]一样，把箭射到大气层外，变成流星，永不坠落，或者像炮弹一样射入灿烂星空。帕

[①] 亚伯拉罕·考利（Abraham Cowley, 1618-1667 年），英国诗人，喜欢模仿品达，经他改良的"品达体"在后世较有影响。值得一提的是，考利生前诗名压倒弥尔顿，如今几乎无人问津。

[②] 布瓦洛（Nicholas Boileau, 1636-1711 年），法国诗人、批评家。他受贺拉斯的影响很大，1674 年取镜贺拉斯的《诗艺》写成《诗的艺术》（L'art Poetique）一书，在法国诗歌史上产生深远影响。斯威夫特在这里把他划入了现代人的阵营，在"古今之争"中，布瓦洛是古代派的主将。

[③] 伽桑狄（1592-1655 年），法国哲学家、科学家，复活了古代的原子论，批判笛卡尔的学说。在《格列佛游记》中，他和笛卡尔一起与亚里士多德进行学术交流。亚里士多德承认自己犯了错误，但是对方的学说注定也将是昙花一现。

[④] 阿刻斯特斯（Acestes），原文误作厄凡德尔（"Evander"，也是《埃涅阿斯纪》中的人物）。阿刻斯特斯是特洛伊的后人，与埃涅阿斯在西西里相遇。特洛伊英雄比赛射箭，前面的选手已经射中了目标，阿刻斯特斯无物可射，于是向空中射了一箭。这支飞箭在空中燃烧起来，像流星一样划过长空（参见《埃涅阿斯纪》第五卷）。

拉塞尔苏斯①带来了一队来自莱提亚②雪山的掷臭瓶者。接着浩浩荡荡地走来了龙骑兵,他们来自不同的民族,由其统帅哈维③领导,有的配备了致命的长柄大镰刀;有的携带着在毒水里面浸泡过的长矛和长刀;还有的装上了最致命的子弹,使用一种白色粉末,取人性命百发百中、无声无息。接着走来了由圭恰迪尼、达维拉、博莱多内·维吉尔、布坎南、马里亚纳、卡姆登④等人率领的几队重装步兵,他们全都是雇佣军。工兵的指挥官是雷乔蒙塔纳斯和威尔金斯⑤。剩下的乌合之众,由司各脱、阿奎那和贝拉敏⑥统领,他们人数众多,身材高大,但是既无兵刃,也无勇气,更无纪律。莱斯特兰奇⑦带领着随军的奴仆⑧走在部队最后,黑压压、乱糟糟的队伍一眼望去看不到头。衣不蔽体的流浪汉和

---

① 帕拉塞尔苏斯(1493-1541年),瑞士医学家、炼金术士。此人喜欢自我吹嘘,名字中含有超越罗马名医塞尔苏斯(Celsus)的意思。文中所谓"掷臭瓶者"大概和他的职业有关。

② 莱提亚(Rhaetia),罗马行省,境内有阿尔卑斯山。

③ 哈维,英国医生,发现了血液循环的规律。

④ 这些人都是历史学家,其中前面四人都来自意大利。圭恰迪尼(1483-1540年),意大利历史学家,著有《意大利史》。他和马基雅维里是文艺复兴时期的双子星座。达维拉(Enrico Caterino Davila, 1576-1631年),意大利历史学家,著有《法国内战史》。博莱多内·维吉尔(Polydore Vergil, 1470-1555年),意大利历史学家,后入英国籍,撰写了一部非常重要的英国史。布坎南(George Buchanan, 1506-1582年),苏格兰历史学家。马里亚纳(Juan de Mariana, 1536-1624年),西班牙历史学家。卡姆登(William Camden, 1551-1623年),英国历史学家,《不列颠》(*Britannia*)的作者。

⑤ 约翰尼斯·穆勒(Johannes Müller, 1436-1476年),德国科学家,"雷乔蒙塔纳斯"是他的拉丁名字。约翰·威尔金斯(John Wilkins, 1614-1672年),英国教士、自然哲学家,英国皇家学会创始人之一。

⑥ 贝拉敏(Roberto Bellarmine, 1542-1621年),意大利神学家、红衣主教。

⑦ 莱斯特兰奇(Roger L'Estrange, 1616-1704年),英国报人、政论家,翻译过《伊索寓言》。

⑧ 他们是没有装订或者没有封面的小册子。——原注

流浪儿童跟在部队后面，伺机捡取战利品。

古代书的人数要少许多，荷马率领骑兵，品达率领轻骑兵，欧几里得担任工兵首领，柏拉图、亚里士多德率领弓箭手，希罗多德、李维率领步兵，希波克拉底率领龙骑兵。沃西乌斯[①]、坦普尔率盟军殿后。

就在双方摩拳擦掌，准备一决雌雄之际，在诸神中以讲真话著称的名誉女神（她在皇家图书馆有一个专门的房间，常来常往）上天向朱庇特一五一十地讲述了下界发生的事情。朱庇特对此十分关心，特地召开银河会议商议此事。元老们到齐后，他宣布了事情的原委：一场血腥的战争已经迫在眉睫，交战双方分别是来自古代与现代的两支强大军队，名字叫作书籍，天庭的利益与此战息息相关。现代书的保护人莫墨斯[②]发表了一篇精彩的演讲，力挺现代书；古代书的保护人雅典娜则回以颜色。就在众人争执不休的时候，朱庇特下令在其面前展开命运之书。墨丘利立即取来三大卷对开本，囊括了过去、现在和未来万事万物的传记。扣子是双层镀金的白银，封面是天上的土耳其皮，纸张在地球上大概是叫作上等犊皮纸。朱庇特默默地读完了天书，没有透露半点口风，只是立刻把书给合上了。

会议室的门外有许多轻灵的神明，他们都是朱庇特的仆人，帮他处理所有下界的事务。他们大多成群结队，结伴而行，就像划桨的奴隶一样，通过一条轻柔的链条连成一体，一头直接和朱

---

① 沃西乌斯（Gerardus Vossius，1577-1649 年），荷兰人文主义者，莱顿大学教授。他的几个儿子都是古典学学者，Ross & Woolley 认为这里指其中的一个儿子——伊萨克·沃西乌斯（1918-1689 年），因为斯威夫特在 1698 年的时候读过他的书。

② 希腊神话中的嘲讽之神，这里代表现代批评家。

庇特的大脚趾相联。他们通过空心的长树干窃窃低语、传递消息,连朱庇特宝座的最低一级台阶都不踏足半步。凡人称其为事故或事件,但是诸神称其为第二因。朱庇特把他的意思告诉了他们中的一些人,他们立即飞到了皇家图书馆屋顶,商量了几分钟后,趁人不注意悄悄进了屋,然后根据他们收到的指令开展工作。

与此同时,莫墨斯已经做好了最坏的打算,他记起了一条对其现代儿女不利的古老预言,于是转身飞去见一位叫作批评女神的凶神恶煞。她住在新地岛的雪山之巅,莫墨斯到那里的时候,发现她正在自己的巢穴里,专注地阅读无数卷战利品,而且已经吞噬了一半。坐在她右手的是年老目盲的"无知"——她的父亲和丈夫;在她左边的是她的母亲"傲慢",正在用她自己撕下的纸片打扮自己。她的妹妹"意见"头重脚轻,蒙着眼睛,头昏沉沉地,一直转个不停。她的几个孩子——"吵闹"、"无耻"、"迟钝"、"虚荣"、"独断"、"卖弄"和"无礼",围在她身边玩耍。这位女神的爪像猫,头、耳、声音似驴,牙齿外露,眼睛向内,仿佛只看她自己似的。她喝的是自己体内泛滥的胆汁;她的脾脏很大,凸起着,像个大号的乳房,遍布着乳头状的赘疣,一伙丑鬼正在贪婪地吮吸着,而且吮吸的速度总也赶不上脾脏膨胀的速度,后者越胀越大,让人叹为观止。"女神啊,"莫墨斯说道,"你怎么还在这里闲坐?此时此刻,现代书,我们虔诚的崇拜者,正在浴血奋战,现在也许已经倒在了敌人的剑下。以后谁还会向我们献祭,给我们建造祭坛呢?你赶快去不列颠岛,或许还能挽救他们的性命。我吗,打算在诸神中拉帮结派,把他们争取到我们一边。"

莫墨斯说完这话,不等对方回答就飞走了,留下批评女神一个人生闷气。她拍案而起,发表了一篇独白(因为这是适用于这种场合的体裁):"是我给了婴儿和白痴智慧,是我让孩子们的智商超过父母,是我让花花公子步入政坛,在校的学生对哲学品头论足,是我让诡辩家就深奥的学术问题展开争论、得出结论,是我给了泡咖啡馆的才子们直觉,让他们在对作者原意及其语言一个音节都不理解的情况下,就能修正其风格,指出其最微小的错误。是我让年轻人像使用他们还未继承的遗产一样使用判断力。是我推翻了才智和学识对于诗歌的统治,建立了自己的帝国。难道一小撮古代的暴发户就能与我作对吗?来,我年迈的双亲;你,我亲爱的孩子;还有你,我美丽的妹妹,让我们一起登上战车,赶紧去救援我们虔诚的现代书,他们正在向我们奉献百牲祭①,我已经闻到了那股舒服的味道,它从下界一直飘到了我的鼻子里。"

她们登上战车,由温顺的白鹅拉着,飞越了万水千山,沿途在合适的地点播洒雨露,最后来到她钟爱的不列颠岛,在其首都上空盘旋,却没有降落在其大本营格雷欣学院和科芬园②,这是多大的恩典啊!她终于来到了圣詹姆斯图书馆要命的平原上,这时双方即将开战,她的车队躲过众人的视线,悄悄降落在一个被人遗弃的书架上,一个曾经做过古董家会所的地方,她在那里逗留片刻,观察双方的动静。

在现代书弓箭手的前列,批评女神看到了爱子沃顿——命运用一条纤细的线把她和他连在了一起——胸中顿时涌起慈母的关

---

① 一次宰一百头牛的大型祭祀活动。
② 格雷欣学院是英国皇家协会早期的主要活动场所。科芬园(一译科文特花园)是伦敦的第一个露天广场,周边酒馆、咖啡馆林立,是伦敦文人雅集之地。

爱之情。沃顿之父是人间的一位无名氏,他偷偷地拥抱了这位女神,生下这位年轻的英雄。这位母亲在所有的子女中最喜欢这个儿子,决心去安慰他。但是,根据诸神的优良传统,她设法改头换面,以免自己神圣的面容让他头晕目眩,超出感官承受的范围之外。于是,她把身子缩进了一个八开本的罗盘中,皮肤变得又白又干,绽裂开来;厚的地方变成纸板,薄的地方变成纸张,她的父母和子女灵巧地在上面撒上了用胆汁、烟灰煎成的黑色液体,组成字母的形状;她的脑袋、声音、脾脏保持着原来的模样,皮肤也一仍其旧。这样子打扮好以后,她朝现代书走去,从外表和穿着上看,她和沃顿最好的朋友、神圣的本特利没什么分别。"勇敢的沃顿,"这位女神说道,"我们的军队为什么一直站着不动,白白地浪费了士气、错过了战机呢?快去向将军们建议,立即发动进攻。"说完她从吃饱喝足的脾上群鬼中扯下一只最丑的来,无影无形地塞进他的嘴里,那丑鬼径直飞到他的脑子里,把眼珠往外挤了出来,看上去模样都扭曲了,又把他的脑子几乎翻了底朝天。接着,批评女神又悄悄嘱咐她的两位爱子——"迟钝"和"无礼"——在战斗中紧跟着他,不离左右。这样安排好后,她就消失在薄雾之中,这位英雄这才知道她是自己的女神母亲。

　　命定的时刻终于到来了,战斗终于爆发了。我在斗胆描述具体过程之前,必须按照其他作者的样子,祈求上苍给我一百个舌头、一百张嘴、一百只手、一百支笔,纵使如此也远远不足以完成这样宏伟的作品。说吧,历史女神,告诉我们谁在战场上一马当先!帕拉塞尔苏斯一马当先,冲在龙骑兵的最前列,他一眼瞥见对面的盖伦,用力将手中的长矛向对方掷去;那位英勇的古代书举盾抵挡，矛头刺入第二层……Hic pauca desunt[①]……他们用盾牌把受伤的统帅抬到他的战车上……Desunt nonnulla[②]……

这时亚里士多德看到培根来势汹汹，于是弯弓搭箭，一箭射去。这位现代勇士命不该绝，只听"嗖"的一声，箭身从他头上划过，落在了笛卡尔身上，钢铸的箭尖迅速找到了头盔中的薄弱部分，接连穿透了皮革和纸板，直插其右眼。这位英勇的弓箭手感到一阵剧烈的疼痛，接着就像在恒星的作用下陷入了自己的漩涡[③]，一直转个不停，直至气绝身亡。

……Ingens hiatus hic in MS.[④]……荷马一马当先，领着骑兵往前冲，他胯下战马的性子十分暴烈，花了不少力气才让它俯首听命，其他人更是不敢靠近半步。他在敌军中横冲直撞，所向披靡。说吧，女神，他首先结果了谁，最后又取了谁的性命。首先迎面而来的是贡第伯[⑤]，披着厚重的盔甲，骑着一匹沉稳的骟马，其优点不在于速度，而在于性情温顺，总是跪着让主人上下。贡第伯曾在雅典娜面前发下誓言，不捣毁荷马[⑥]的盔甲绝不离开战场。这个疯子从没见过那副盔甲的主人，对其实力一无所知，结

---

① 意为"此处略有残缺"。斯威夫特故意在文中留下若干空白，模仿古籍抄本的样子。下面的拉丁文都是表示有佚文的意思。

② 意为"此处多有残佚"。

③ 笛卡尔用漩涡说来解释天体的运动。他认为，太阳的自转形成了一个漩涡，带动行星围绕其运转。

④ 意为"原稿有大段残佚"。

⑤ 《贡第伯》(*Gondibert*)，英国作家达文南特（William Davenant，1606-1668 年）创作的诗歌。作品出版后，评论家将其与荷马史诗相提并论。这首骑士题材的长诗实在过于枯燥冗长，作者自己都没有耐心将其写完。坦普尔在《论古今学术》中满含嘲讽意味地将其与荷马史诗相提并论。

⑥ 参见荷马。——原注

果被荷马连人带马掀翻在地,惨遭践踏,气绝身亡。接着,荷马又举起长矛刺死了德纳姆[①],这是一本顽强的现代书,父亲的血统可以一直追溯到阿波罗[②],母亲则是凡间女子。他倒地身亡,神性的部分由阿波罗带走,化为星辰,人性的部分则在地面沉沦。接着荷马又马踏萨姆·卫斯理[③],用马的脚后跟将其踢死;以雷霆之力把佩罗[④]从马鞍上拽下来,用力掷向丰特奈尔[⑤],两人同时脑浆迸裂。

维吉尔出现在骑兵的左翼,他身披合身的盔甲,看上去光彩照人,胯下菊花青,雄赳赳,气昂昂,缓慢地走着。他目光打量着敌军,希望找到一位配得上自己的对手。这时从敌军最密集的地方冲出一匹高大的栗色骟马,人未到,声音已到,因为这匹瘦弱的老马使尽残余的力量一阵疾跑,虽然没跑多少路,盔甲的撞击声却是震耳欲聋,让人不忍卒听。两位骑士行至标枪的射程之内,此时那位陌生人想要进行和谈,他揭下头盔的面甲,一开始脸没露出来,过了一会儿人们才认出,原来是大名鼎鼎的德莱顿。那位勇敢的古代书又是吃惊又是失望,他的脑袋只占头盔的九分之一,只在后半部占了一个不起眼的位置,就像龙虾里的美

[①] 约翰·德纳姆(John Denham,1615-1669 年),英国诗人,《库珀山》(Cooper's Hill)是其代表作。

[②] 约翰·德纳姆爵士的诗歌匠心独运、美妙绝伦、平淡无奇,所以批评他的人说《库珀山》不是他写的。——原注

[③] 萨姆·卫斯理(Samuel Wesley,1662-1736 年),英国诗人,卫斯理宗创始人约翰·卫斯理和查理·卫斯理的父亲。

[④] 夏尔·佩罗(Charles Perrault,1628-1703 年),法国诗人,开创了童话这一文学体裁,脍炙人口的《小红帽》、《睡美人》、《灰姑娘》都是他的作品。

[⑤] 丰特奈尔(Bernard le Bovier de Fontenelle,1657-1757 年),法国文人,积极参与了"古今之争"。

人①，华盖下的老鼠，现代假发阁楼中憔悴的花花公子。他的声音细若游丝，渺不可闻，与其容貌倒很是相称。德莱顿滔滔不绝地奉承着对方，口口声声称其为父亲；根据冗长的家谱推算出，他们原来还是至亲。他谦卑地提出要交换盔甲，作为双方友谊的象征。维吉尔表示同意（因为不自信女神暗中走来，在他眼前撒下一片薄雾），虽然他的盔甲是用黄金打造②，价值一百头牛，而德莱顿的只是破铜烂铁。可是，这套金光闪闪的盔甲还不如现代书原来那套合身呢。接着他们又同意交换战马，可是在试骑的时候，德莱顿心生恐惧，骑不上去。……Alter hiatus in MS.③……卢坎④的坐骑外形优雅，但是性子暴烈，不听使唤，载着主人在战场上横冲直撞，所到之处人仰马翻、血流成河。著名的现代书布莱克默⑤（雇佣军中的一员）挺身而出，奋力掷出手中的标枪，试图阻挡他的脚步，可是没有命中目标，深深插入地下。卢坎也投出手中的长矛，但是阿斯克勒庇俄斯⑥暗中走来，拨开了矛头。"勇敢的现代书，"卢坎说道，"我觉得有神明在保护你，因为我的兵器从没失手过。但是，凡夫俗子怎么能和天神较量高下呢？我们还是不要再打下去了，还是互赠礼物吧。"卢坎送给对方一对马刺，布莱克默则回赠了一根缰绳。……Pauca desunt⑦……克

---

① 龙虾体内有一个部分形状像女人，渔民称其为"女士（lady）"。
② 参见荷马。——原注
③ 意为"原稿中另一处佚文"。
④ 卢坎（39-65 年），古罗马文学白银时代的代表人物之一，史诗《法萨利亚》的作者。
⑤ 布莱克默（Richard Blackmore, 1654-1729 年），英国诗人、医生，他的诗艺受到了蒲柏等人的嘲讽，但其医术却颇为高明。
⑥ 古希腊医神。
⑦ 意为"有少量佚文"。

里奇①。但是迟钝女神驾起云头，摇身一变，变成贺拉斯的模样，全副武装，骑在马上，以飞行的姿态出现在他面前。这位骑士兴高采烈地和一名飞翔的敌人搏斗了起来，他一边追逐着对方的影子，一边大声威吓，结果一路被引到他父亲奥吉比②安静的凉亭里。奥吉比让他放下武器，坐下来休息。

接着品达又脚步轻盈地干掉了□□□、□□□、奥尔德姆③、□□□和女战士阿弗拉④。他从不沿直线前进，而是以难以置信的敏捷和力量旋转着，在敌军的轻骑兵中大开杀戒。考利注意到了他，那颗高贵的心就一心系在他身上了。他向这位古代猛将走去，模仿他的举止、步伐、速度，只要他的战马还有力气，而他自己还有本事跟得上。眼看两位骑士来到了三柄长矛的距离之内，考利率先出手，长矛从品达身边划过，落入敌军阵营，一无所获地掉到地上。接着品达掷出了一柄又大又沉的长矛，在骑士精神退化的今天，十二名骑士都不见得能把它从地上拔起来。但是品达却轻而易举地将其投了出去，长矛在空中呼啸而过，准确无误地向目标飞去。好在那位现代书拿维纳斯赠送的盾牌抵挡，否则将难逃一死。两位英雄同时拔出宝剑，但是那位现代书已经是魂飞魄散、胆寒心惊，不知置身何处，盾牌也自手中滑落。他三次试图逃走，三次没有得逞。他最后转过身来，举手哀求："神样的品达，饶我一命吧，我的马和武器都给你，还有，我的朋友

---

① 克里奇（Thomas Creech，1659-1700 年），卢克莱修和贺拉斯的译者。
② 奥吉比（John Ogilby，1600-1676 年），诗人，荷马和维吉尔的译者。
③ 奥尔德姆（John Oldham，1653-1683 年），诗人，以其品达体诗歌知名。
④ 阿弗拉（Aphra Behn，1640-1689 年），剧作家、小说家，英国第一位以写作为生的女作家，也写品达体颂歌。

听说我还活着，做了你的俘虏，会送赎金来的。""混蛋！"品达说道，"让你朋友留着赎金吧，你的尸首要留给飞禽走兽。"说完他举起宝剑，奋力一挥，将这位可怜的现代书劈作两半，一半躺在地上喘气，被马蹄践踏成泥，另一半由受惊的战马驮着四处乱跑。维纳斯接过它的尸身①，在使人长生不老的仙水中洗了七遍，用一小枝不凋花敲了三回，书皮变得又圆又软，书页化作羽毛，它原来就镀过金，现在继续镀金。就这样它化作一只鸽子，被维纳斯套到了战车上。……Hiatus valdè deflendus in MS②……

〔本特利和沃顿的插曲〕

　　白日将尽，天色已晚，正当人多势众的现代书有点儿打算撤退之际，重装步兵中队中冲出一名叫作本特利的将领。在众多现代书之中，数他长得最丑，身高虽然很高，但是没有身材，不好看；体格虽然魁梧，但是没有力气，不匀称。他的盔甲是由一千块零星布片拼缀而成的百衲衣③，随着他的走动发出响亮的噪音，就像一阵地中海季风从尖塔顶端突然掠过，吹落一块铅板时发出的声音。他的头盔锈迹斑斑，铜质的面盔在呼吸的腐蚀下成为绿矾，同一来源又提供了五倍子；在发怒或者工作的时候，某种最具毒性的像墨汁般乌黑的物质就会从他嘴边滴下。他④右手拿连枷，左手拿装满粪便的容器（他从来不缺攻击性武器）。他就这

---

① 我不同意作者的观点，因为我认为考利的品达体要比其女主人好得多。——原注
② 意为"令人扼腕痛惜的佚文"。
③ 据Ross & Woolley，这里影射本特利喜欢引经据典，而且有人怀疑他的这些引语都是从辞书里面抄来的。
④ 此君是出了名的见人就骂，满嘴污言秽语。——原注

样全副武装，迈着缓慢而沉重的步伐，向正在商讨何去何从的首领们走去，后者看到他那瘸腿和驼背的样子不禁笑了起来；他想用靴子和盔甲藏拙，可是终究还是露丑了。那些将领们看中了他那骂人的天赋，这一天赋如果善加利用，对他们的事业大有裨益；一旦失去控制，更多的将是添乱而不是帮忙。因为这个人碰不得，一触就跳，经常是你还没碰他，他就跳出来，像受伤的大象一样对首领们反戈一击了。这就是他的作风，这时的他看着敌人占了上风，十分恼怒，除了他自己之外，对其他人的表现他一概不满意。他谦卑地告诉将领们，他窃以为他们是一帮无赖、白痴、婊子养的、胆小鬼、糊涂虫、文盲、混账王八蛋，如果委任他为将军，这些胆大妄为的古代混蛋早就一败涂地了[1]。"你们，"他说，"坐在这里无所事事，但是如果我或其他现代勇士杀了敌人，你们一定跑来抢功。我不会向前线迈出一步，除非你们发誓，不管我活捉或者杀死的是谁，他的武器都归我所有。"听完这番话，斯卡利杰[2]对他投以憎恨的目光。"一派胡言！"他说，"只有你才认为自己辩才无碍，你的辱骂既不聪明，也不正确，更不慎重。坏脾气扭曲了你的天性，学问让你更穷凶极恶，对人性的研究让你更不近人情，与诗人交游让你更卑劣愚钝。任何教化的技艺只会让你粗鲁不堪、不服管教，宫廷的生活让你举止失礼，文雅的谈吐让你变成学究。再怯懦的胆小鬼也影响不了军队的大局。不过不要失望，我答应你，不管你取得怎样的战利品，它都

---

[1] 参见荷马笔下的塞耳西式斯。——原注
[2] 斯卡利杰（Joseph Justus Scaliger，1540—1609年），法国著名古典学家，晚年在莱顿大学任教，接任利普修斯的讲席，他和利普修斯代表了西方古典学术史上的一个时代，格劳修斯是他的学生。据说此人脾气不好。

属于你个人，虽然我更希望那些尸体成为老鹰和蠕虫的美餐。"

本特利不敢回答，气鼓鼓地退了下去，下定决心要干一番惊天动地的事业。他打算奇袭古代书防守松懈的地方，由好友沃顿做自己的助手兼同伴。他们迈过阵亡战友的尸身，取道部队的右侧，接着向北迂回，直至阿尔德罗万迪①坟前，然后沿落日的一侧前行。这会儿他们来到了敌人前哨处，胆战心惊地四处张望，希望能凑巧发现伤员的住处，或者个别脱离大部队、手无寸铁的酣睡者。正如两条沆瀣一气的野狗，虽然充满恐惧，但是在贪婪和欲望本能的驱使下，趁着夜黑人静，耷拉着尾巴，吐着舌头，蹑手蹑脚地潜入某个富裕的牧羊人的羊圈。此时月中天，笔直地射到它们贼兮兮的脑袋上。看着水坑中月亮的倒影，星空中皎洁的月光，它们敢怒而不敢吠。一个向周边环视，一个在平原上侦察，希望能在远离羊群的地方找到贪婪的群狼与不祥的乌鸦吃剩的动物。这一对可爱而相爱的朋友也在以同样的方式前行，他俩的恐惧与慎重同样也不差分毫。突然，他们看到远处的橡树上挂着两副闪亮的盔甲，盔甲的主人正在不远处酣睡。他俩抽签后决定，由本特利承担此次冒险任务。他往前走去，前有"混乱"与"惊讶"开路，后有"恐惧"与"恐怖"断后。他走近一看，原来是古代军队的两位英雄——法拉里斯和伊索在那里呼呼大睡。本特利巴不得送他们一起上西天，他悄悄走过去，举起连枷朝法拉里斯的胸口打去。这时恐怖女神出手干预了，她伸出冰冷的双臂，抱住那本现代书，拖着他离开了危险区域。两位沉睡的

---

① 阿尔德罗万迪（Ulisse Aldrovandi，1522-1605 年），意大利博物学者，博洛尼亚大学教授。

英雄恰于此刻翻了个身，他们睡得很香，正做着好梦。法拉里斯梦见①一名卑鄙、蹩脚的诗人在讽刺自己，就让他到铜牛里去嚎叫了。伊索正在梦中和古代诸首领躺在地上睡觉，一头野驴突然挣脱了缰绳，冲了过来，在他们脸上又是踩，又是踢，还拉屎拉尿。本特利离开了两位沉睡的英雄，拿走了他们的盔甲，去寻找他心爱的沃顿。

此时的沃顿也在寻找建功立业的机会，他四处徘徊，最后游荡到一条小溪旁，溪水发源于附近一处被人类叫作赫利孔②的泉水。他觉得口干舌燥，于是停下脚步，打算借清澈的溪水解渴。他三度试图用他那亵渎神明的双手将溪水捧至唇边，溪水三度从其指间流走。他俯下身子，在其嘴唇即将触及这水晶般的液体之际，阿波罗踏入溪中，举起盾牌，挡在沃顿和泉水之间，使其只吸到了一点儿污泥。虽然赫利孔是世上最清澈的泉水，但是底部沉淀了厚厚一层淤泥。这是阿波罗央求朱庇特这样做的，以惩罚那些妄图用不虔敬的嘴唇品尝泉水的家伙，同时也给大家一个教训：汲取泉水时不要汲得太深太远。

沃顿在泉水的源头发现两位英雄，一位不认识③，另一位则一眼认出是古书盟军大将坦普尔。他在冲锋陷阵之余，到泉边小憩，此时正背转着身，大口大口地喝着头盔中盛的泉水。沃顿看见是他，手脚颤抖，自言自语道④："啊，如果我能手刃这个煞星，那些头头们对我不知会怎样另眼相看呢！但是要和他面对

---

① 此处典出荷马，他叙述了在梦中遇害者所做的梦。——原注
② 缪斯女神居住的地方，此处的泉水是诗人灵感的源泉。
③ 波义耳。
④ 参见荷马。——原注

面、盾牌对盾牌、长矛对长矛地一较高下,又有哪位现代书敢这么做呢?他像天神一样搏斗,雅典娜与阿波罗永远在他身边。但是,啊,母亲!如果'名声'所言不虚,我是那样伟大的女神的儿子,让我用这根长矛来送他下地狱,然后满载着他的战利品,毫发无损地凯旋而还。"诸神看在他母亲和莫墨斯的面子上,同意这份祷告的前半部分,其余部分则被命运之神的逆风吹散在空中。沃顿抓紧长矛,在头顶挥舞三次,然后使尽全部力气投掷出去,与此同时他的女神母亲也在他手臂上加了一把力。长矛"嘶"的一声飞了出去,那本古代书一闪身,长矛轻轻擦过他的腰带,落到地上。坦普尔既没有碰到兵刃的感觉,也没有听到长矛落地的声音。沃顿原本可以在对方还手之前,带着用长矛攻击了如此伟大一位领袖的荣耀,逃回自己的阵营。但是阿波罗看到这根长矛将要污染他的泉水——而且是在如此丑恶的一位女神帮助之下——感到十分愤怒,于是打扮成□□□①的模样,轻轻走向年轻的波义耳——这时他正陪伴在坦普尔身边。他先是指指那根长矛,接着又指指远处投掷长矛的现代书,命令这位青年英雄立即还以颜色。波义耳穿着一身诸神赐予的盔甲,立即向瑟瑟发抖、夺路而逃的对手走去。他就像是利比亚平原或阿拉伯沙漠中一头年轻的狮子,被年迈的主人派遣出去打猎,目的是为了获取猎物、锻炼身体或实战演习。它四处搜寻,期望能遇到山中的老虎或凶猛的野猪;碰巧它会遇上一头野驴,反反复复嚎叫不停,让人耳根不得清净,虽然这头宽宏大量的野兽不愿用这样卑劣的

---

① 阿特伯里(Francis Atterbury,1663-1732年),波义耳的老师,波义耳的论战文章其实出自他的手笔。

鲜血弄脏自己的爪子，但是它实在受不了这刺耳的噪音，更何况"回声"——这位愚蠢的仙女正如她所属的性别那样不知好歹——又把这声音一遍遍地放大了，比夜莺唱歌还要快乐三分，于是它决意维护森林的荣誉，开始追捕这个聒噪的长耳动物。就这样沃顿逃着，就这样波义耳追着。但是沃顿身上的盔甲太重，脚力又不足，开始放慢步伐，这时他的挚友本特利满载着两位沉睡的古书的战利品出现了。波义耳上下打量一番，蓦地发现好友法拉里斯的头盔和盾牌——刚才正是他亲手将其磨光、镀金，顿时眼里放射出怒光，于是丢下沃顿，奋不顾身地扑向这个新来的家伙。两个人的仇他都想报，但是两人逃跑的路线不同。正如一名住在小屋里的妇女①，以纺纱维持简单生计②，一天她养的鹅跑到了公共场所，于是她从平原的一头跑到另一头，把掉队的鹅都赶回去，它们咯咯叫着，拍着翅膀，走过原野——波义耳以同样的方式追逐着，那对朋友也以同样的方式逃跑着，最终他们发现奔跑无济于事，于是英勇地聚在一起，组成一个方阵。本特利首先全力投出一根长矛，想要直穿敌人的胸膛，但是雅典娜暗中走来，在空中接过矛头，轻轻一拍，长矛撞击对方盾牌后，闷声坠地。这时这对朋友正并肩站在一起，波义耳看到自己的机会来了，于是抄起一根极长极锋利的长矛，向右转身，以非凡的力量掷了出去。本特利见大限将至，忙伸出双臂护住自己的肋部，矛头穿过其手臂与侧身后意犹未尽，直到刺透了勇敢的沃顿才停下；后者上来支援垂死的好友，结果同归于尽。正如一名高明的厨师把一对丘

---

① 参见荷马。——原注
② 这也是在模仿荷马的风格，妇女靠纺纱维持简单的生计，这不是什么象征手法，如果没有这样的权威是说不通的。——原注

鹬绑在一起，用铁叉刺穿了它们身上柔嫩的部分，把腿、翅膀紧紧绑在肋骨上。同样这对好友也被穿成一串，倒了下去，他们在一起生，也在一起死。他们靠得是那么紧，以至于卡戎在送他们过冥河时，误认为是一个人，只收取一半的费用。再见了，可爱的、相爱的一对！活着的人没有几个能比得上你们。我将用文笔让你们幸福快乐、流芳百世，只要我有这样的才智和文采。

现在……Desunt cœtera[①]。

[①] 意为"结尾已佚"。

当我变老时[1]

（1699年）

不娶年轻女子为妻。

不与年轻人为友，除非他们倾心结交。

不暴躁，不乖僻，不多疑。

不嘲笑当下的风俗、才子、时尚、人物、战争，等等。

不溺爱小孩，也不要和他们过于生疏。

不对同一个人一遍遍地讲述同一个故事。

不贪婪。

不要不讲究体面和卫生，把自己弄得龌龊不堪。

不要对年轻人过于严厉，对他们的无知和缺点予以宽容。

不受仆人的摆布，不听他们或别的什么人的闲言碎语。

不要汲汲于给别人提建议，不要给人家添麻烦，除非对方确

---

[1] 斯威夫特年轻时预拟的座右铭，作于1699年，出版于1765年。常见的文章是老年人教诲涉世未深的年轻人，斯威夫特反其道而行之，以年轻人的身份规劝老人如何行事。

实需要。

让好友们提醒自己,是否违反或疏忽了这些决心中的某一条,以及是怎么违反的,然后做出相应的改进。

不多嘴,不自言自语。

不吹嘘自己从前如何英俊,如何健壮,如何有女人缘,以及诸如此类的事情。

不受吹捧,不幻想会有女孩子爱上自己。et eos qui hereditatem captant, odisse ac vitare(要对那些冲着遗产来的女孩子嗤之以鼻,避之唯恐不及)。

不自以为是,刚愎自用。

不自诩要遵守这些规则,以免到时一条都不遵守。

扫帚把上的沉思[1]

仿尊敬的罗伯特·波义耳[2]《沉思录》风格而作

（1701年）

眼前这根木棍，灰头土脸地躺在一个被人遗忘的角落，曾几何时，我在森林里见到过它意气风发、树液充盈、枝繁叶茂的模样。偏偏有人妄图以人工与造化试比高低，徒劳地把一束枯萎的树枝绑在它那干枯的树干上。现在的它，充其量是一棵颠倒的树，树枝委地，树根朝天，与以前的情况恰好相反。邋遢的女仆人手一把，干她们的苦活。天命无常，造化弄人，它注定要把清洁带给别人，把肮脏留给自己，在女仆的手中日消月磨，终成树桩，到头来不是被扔出门外，就是当作引火之物，派上最后一个用场。此情此景让我喟然长叹：人生岂非就是一把扫帚？上天送

---

[1] 据说，斯威夫特曾去伯克利伯爵家拜访，伯爵之女伊丽莎白一直要他朗诵波义耳的《沉思录》。他就写下了这篇文章，掺入《沉思录》中读给她听。伊丽莎白知道真相后不以为忤，她和斯威夫特维持了终生的友谊。

[2] 罗伯特·波义耳（Robert Boyle，1627-1691年），英国科学家，波义耳定律的发现者，英国皇家学会的创始人之一，一名坚定的清教徒。

他来到这个世界上的时候，他身强体壮，活力四射，头上长着自己的头发——这样的枝条才配得上这种理性的植物。花天酒地的生活宛如刀斧，将绿色的枝条戕伐殆尽，只剩下光秃秃的躯干。于是，他求助于人工，戴上了假发，对着一团涂满脂粉、人为造作、非本土所生的头发自鸣得意。要是我们这把扫帚将窃来的桦条引为骄傲，浑身沾满贵夫人房内的灰尘粉墨登场，我们该怎样嘲笑和鄙视它的虚荣啊。我们就是这样偏袒的法官，只看到自己的长处和别人的短处。

  阁下也许会说，扫帚所代表的不过是区区一棵倒立的大树。但是，人不就是一种颠倒的生物吗？兽性永远居于理性之上，头颅在脚踵的位置蹒跚而行。自己劣迹斑斑，却以改革者自居，自诩要鼎新革故、激浊扬清。世间的每一个肮脏角落，他都要去倒腾一番，把隐藏的尘垢魍魉暴露于光天化日之下，在原来清净的地方扬起漫天尘土；自诩要扫除尘土，其实自始至终与其同流合污、沆瀣一气。到了晚年，又往往为最不堪的妇女所奴役，直至磨成树桩，像他的扫帚兄弟[①]一样，要么被一脚踢出门外，要么用来生火，供人们取暖。

[①] Bezom，一种扫帚，一捆细枝固定于一长柄上。

桶的故事[1]

为人类的全面进步而作

（1704年）

Diu multumque desideratum. [2]

Basima eacabasa eanaa irraurista, diarba da caeotaba fobor camelanthi.
Iren. Lib.1. C.18. [3]

Juvatque novos decerpere flores,

Insignemque meo capiti petere inde coronam,

---

[1]《桶的故事》与《书的战争》一同出版于1704年，当年即出了三个版本。1710年第五版时增加了一篇《申辩》，选录了沃顿的部分注释，增加了若干作者自注。

[2] 意为"热切渴望了许久"。

[3] 更彻底地迷惑那些刚入门的人。——伊利奈乌，第一卷第十八章。伊利奈乌（Irenaeus，一译爱任纽），2世纪神学家，斯威夫特读过他的书，并做过摘要。引语出自伊利奈乌的《驳异端》。伊利奈乌在这里批评的是马可派（诺斯替教的一个派别），因为该派在吸纳新人时用一些神秘晦涩的话来迷惑他们。

*Unde prius nulli velarunt tempora Musæ. Lucret.*①

作者将于近日出版的其他著作,其中大部分将在后文提及。

《岛内才子性情录》

《关于数字"三"的颂词》

《论格拉布街的代表作》

《人性解剖学演讲录》

《世人颂》

《对热心的历史学－神学－物理学－逻辑学分析》

《耳朵通史》

《对古往今来暴民活动的一个小小的辩护》

《荒谬王国记》

《英格兰游记,由未知的南方大地的一位贵人所著,根据原文翻译》

《关于说套话艺术的批判性论文——哲学、物理学和音乐的分析》

申辩②

如果善与恶在人性中平分秋色,或许我就不必大费周章地写

---

① 我喜欢在这里采摘鲜花,为自己编织高贵的花冠,缪斯女神从未在这里采摘花朵装扮人们的额头。——卢克莱修

② 斯威夫特在1710年版中加入了这篇《申辩》。

作此文了。从本书获得的反响来看,虽然大部分风雅之士是喜欢它的,然而有那么两三篇文章①明显是在唱对台戏,还有许多文章不时地调侃了它几笔;在我的记忆之中,除了一位文雅之士所作的一篇自然神论者与苏西尼派②信徒的对话③之外,没有人能为它说过一句好话,连正面的引用也没有。

看来,至少在我们的语言和品位不发生天翻地覆的变化以前,此书还会继续存在下去,所以我乐于在此稍做一番辩解。

本书大部分完成于1696年(该书正式出版在八年之后),距今已经超过十三年了。作者那时还很年轻,创造力正处在人生的巅峰,读过的东西在脑海里历历可见。借助了一些思考和许多谈话,他尽力剥除了自己身上的真正的偏见;之所以说是真正的偏见,是因为他明白有些人的偏见达到了何等危险的境地。在做好这些准备工作后,他认为严重的宗教和学术腐败为讽刺作品提供了大量素材,既有益世道人心,又可供消愁解闷。他决意求新,让长期饱受无休无止炒冷饭(无论什么题目都是如此)折磨的世人一新耳目。他打算用"外衣和三兄弟"的寓言来表现宗教的流弊,这一块是全文的主体。至于学术上的流弊,他选择用题外话的形式引入正文。那时他毕竟是一个年轻绅士,写给与其趣味相投的人阅读。为了吸引他们的注意,他下笔时如水银泻地,一发不可收拾——这样恣肆的文风在一个更成熟的年龄、更庄重的性

---

① 威廉·金:《关于〈桶的故事〉的几点评论》(1704年);威廉·沃顿:《论〈桶的故事〉》。
② 苏西尼派(Socinian),起源于16世纪的意大利的教派,否定三位一体和基督的神性。
③ 弗朗西斯·加斯特里尔(Francis Gastrell):《真正的自然神论原理——无神论者与自然神论者的两次对话》(1708年)。

格也许并不相宜；如果这部作品在出版之前能在他手里再搁那么一两年，他只消寥寥几笔就能轻而易举地纠正这一偏差。

他对那些性格乖戾者、嫉贤妒能者、愚不可及者以及俗不可耐者的吹毛求疵不屑一顾，不会让它们来动摇自己的主张。他承认自己年轻时血气方刚，有些俏皮话，在庄重、睿智的人看来，或许值得批驳。但是他希望只对他有错的地方负责，那些既不能公正地以好意度人，又没有品位辨别真伪的人，不要以其无知、反常和苛刻的引申夸大其过失。如果从书中可以合理地推导出任何一条违背宗教和伦常的观点，他愿意为此付出生命。

为什么我们的教士看到人们用最可笑的方式揭露狂热与迷信之愚昧会感到气愤？这也许是疗治它们的最有效的方式，起码能阻止它们继续传播。此外，虽然此书不是为他们而作，可是它所嘲笑的全都是他们在布道时极力反对的东西。没有任何挑衅的内容，找不到一句针对他们人身及其职责的谩骂。它称颂英格兰国教的教规与教义至为完美，不赞成任何他们所反对的意见，不批评任何他们所接受的观点。如果教士们感到气愤的话，依鄙人的拙见，他们可以找到更合适的发泄对象：nondum tibi defuit hostis（你从不缺少敌人①）。我指的是满坑满谷、目不识丁的下三滥文人，他们声名狼藉，生活放荡，将财产挥霍一空，让理智和虔敬蒙羞，仅仅依靠大胆、虚假和不虔敬的断言，掺杂着对于全体教士的失礼见解，公开与所有宗教为敌，然而人们却如饥似渴地阅读着他们的书。总之，它们充斥着风靡一时的原则，旨在消除人们对于宗教所说的不道德生活后果的恐惧。本文没有诸如此类的

---

① 卢坎，《法萨利亚》，1.29。

东西，尽管有些人大肆攻击这一点。我希望不会出现我常常看到的那种情况：在那个受人尊敬的团体内，许多人并不总是善于辨别谁是他们的敌人，谁是他们的朋友。

如果某些人（出于尊敬，作者在这里隐去其姓名）能对作者的意图做出更公正的解读，也许会鼓励作者审阅上述一些作者的书，发现和揭露他们的错误、无知、愚钝和堕落，让那些中毒最深的人立即将其丢弃一边，羞愧不已。但是他现在放弃了这种想法，因为在最重要职位上的最重要人士①觉得，嘲笑宗教的腐化（他们对此一定是不赞成的）比推翻全体基督徒一致同意的基本原则更加危险。

鉴于本文作者对大多数密友隐瞒了身份，如果有人言之凿凿地断言作者为谁，那一定是很不靠谱的。然而有些人走得更远，他们宣称另一部书②也出自本书作者之手。作者直截了当地宣布，这是彻头彻尾的错误，他可从来没有读过那篇文章。这一个例子清楚地表明，根据文章风格或思考方式的相似，笼统地进行揣测或推断，是多么不着边际。

作者相信，如果他写的是一本揭露法学或医学腐败的书，这两个专业的博学的教授们也许不但不会憎恶它，反而会感谢他付出的艰辛劳动，尤其是如果他对这两个行当的真正实践保留了自己崇高的敬意。但是他们对我们说：宗教是不能被嘲讽的。他们说得很对。但是，宗教当中的腐化是可以被嘲讽的，因为世上最陈腐的格言③教导我们，作为世上最好的事物，宗教的腐化可能

---

① 一般认为是指约克大主教约翰·夏普。
② 沙夫茨伯里伯爵，《关于热心的一封信》（1708年）。
③ 极恶是至善之腐化。

会变成最坏的事物。

明智的读者不会注意不到，文中一些最易遭人诟病的段落是人们所说的戏仿，作者有意模仿其他作家的风格来讽刺他们。举例来说，第79-80页[1]针对的是德莱顿、莱斯特兰奇，还有一些人，我就不一一点名了，他们一生汲汲于结党、脱党，干尽种种坏事，假装是忠诚和宗教的受难者。德莱顿在他的一篇序言[2]中讲述了自己的功劳和磨难，感谢上帝让他忍耐地拥有自己的灵魂。他在其他地方讲了同样的话，莱斯特兰奇常常使用同样的风格。我相信，读者会发现更多的人适用这一段落。不过，对于那些忽略了作者用心的人，这里的指点已经够明白显豁的了。

偏见或者无知的读者花了很大力气，找出了三四个段落，说它们别有所指、用心险恶，仿佛瞥见了几条宗教信条。作者为此做出庄严声明，他完全是清白的，他从来没有想过，可以对他说的任何话进行这样的解释，照这样子，他也可以从最清白的书中推导出一样的结论。读者们看得很清楚，他并非有意为之，他指出的弊端，所有英格兰国教信徒都是同意的，除了宗教改革后一直在争论的话题外，再牵扯别的什么主题都是不恰当的。

这里只以导论中提到的三个木制设备的段落为例。原稿还描述了第四种设备，那些操纵文稿命运的人将其划去，仿佛其中有所讽刺，他们觉得太过露骨，所以不得不改成"三"，有些人试图从中挖掘出危险的含义[3]，可这是作者从来也没有想到过的。事

---

[1] 这里的页码已经调整为本书的实际页码。
[2]《论讽刺的起源和发展》(1693年)。
[3] 三位一体学说。

实上，这一改动几乎毁掉了作者的奇思妙想。因为"四"更加喀巴拉①，所以更能揭露作者旨在嘲讽的迷信——数字的所谓神通。

另一个值得注意的事情是，全书贯穿着一种反讽，文雅之士想必可以分辨，这会让已有的一些异议变得十分软弱，无足轻重。

这篇《申辩》主要是为了满足未来读者的需要，那些批驳下文的文章也许并不值得关注，它们已经被扔进了废纸堆，从此湮灭无闻，这是批评文章（但凡有点儿价值的书籍都遭到它们指摘）通常的命运。它们就像是长在小树四周的年生植物，夏天仿佛可与之试比高低，到了秋天就随着落叶纷纷谢世，从此销声匿迹。伊查德博士②在写那部有关蔑视教士的书的时候，一批批评文章立即涌现了出来，要不是他的答复文章，人们现在根本不记得有过这场争论，而那些文章也就不会还存活在人们的记忆之中了。例外的情况是伟大的天才们觉得值得为一篇愚蠢的文章出手，我们至今仍在津津有味地阅读马维尔答帕克的文章③，尽管它所答复的文章已经长期湮灭无闻；奥雷里伯爵的《评论》读来依然饶有兴味，而他批评的《论法拉里斯书信集》则无人问津，也无处寻觅了④，但这不是普通人可以完成的壮举，在一个时代中最多只出现一到两次。人们在从事这项工作时会更加小心，以免浪

---

① 犹太教神秘主义。

② 伊查德（John Eachard，约1636-1697年），英国教士、讽刺作家，这里指的是他的《蔑视教士和宗教的原因论》。

③ 萨缪尔·帕克（后来成为牛津大主教）在《论基督教教会的政体》(1670年)中反对宽容，攻击不信仰国教者。安德鲁·马维尔（1621-1678年，玄学派诗人，*To his Coy Mistress*的作者）写了《换位的彩排》驳斥帕克。

④ 波义耳对本特利的反驳。

费时间，他们只要想想，为了评好一本书，需要投入的精力、技巧、才能、学识和见识要超过写书本身。作者向那些不惮在他身上花力气的绅士们保证，他的文章是多年研究、观察和创作的结晶，他删去的文字常常多于未删的；如果他的稿子不是在很早以前就脱离了他的掌控，现在还在进行更严格的修改呢，他们难道认为用几个泥球（不管发射的枪口放了多少毒药）就能摧毁这样一幢大厦吗？他只见到过两篇批评文章，其中一篇起初似乎出自无名氏之手，后来有人①公开承认自己的作者身份，由于某些理由，此君并无恶意。不管什么原因迫使他如此草率为文，都是一件让人感到遗憾的事情，这本该是一篇引人入胜的作品。但是他的失手还有其他显而易见的理由，他的写作违背了自己天才的信念，他做了一次最荒唐的尝试，花了一个星期的时间，嘲讽了一篇耗费大量时间写出并取得极大成功的嘲讽作品。我已经遗忘了他处理主题的方式，只在它问世之初，和其他人一样，仅仅因为它的标题浏览了一下。

另一篇批评文章则来自一位更加严谨的作者②，该文一半是抨击，一半是注解；后者是他的强项，他在这方面游刃有余，无往不利。他的小册子成功地吸引了读者的注意，有人似乎渴望他分析一下更加晦涩的段落。我们也不能因为抨击的部分而指责他，因为所有人都同意，作者对他进行了十足的挑衅。主要的责难在于他的处理方式与他承担的一项职责很不相称。大多数人断定，这篇文章在某种意义上是不可原谅的，因为它攻击了一位当时还

---

① 威廉·金。
② 沃顿。

在世的伟人①,这位伟人集所有美德于一身,受到万众的景仰。人们注意到,他是多么乐于被称作那位高贵的作家的对手。这是一次精心策划的讽刺,我听说这个称呼对威廉·坦普尔爵士的伤害很大。所有的文人雅士都拿起武器,准备战斗,他们担心此例一开,后果不堪设想,于是愤怒压倒了轻蔑,波塞纳之事②重见于今日,idem trecenti juravimus(我们三百个人发了同样的誓言)。简单来说,要不是奥雷里勋爵缓解了一下紧张的气氛,一场大规模暴动已经箭在弦上。但是爵爷大人主要对付的是另一个对手③,为了让大家的情绪恢复平静,有必要对这个对手施加惩戒,这就是促成《书的战争》写作的原因之一,所以作者不辞辛苦,在书中穿插了一两条对他的评论。

这篇批评找了大约十二个段落的岔子,对此作者就不自讨苦吃地一一做出回复了,作者只在这里向读者保证,大部分的批评是完全错误的,它们把作者从未想过,而且相信任何有品位的、公正的读者也不会这样想的含义强加于人;他最多只承认两三处因粗心大意而导致的错误,理由前面已经讲过,他那时年轻气盛,说话直率,稿子在出版时已经由不得他做主了。

但是批评者坚持说,他主要是讨厌其意图:我已经说过了本书的意旨,我相信,除了揭露学术和宗教腐败外,没有一个读得

---

① 坦普尔。
② 罗马史上的著名故事。罗马共和国成立初期,伊特鲁里亚国王波塞纳率领大军包围了罗马,穆奇乌斯·斯凯沃拉(Mucius Scaevola)前往敌营行刺,失败被俘后自愿将右手伸入火中。波塞纳下令将其释放,穆奇乌斯说罗马还有三百名壮士发誓来行刺他,波塞纳惶恐不已,遂遣使求和。
③ 本特利。

懂该书的英格兰人会想到别的什么意图。

　　不过，最好了解一下这个批评者所谓的意图，他在小册子的结尾"提醒读者"不要认为作者的清辞妙句都是自己的原创。这肯定包含着几分个人恩怨，至少混杂在服务公众的目的之中。它也确实触及了作者的一个软肋，他一直坚持全书没有一处借鉴其他作家，他从来没有想过这也会成为批评对象。他觉得，不管该书有怎样的缺点，其原创性是不容置疑的。然而这位批评者举了三个例子来证明书中有许多地方并非作者自出机杼。首先，彼得、马丁和杰克的名字系抄自已故的白金汉公爵①的一封信。不管这三个名字起得何等有才气，作者都愿意放弃，并希望读者打消由此产生的对作者才气的器重。与此同时，他要提出严正抗议，他在没看这篇批评文章以前，从来没读过这封信；他坚称，这些名字并非借鉴，一切纯属巧合，当然，此事极为蹊跷，连他都几乎不能置信，而且杰克的情况并不像另外两人那么明显。第二个证明作者有所借鉴的例子是彼得对于"化体说"的玩笑（他用"阿尔塞西"一词②称呼它），这也是抄自那位公爵写给一位爱尔兰教士的信札，在信中一个软木塞变成了一匹马。作者承认，在此书完稿约十年、出版一两年后见过此信。批评者在这里自打嘴巴，他把《桶的故事》的写作日期定在了1697年，而那部小册子窃以为是在多年以后才出版的。腐化必须像其他东西一样有自己的寓言，作者尽其所能地创造了最恰当的寓言，其间没

---

① 白金汉公爵乔治·维利尔斯（1628-1687年）的《致克里福德论其人文理性》。
② 沃顿反复用"banter"（玩笑）这个词来攻击《桶的故事》。阿尔塞西，伦敦市舰队街和泰晤士河之间的区域，曾经是欠债者和罪犯的避难所。

有参考其他作家的作品，最普通的读者都知道两个故事毫无相似之处。第三个例子是这样的，"人们使我相信，圣詹姆斯图书馆战役出自一本叫作《书的战争》[1]的法文书——在进行了必要的改动（mutatis mutandis）后——如果我没有记错的话"。在这一段话中有两个分句，"人们使我相信"和"如果我没有记错的话"，我首先想知道，如果这个猜测被证明是完全错误的话，这位了不起的批评家用这两个分句是否开脱得了自己。此事自然琐琐不足道，但是他是否在重要的场合也会这么说呢？我明白，作为一名作家，最让人看不起的恶习就是剽窃，而他在这里胡乱给人家安上的正是这个罪名，而且不是抄一个段落，是整本书抄自另外一本书，只是进行了必要的改动。作者和批评者一样对此两眼一抹黑，只能模仿他的样子随随便便地断言，如果评述有一个字是真的，他就是一个微不足道的假冒学究，而批评者则才华横溢、风度翩翩、表里如一。他之所以如此有把握，是因为他从来没有见过和听过这篇文章。他可以肯定，两个不同时代、不同国家的作家，不可能心意相通到如此地步，以至于两篇长文一模一样，只是进行了必要的改动。他也不坚持标题的错误，不过，他要求批评者和他的朋友[2]随意举出一部书，指出一个细节，公正的读者可据此断定，作者曾经从中获得了最小的启发。作者只承认，人们有可能偶然产生相同的想法，不过他从未在该文中发现这一现象，也没有听到其他人质疑过这一点。

因此，如果说有什么不幸被实施的意图，那一定是这位批评

---

[1] 法国作家Francois de Callieres所作的《书的战争》（1688年）。
[2] 沃顿和本特利。

者的臆测,此人为了说明作者的文章并非原创,只能举出三个例子,其中两个是无关宏旨的细枝末节,三个全部是显而易见的错误。如果这些绅士就是以这种方式对世人进行批评,那么我们没工夫来驳斥他们,读者们要当心,不要轻易相信他们。此举在人道或真理上是否说得通,让那些愿意在这方面花时间的人去决定吧。

众所周知,如果这位批评者集中精力做好对《桶的故事》的评论,他会取得更大的成功,不可否认,他在这方面已经为公众做出了一些贡献,进行了一些很好的猜测,解决了一些难题。但是这些人经常会犯一种错误(否则他们的工作是十分值得称赞的),那就是超越自己的才能和职责,煞有介事地指点美丑妍媸,这不是他们的工作,他们在这方面的表现可谓一塌糊涂,世人从来没打算让他们干这一行,如果他们这么干了,也不会对他们表示感谢。以他的才具适合担当米尼利乌斯或法那比①的角色,在这个岗位上他可以为许多对文章的晦涩部分一筹莫展的人提供帮助,可是 optat ephippia bos piger(笨牛盼马鞍)②。笨重迟钝、体型臃肿的牛一心想穿上马的装备,它也不想想,它生来是个劳碌命,注定要为高等动物耕田,它没有试图冒充的那个高贵动物的体型、气质和速度。

这位批评者公正待人的另一表现是:向我们暗示作者已死,不过我对他怀疑的对象一无所知。对此只能做出这样的回答:他

---

① 米尼利乌斯(Jan Minell,约 1625—1683 年),荷兰学者。法那比(Thomas Farnaby,约 1577—1647 年),英国语法学家。

② Optat ephippia bos piger, optat arare caballus(笨牛盼马鞍,骏马望耕田)。——贺拉斯《书信集》,I. xiv. 43

的猜测是完全错误的。猜测的分量实在太轻，不足以公开指名道姓。他谴责一本书，牵连到其作者，他对于此人一无所知，却在书中对完全不相干的人品头论足、大放厥词。一个在黑夜中挨了揍的人感到恼火，这是可以理解的，但是在光天化日之下，把昨晚所受的屈辱归咎于路上碰到的第一个人，对其报以老拳，这样的报仇方式就是匪夷所思了。对于这位谨慎、公正、虔诚、机智的批评者，我们言尽于此。

至于作者是如何失去书稿的，这是作者的私事，不宜讲述，讲也无用，是否相信，全在读者。不过，他有一个修改稿，打算重新写过，并做大量的改动，编辑们很清楚这事，他们在书商的前言中说，有一个秘密的版本，将进行若干修改云云。虽然读者对此没有引起重视，但这却是真的，只是这个秘密版本已经付印。他们尽可能快马加鞭，其实毫无必要，因为作者完全没有做好准备。但是他听说书商很是头疼，因为他为这个版本花了很大一笔钱。

作者的原稿并没有那么多空白，他不知道为什么要删除这些文字。如果编辑工作交给他来完成，他将对迄今尚无人提出异议的段落进行几处修改，还会改动几个似乎没有理由提出非议的段落，但是大部分的段落将全凭自己做主，纹丝不动地保留下来，仿佛从未怀疑过人们有可能对其进行荒谬的解释。

作者注意到，在书的末尾有一篇叫作《片段》[1]的文章，此文的出版让他最为吃惊。这只是一个极不完整的梗概，几条松散的

---

[1]《论精神的机械运动》。

线索，借给了一位打算写类似文章的绅士。此后他再没有想起此事，这会儿看到它完全违背了他当初设想的方式，胡乱拼凑在一起，不由得大吃一惊。这是一篇比它篇幅大很多的文章的草稿，看到材料被运用得如此糟糕，他感到十分难过。

评议此书的人以及其他方面的一些人士还提出一项批评：彼得发誓和诅咒的次数太频繁了。所有的读者都认为有必要知道彼得发过誓和诅过咒。誓言没有形成文字公开发表，只可通过猜测想见，而想象中的誓言并非是不道德的，就像想象中的渎神或无礼的言辞一样。你可以嘲笑天主教徒诅咒人们下地狱的愚蠢，还可以想象他们发誓的样子，这样做是无罪的。但是淫荡的词语或危险的观点即使只印出了一半，也会在读者心中塞满了邪恶的观念，而作者在这方面是无可指责的。公正的读者会发现，书中最激烈的讽刺针对的是在这些话题上挥洒才智的现代风俗，第130页有很好的例子，其他地方也有，不过也许有一两处表述过火的地方，要不是由于上述的原因，几乎是不可原谅的。有人向书商提出，愿意代替作者对这些段落进行必要的修改。但是书商似乎不愿听到这类事情，担心会影响此书的销路。

作者在结束这篇《申辩》之前不能不做出如下评论：才智是人性最高贵、最有用的天赋，幽默则是最宜人的天赋，一部作品若能将二者熔为一炉，必将永远受到世人欢迎。那些与它们全都无缘，只有傲慢、迂腐和粗鲁相伴的人，大多暴露在两者的鞭笞之下，他们觉得这种挞伐只是小意思，因为他们麻木不仁。当才智和嘲讽结合在一处时，只需称其为玩笑即可。这个文雅的词最早源自白衣修士区①的混混，接着又在跑腿中流行开来，最后在学究中间找到归宿，他们把它用在了才子的文章上，就像我把它用在伊萨克·牛顿爵士的数学上一样恰当。如果他们所谓的玩笑是那么可鄙的一样东西，他们为什么总是跃跃欲试呢？这里仅以上文提到的批评者为例，我们伤心地看到，他在部分著述中处处要表现诙谐，跟我们讲竖尾巴的母牛的故事。他在对本文的批评中说它不过是一场玩笑、一把勺子。诸如此类的精彩段落还有很多。人们也许可以说，才子以这些文学辎重（impedimenta literarum）为耻，对它们最明智的建议是待在安全的地方，起码要等到喊它们的时候才出来。

总之，在上文设定的前提下，本书值得一读。作者感到，对于一个年轻作家而言，没有什么是不可以原谅的。他只为风雅之士写作，他觉得以下说法是准确的：他们都站在他这一边，足以让他骄傲地报出自己的姓名，而世人虽也做出了一些明智的猜测，仍不过是在黑暗中摸索。无论是公众还是他本人对此都很可以莞尔一笑。

作者听说，书商说服几位绅士为此书撰写一些解释性的注解②。他还没有读到其中任意一条，在没有正式出版之前也不打算去读，不做出回应对其较为有利。待其面世后，他很有可能会从中找出二十条他从未想到过的含义。

1709 年 6 月 3 日

---

① 白衣修士，即前文所述的阿尔塞西，此地建有修道院。
② 斯威夫特在《桶的故事》最早的几个版本上陆续加了一系列旁注。

附言

 此文写于大约一年前,此后一个拙劣的书商a出版了一部名为《〈桶的故事〉注》的愚蠢的书,叙述了作者的一些情况,列举了几个人的姓名,臆断他们为本书作者。我认为,这种蛮不讲理的态度是要受到法律惩罚的。作者向世人保证,该书作者的臆测是统统错误的。作者还要声明,整部作品出自一人之手,任何有眼力的读者都会轻而易举地发现这一点。向书商提供书稿的那位绅士是作者的一个朋友,除了删去几段文字(现在以desiderata b的名义留白)以外,此外并无唐突之处。但是如果任何人能证实他拥有对全书三行文字的所有权,让他站出来,报出自己的姓名和头衔,书商在再版时将其置于封面,而那个主张权利的人从此以后将被承认为本书无可质疑的作者。

致尊贵的约翰·索姆斯勋爵

大人:

 尽管作者已经撰写了一份长篇献词,不过题献的对象是一位我永远不会有幸认识的王子,而且据我所知,所有当代作家都对此人毫不在意。书商们常常受制于作者的任性,我则全无此病。

---

① 埃德蒙·科尔(Edmund Curll)出版的《〈桶的故事〉完全解密——有关作者及其写作动机、意图的一些材料,以及对于沃顿先生〈评述〉的考查》(1710年),书中保存了斯威夫特表弟托马斯·斯威夫特有关此书形成过程的一些回忆。

② 即空白,有佚文。

窃以为，把这些文字献给阁下，恳请阁下垂怜庇佑，不失为明智之举。上帝和阁下能洞察其优劣得失，对此我完全是门外汉。虽然其他人也一定同样无知，不过我对该书的销路并不担心。单凭封面大写的阁下姓名就足以随时加印一版了，如果我想成为一名市议员，只要垄断向阁下题献的特权就可以高枕无忧。

作为一名题献者，现在我要罗列阁下的诸多美德，因而违背您的谦谦之风，殊非我的本怀。我最主要的是赞美您对囊中羞涩的才华之士慷慨解囊，我要明明白白地向你暗示，我指的是我自己。正当我按照惯例细读一二百篇献词，摘录一份适合阁下的要点之际，有一件事吸引了我的注意力。我在这些书籍的封面偶然发现了两个大写的词：DETUR DIGNISSMO。据我所知，它们也许具有重要的含义。不幸的是，我用的作家，没有一个懂拉丁文（虽然我常常出钱让他们翻译那种语言）。无奈之下，我只好求助于教区的副牧师，他将其译成：给最杰出的人物。据他解释，作者的意思是，该作品要献给当代在才智、学识、判断力、口才、智慧上最出类拔萃的天才。我来到一位为我工作的诗人在附近小巷的住处，把这篇译文拿给他看，想听听他对作者题献对象的看法。他沉吟了一会儿，然后告诉我，虽然他痛恨虚荣，但是根据作者的描述，他本人就是题献的对象。同时，他非常客气地提出，他可以无偿地帮着撰写给他的献词。不过，我还是让他再猜一遍。他说："如果不是我，那就是索姆斯大人了。"接着我又走访了几位我认识的才子，爬了无数幽暗曲折的楼梯，很是出了一阵冷汗，弄得自己疲惫不堪，结果他们都提出两个人选，一个是阁下，另一个是他们自己。现在阁下可以明白，这件事并非我向壁虚构，因为我曾经在某个地方听说过这么一句箴言：众人公认的第二就是毋庸置疑的第一①。

这让我一万个相信,阁下就是作者题献的对象。由于我很不熟悉献词的风格样式,就雇佣了上文所述的才子,为我提供线索和素材,以便为阁下歌功颂德、撰写颂词。

他们在两天之内拿出来十页纸,每一面都密密麻麻写满了字。他们发誓已经洗劫了苏格拉底、阿里斯提德、伊巴密浓达、加图、西塞罗、阿提库斯②(以及其他一些我已经记不得的难念的名字)等人的美德。不过,我有理由相信,他们利用了我的无知,因为我在读他们收集的材料时发现,没有一个音节不是我们大家都知道的。我因此十分伤心,怀疑自己上了当,我手下这帮文人剽窃和抄录了通用的人性报告。我白白地从口袋里掏出了50先令。

如果我可以更换文章标题,把这些材料用于别的什么献词(高手们一直是这么做的),还可以弥补我的损失,但是我让几个人浏览了这些文字,没等读完三行,他们都明白地告诉我,它们只适用于阁下。

说真的,我期待听到阁下身先士卒、英勇无畏地登上某个缺口或攀上某段城墙的消息,抑或是您的血统上溯自奥地利王室,抑或是您在着装和舞蹈上的天赋,在代数、形而上学和东方语言上的渊博知识,但是坦白地说,我实在不好意思厚着脸皮再在世人耳边呱噪,重复您的才智、口才、学识、智慧、正直、彬彬有礼、胸怀坦荡、慧眼识珠、奖掖人才,以及诸如此类的40个老掉

---

① 可能是地米斯托克利所说。
② 阿提库斯(公元前109—前32年),西塞罗的好友。

牙的话题。因为，您的公德和私德，在人生舞台上经常有展示的机会，即使那些没有机会展示的，原本会被朋友无视和忽略的，最终也会被敌人公诸于世①。

如果阁下的典范人格在后世湮灭无闻，我会痛心疾首，这既是为后人，也是为您，但主要是因为它们将为前朝史册②增光添彩，其作用不可或缺。这也正是我之所以不准备在此缕述您的美德的原因之一。因为智者们对我说，由于献词是在过去几年内流行的，优秀的历史学家不大会从中去寻找传主。

我认为，我们这些题献者有一个需要改进的地方，我的意思是，与其喋喋不休地颂扬保护人的慷慨大度，不如在他们的耐心上稍微花费些笔墨。现在我给了您大好的机会来施展您的耐心，这就是我对您最大的赞美。尽管鄙人在这方面也许不可能给阁下挣多大面子，但是您已经习惯了单调乏味的长篇大论③，有的几乎毫无意义，所以更愿意原谅拙作，尤其是其作者对您是那般毕恭毕敬、心悦诚服。

大人最顺从、最忠心的仆人
书商

书商致读者书

这部书稿落到我手里已经有六年了，其时距离书稿完成似乎

---

① 索姆斯于1701年受到控告，后被宣告无罪。
② 威廉三世于1702年驾崩。
③ 索姆斯曾在上、下议院任职。

有一年的时间,因为作者在第一篇论文的序言中告诉我们,他是在1697年写作的,从该文以及第二篇论文的几个段落来看,它们大约写于同一时期。

我没有办法让作者感到满意。不过,据我获得的可靠消息,他对此书的出版并不知情,因为在借走这个抄本的人死后,书稿就不见了,他认为已经佚失了,因此他是否还进行过修订,有没有试图补正其讹夺错漏之处,仍然是一个谜。

如果我告诉读者我是如何得到这部书稿的,在这个没有诚信的时代,这只会沦为行话。因此我很乐意免除你我这么一个不必要的麻烦。不过还有一个难题——我为什么不早点儿出版此书呢?有两点考虑。首先,我想还是由我自己来操办比较合适。其次,我多少还抱着与作者取得联系、聆听其指示的一线希望。但是,我近日获悉出现了一个秘密版本,由一位大才子进行了修改加工,用今天作者的夫子自道来说,是"适应了时代风气",他们已经十分恰当地对堂吉诃德、博卡利尼[1]、拉布吕耶尔等人下了手。不过,我想还是让整个作品一仍其旧,存其本真。如果哪位绅士能给我提供一份释义,解释一些较难索解的部分,我会衷心感谢,并将其单独付梓。

---

[1] 博卡利尼(Traiano Boccalini,1556—1613年),意大利讽刺作家,代表作为《帕尔纳索斯山通讯》(*Ragguagli di Parnaso*)。

致后代王子殿下的献词①

敬启者：

我在这里向殿下呈上的是我在有限的空余时间内完成的成果。我平日俗务缠身，工作内容与此毫不相干，在百忙之中偷得半日之闲。这部拙劣的作品沉甸甸地放在我的手上，已经历了漫长的议会闭会期、国外新闻的匮乏期，以及枯燥的雨季。因为这个以及别的一些原因，它配不上您的垂青。短短几年内，世人已将集无数美德于一身的殿下视为所有君主的未来典范。尽管殿下还未摆脱襁褓，但是全球学术界已经决定，在未来的日子里，俯首帖耳，低首下心，听命于您。在这个有教养、最文明的时代，您命中注定是人类智力成果的唯一仲裁者。来打官司的人数之多，任何没有您那无限天才的法官都会震骇不已，然而，那个负责殿下教育的人似乎想要阻止举行这样光辉盛大的审判，据我所知，他已决意使您处于对我们的研究几乎一无所知的状态，而这本是您一项与生俱来的权利。

让我感到惊讶的是，此人竟敢在光天化日之下对殿下说，在我们这个时代，几乎人人都是文盲，基本上没有产生一位作家，拿不出任何一部作品。我非常明白，当殿下成年，完整研习古典学问后，一定会对上一代的作家生出好奇之心，不会放过考察他

---

① 书名页上伊利奈乌的引语完全是不知所谓的胡言乱语，这是古时候马可派异端的一种入会仪式。——沃顿注

遭到诋毁的作家在向"后代"呼吁时，一般使用这种风格，一位年轻王子在此代表"后代"，"时间"是他的监护人。作者以冒充其他作家这一惯用的伎俩开场，这些人有时用这样的理由为发表作品进行辩解，其实他们应该将其作品藏起来，并为其感到脸红。——原注

们的机会。您会觉得他厚颜无耻，竟然只向您介绍其中的寥寥几人——他把人数删减到我羞于提及的地步。为了维护我和我们这个庞大而兴旺的团体的荣誉和利益，我血气翻涌，怒火冲天。根据我多年的体会，他一直对我们抱有敌意，现在依然如故。

如果有朝一日，殿下读到了我现在写的东西，您有可能会与监护人谈到我这番言论的可信度，并命令他出示几部我们的作品。对此他会反问殿下——我对他的心思了如指掌——它们在哪里，情况如何，假装因为那时找不到，就说明从来没有存在过。找不到！谁弄丢了？它们沉入万物的深渊中去了吗？显然，就其本性而言，它们是足够轻盈地优游于一切永恒之表的，所以问题在于那个在它们腿上绑了重物，让它们沉入地心的人。它们的本体遭到毁灭了吗？谁消灭了它们？它们是被泻药淹死了，还是在管道中牺牲了呢？是谁把它们敷到□□□的屁股上去的呢？谁是这场大灭绝的元凶，这对于殿下来说不成其为问题。恳请殿下注意观察您的监护人喜欢随身携带的那把阴森可怖的大镰刀，看一看他指甲和牙齿的长度与力度、锐度与硬度；想一想他吐出的毒气多么可怕，到处传播，荼毒生灵，残害万物，再想一想当今世上是否有文人抵抗得住他的攻击。哦，但愿有朝一日殿下能下定决心废去这位把持朝纲的 maitre de palais① 的武功，让这个国家 hors du page②。

您的监护人在这件事情上搞的专制和破坏，三天三夜也说不完。他对我们这个时代的著述成见极深，这座名城每年炮制的数

---

① 主计官。——原注
法兰克王国墨洛温王朝的宫相（maire du palais），把持朝中大权，使国王沦为傀儡。
② 摆脱其监护。——原注

千篇文章，没等太阳转完一圈，都已经湮灭无闻了。多么不幸的孩子啊，许多孩子还不会用母语来乞求饶命，就被残忍地扼杀了。有的被窒息于摇篮之中；有的被吓得浑身抽搐，一命呜呼；有的被他活生生地剥了皮；有的被他肢解后献给摩洛①，剩下的被其呼吸所染，患上肺结核，慢慢地折磨而死。

但是我最关心的还是我们诗坛，我拟向殿下陈情，由136名一流诗人联合署名，因为他们的不朽著作永无机会呈殿下御览，虽然他们个个谦卑而热诚地乞求得到诗人的桂冠，而且都有大部头的精彩之作支持自己的主张。这些杰出人物的不朽作品被您的监护人置于万劫不复之地，让殿下以为我们这个时代连一个像样的诗人都没有。

我们承认，不朽是一位神通广大的女神，由于殿下的监护人在无以伦比的野心和贪婪的驱使下，篡夺了祭司一职，我们所有的祭品都被他拦截后私吞了。

断言我们这个时代完全不学无术，不管哪一类的作家都没有，这个说法似乎过于猖狂、极其荒唐；有时我想，可以无可辩驳地证明，相反的说法基本上是成立的。诚然，他们人数众多，他们的作品也相应地汗牛充栋，但是他们匆匆地离开了舞台，我们不记得他们，分不清谁是谁了。在我最初构思本文的时候，为了向殿下证明这一点，曾经准备了一份无可辩驳的证据——一份冗长的名单。这些名字在家家户户的大门上，在大街小巷的角落里刚刚贴出来，几个小时后回头再看，都已经被撕了下来，新的

---

① 《旧约》中的神，接受儿童做祭品。

名字已经取而代之。我向读者和书商打听它们的情况，结果无功而返，它们为世人所遗忘，消失得无影无踪。人们嘲笑我是小丑和书呆，没有任何品味而言，对于世务一窍不通，对于朝内和城中名流的举止一无所知。所以我只能向殿下明言，从总体上讲，我们在学术、文学上人才荟萃，至于举出具体的例子，那就不是才疏学浅如我辈所能胜任的了。如果我在一个大风的日子，冒昧地向殿下断言，在地平线附近有一大块云，形状像熊；在头顶上也有一块，顶着驴头；还有一块在西面，张着龙爪。过了一会儿，殿下想要检验此说的真伪，此时它们的形状位置显然是随机的，新的云彩会出现，我们唯一能达成共识的是：云彩始终在那里，只是我在动物学和地形学上犯了错。

但是，您的监护人也许还会固执己见，并提出这么一个问题：这么多书必然要用去大量纸张，它们现在到哪里去了呢？难道它们也能像我说的那样通通毁于一旦吗？对于如此恶意的质疑，我该怎么回答才好？对于殿下和我之间的距离而言，不适宜让您来亲眼见证，那是一座厕所，还是一个烤炉，是妓院的窗户还是肮脏的灯笼。书籍就像它们的作者一样，只能通过一条路来到这个世界，却有上万条路离开这个世界，从此一去不返。

我以人格向殿下担保，我接下去说的在此时此刻都是真话。至于在您御览之前会有什么惊天动地的变化，我可打不了包票，不过，我恳求您将其作为我们的学问、礼节和才智的一个样本。作为一个老实人，我在此断言，如今有一位名叫约翰·德莱顿的诗人，他翻译的维吉尔刚刚出版了装帧精美的大对开本，据我所知，如果尽力搜寻的话，还能看得到该书。还有一位叫作纳胡姆·泰特①的诗人，发誓自己出版了大量诗歌，如果法律需要的话，他和书商还可以出正版，因此他对世人对此还要保密感到迷惑不解。第三位诗人叫汤姆·德菲②，他是一个多面手，样样精通，学问深不可测。此外，还有雷默③先生、丹尼斯④先生，都是最深刻的批评家。有一个叫本特利博士的人，写了上千页极其博学的文章，完整而真实地记录了他和一位书商之间具有重大意义的一场争吵。他有着无穷的才华和幽默，在讽刺时没人比他更优雅，在转折时没人比他更灵活。此外，我要向殿下坦言，我看到了神学学士威廉·沃顿，他写了厚厚一本书来反驳您监护人的一位朋友，并因而从他那里失宠，该书文体最为高雅，充斥着新颖与实用性兼具的发现，间杂着一针见血、恰到好处的妙语，和上文所述的那位友人非常般配。

我何必还要罗列更多的细节呢？要给我这帮兄弟一一写赞歌，能塞满一部书。我打算在一部篇幅更大的作品中完成这项品鉴工作，我要写出国内文人墨客的性格，对他们的为人浓墨重彩、大书特书，对他们的天才与知性则轻轻一笔带过。

我谨在此向殿下呈上一篇忠实地反映全部艺术和科学的摘要，供殿下参考。我毫不怀疑，殿下将认真地阅览，取得和其他青年王子一样可观的进步——近年来，他们阅读了大量为帮助他们学习而写的书，获益良多。

我将日夜祈求，愿殿下日开其智，日盛其德，超越您所有的

---

① 纳胡姆·泰特（Nahum Tate，1652—1715年），诗人、剧作家。
② 汤姆·德菲（Tom Durfey，1653—1723年），诗人、剧作家。
③ 托马斯·雷默（Thomas Rymer，1641—1713年），批评家。
④ 约翰·丹尼斯（John Dennis，1657—1734年），剧作家、批评家。

祖先。

> 殿下
> 最忠心的
> 　　某某某
> 1697 年 12 月

序言

当代才子们的人数之众多、眼光之敏锐，让教会与国家的达官贵人忧心忡忡，他们担心这些绅士会在这漫长的和平年代抽空给宗教和政府挑刺找漏。为此，近来人们设想了诸多方案，以削弱这些令人敬畏的调查者的力度和锋芒，防止他们在这些微妙的地方寻根问底。他们最终选定了一项需要一定时间和精力加以完善的方案。与此同时，风险每时每刻都在累积，新生的才子全部配备了（因为有害怕的理由）笔墨纸张，一小时内就能化作小册子等攻击性武器迅速出手。大家觉得在主要计划尚未完备之前，绝对有必要采取某些应急措施。为解决这一问题，几天前在一个大委员会①上，某位好奇而高雅的观察家提出了一项重要的发现：水手们在遇到鲸鱼时，习惯扔过去一只空桶，引开它的注意力，避免对船只造成破坏。这个比喻立即被神话化了，鲸鱼被解释成霍布斯的《利维坦》，它玩弄着各种宗教和政治大计，其中大多

---

① 国会的全体会议或者下议院的四个常务委员会之一。

空洞乏味，嘈杂呆板，供罗塔①讨论。据说当代才子们的武器就是从它那里借来的。危险中的船很容易被理解为其原型——共和国。至于如何分析木桶则成为难点所在，在经历长时间的调查和辩论后，字面的意思保留了下来，最终的决议是：为了防止这些利维坦玩弄易于动荡的共和国，要用《桶的故事》来转移他们的注意力。因为公认我在这方面有天赋，所以荣幸地承担了这一任务。

这就是发表下文的唯一目的，希望在那一杰作完美出炉前——有教养的读者对于这一秘密应该有些了解——它能让那些不安分的灵魂消停几个月。

有人设想建设一个容纳得下9743人的大型研究院。据保守计算，本岛才子的总数大致是这个数目。他们将被安置在几所不同的学院，在那里从事最适合发挥其天分的研究工作。策划者会在合适的时候公开其计划书，有兴趣了解工程详情的读者可以参看，我在这里只提几个主要的学院。首先是男色学院，它的规模很大，有法国和意大利的大师在此坐镇；还有拼写学院，它的房间十分宽敞；还有镜子学院、发誓学院、批评家学院、流口水学院、木马学院、诗歌学院、陀螺学院②、怨气学院、赌博学院，等等等等，总之是洋洋大观，就不一一缕述了。除非有两位有分量的人物为其开具证明，担保确为才智之士，否则任何人都不能被这些学院接纳为成员。

言归正传。我对一篇序言所要担当的主要任务了然于心，如

---

① 哈林顿创立的一个讨论共和主义思想的俱乐部。
② 我以为作者应删去这所学院，它和木马学院是一回事，如果一个人可以批评另一个严厉地批评别人的人（大家也许是彼此彼此）的话。——原注

果我有完成任务的天赋那该多好啊。我三次驱使自己的想象力进行一番创作之旅,三次都无功而返,为了这篇文章我已经黔驴技穷,耗尽了自己的创作才能。我的那些现代同行可不是这样的,在他们的笔下,没有一篇序言或献词没有几处惊人之语和神来之笔,让读者对接下来的文章充满期待。一位最有创作才华的诗人为了创作新诗绞尽脑汁,把自己比作刽子手,把他的恩主比作病人。这是 insigne, recens, indictum ore alio①。我在展卷阅读那部分必要而高贵的学术时②,有幸读到许多惊人之语,为了不让作者受到伤害,我在这里就不予引用了,因为我发现,现代的才子文是天底下最柔嫩的东西,在运输过程中容易遭受很大的破坏。有的东西在今天看来让人拍案叫绝;有的是在斋戒的时候;有的在这个地方;有的在八点的时候;有的在喝酒的时候;有的是请问他姓氏名谁先生说的;有的是在一个夏天的上午,稍微移动一下位置,稍有一点使用错误,带来的结果都是毁灭性的。因此,才智有自己的行走路线和范围,为了避免走失,它在这个区域之外绝不越雷池半步。现代人巧妙地把这位墨丘利③固定在特定的时间、地点、人物范围之内。这则笑话不能逾越科芬园藩篱之外,那则笑话只有在海德公园的演说角才能找到知音。这有时会撩起我的思绪,让我不禁意识到:一旦当下背景有时改变,我下面所有那些恰当的段落都会过时,失去原有的味道。但是我必须支持

---

① 贺拉斯诗句:卓越、全新、他人所未曾道。——原注
② 阅读序言等。——原注
③ 墨丘利(Mercury)是诸神的信使,飞行速度之快无与伦比。一说此处是指水银柱,据Ross & Woolley解释,这里用了炼金术的术语,意思是通过加入其他物质,把水银(mercury)凝固起来。

这项公正的举动，因为我想不明白：为什么我们费尽心力非得把聪明才智献给后世，我们的上代也没有传给我们嘛。我在这里表达的是最新从而也是最正统的文人雅士的看法，当然也是我自己的看法。但是，我极其希望，所有领略1697年8月这一月份才智的有识之士，下降到文中此起彼伏的高峰的山脚之下。我认为做出这么一条一般规定是适当的：读者若想透彻地了解作者的思想，最好的办法莫过于置身于作者所处的环境，随着一个个重要的段落从作者笔尖流出，读者和作者心心相印、息息相通。为了帮助勤奋的读者理解如此微妙的事情，在不失简明扼要的前提下，我记得本文最精妙的段落是我躺在阁楼的床上构思的。还有几次（由于一个我自己最了解的原因），我故意通过饥饿激发创造力。总之，从动笔、行文到完稿，整部作品是在长期的病痛和极度的贫困中完成的。我敢断言，面对这么多精彩的段落，一个直肠子的读者绝无可能在阅读时与我心意相通，除非在出现困难时他能根据以下指示进行调整。这就是我拟定的首要要求。

由于我曾经宣称自己是所有现代形式最忠诚的仆人，我明白有些古怪的才子也许会指责我离经叛道，竟然不在序言中抨击所有作家最理直气壮地批评的那一帮作家。我刚刚阅读了数百篇序言，作者们都开门见山地向高雅的读者诉说这深仇大怨。我保存了几个例子，尽量根据我的记忆把它们记录下来。

有一篇的开头是这样的："对于一个想当作家的人而言，现在已经是人满为患了"，等等。

另一篇："对纸张课税[①]并没有减少末流文人的数目，文坛天

[①] 1697年英国政府开始对纸张征收销售税。

065

天人山人海",等等。

另一篇:"随着每一位想当作家的小文人都拿起手中的笔,要编制一个名单只能是劳而无功",等等。

另一篇:"看吧,出版界炮制了多少垃圾啊",等等。

另一篇:"先生,我是听从您的命令才进入文坛的,否则只要稍微动一下脑筋,有谁愿意与这些末流文人为伍呢",等等。

针对这种指责,我用两句话来为自己辩护。首先,我绝不认为作家人数多对国家有害,并在下文的好几个地方坚定地提出了相反的看法。其次,我不大明白这种指责有何公道可言,因为我发现,许多诸如此类的文雅序言不仅出自同一手笔,而且作者的几部作品都连篇累牍、犹如河汉;有关这一点,我要给读者讲一个小故事。

一个跑江湖的在莱斯特广场吸引了一大帮人围观。人群中有一个手脚笨拙的胖子,被挤得喘不过气来,于是大声喊道:"上帝,实在太挤啦!好心人,行行好,让一让。真是见鬼,谁找来这帮乌合之众的?实在是太挤了!朋友,把你的胳膊肘拿开。"站在旁边的一位织布匠终于忍不下去了。"滚你的蛋,活该你长成这熊样,"他说,"之所以这么挤,还不都是你的功劳?该死的,你知不知道,你这臭皮囊占了五个人的地方还要多。这地方就你能来,我们就不能来?把你的勇气限制在理性的范围内,混球,我保证我们大家都会有足够的空间。"

作家享有某种共同的特权,这一好处我认为是无可置疑的;

具体来说，人们遇到读不懂的地方，会断定其中蕴含着某种非常有益、非常深刻的东西。此外，无论什么词句，换用一种不同的字体印刷，就被认为包含着某种特别睿智或者特别崇高的东西。

至于有事没事随意自我表扬一番的自由，如果大批的典范足以确立权威的话，我相信就不需要做出解释了。需要指出的是，表扬原本是世人支付的年金，但是，现代人发现征收年金的工作太麻烦，成本太高昂，于是在近期买下了不限嗣继承的产权，从此赠送的权利完全属于我们了。因为这个原因，作者在为自己写颂词的时候，要采用某种格式来主张和强调自己的权利——通常是类似"我这样说毫无追求虚荣之意"的话，我认为这说明兹事体大，有关权利与正义。现在，我要宣布，下文如果碰到具有这种性质的段落，已经不言而喻地使用了上述格式，为了避免重复，我只在这里提一次，以后就不重复了。

在这样精美实用的文章中竟然无一讽刺之笔，这对于我的良知是一个很大的安慰，也是我唯一敢于和这个时代、这个国家那些著名的原创作品分道扬镳的地方。我发现，有的讽刺作家对待公众就像老夫子惩罚调皮捣蛋的小孩子。每上一节课，总是先劝诫一番，继而以忍无可忍为由表示不得不罚，最后棒打一通结束当堂课程。如果我对人类还有所了解的话，这些先生大可以省其责备与惩戒之劳，因为天地之间没有哪样东西比臀部更麻木不仁了，不管你是用脚踢，还是用桦条打，都无济于事。此外，近期大多数讽刺作家似乎都犯了一种错误，他们误以为因为荨麻擅长刺人，所有其他野草也一定会刺人。我做这个比较一点儿也没有想贬低这些优秀作家的意思，因为神话学家都知道，野草比其他所有植物更为殊胜,所以本岛的第一任君主①(他的品位和判断力是那样的敏锐和高雅),非常英明地用蓟花完全取代了骑士衣领上的玫瑰,因为前者更为高贵。因为这个原因,渊博的古董专家推测,在岛内这一部分盛行的讽刺欲是从特威德河②那边传过来的。但愿它在这里长久繁衍、含苞怒放,对世人的冷眼浑不在意,就像世人对它的鞭笞无动于衷一样。但愿它们的迟钝不会影响到作者们的创作,不过请他们记住,才情和剃刀一样,在不锋利的时候最容易伤人。此外,那些牙齿不好、咬不动东西的人最适合用呼吸来弥补这一不足。

对于那些令我望尘莫及的天才,我可不像旁人那样心怀妒忌、刻意贬低。我对这一大派英国著名作家抱有真正的敬意。希望这篇短小的赞歌不至于有辱他们的清听,这可是专门为他们而写的。按照大自然的安排,在各种脑力劳动的成果中,讽刺购买名声和荣誉的价格最低;鞭笞可以激发世人的赞美,正如鞭笞可以激发人们的爱慕一样。一位古代的作家提出这么一个问题:为什么赞歌及其他种种奉承恭维之词偏偏围绕着陈腐不堪的话题做文章,一空依傍、自铸伟词者绝无仅有;这不仅让基督教读者感到厌烦和恶心,如果不及时防范的话,还会把瞌睡症这一传染病散布到本岛的各个角落。与之形成对照的是,绝大多数的讽刺文章多多少少都带有一点儿新意。人们通常把前者的缺陷归咎于作者创造能力的匮乏,不过我认为这很不公平,答案显而易见,而且合乎情理:赞歌的写作材料数量十分有限,而且早就用完了。

---

① 苏格兰的詹姆斯六世,在伊丽莎白一世驾崩后又担任英格兰国王,是为詹姆斯一世,由此成为大不列颠的第一位君主。

② 特威德河是苏格兰和英格兰的界河,蓟花是苏格兰的国花。

健康单枪匹马，始终一成不变，而疾病则成百上千，与日俱增。同理，人类的所有美德几个指头就能数得过来，可是愚蠢和恶习则数不胜数、与时俱增。一个蹩脚的诗人最多只能做到熟记主德①的一纸清单，然后慷慨地施之于其主人公或者保护人。他可以尽量地变花样、兜圈子，但是读者很快会发现这是放了一点儿调料的猪肉②。除了我们的观念以外，他并没有发明新的术语，随着观念的枯竭，术语也枯竭了。

不过，虽然赞歌的题材和讽刺的话题一样丰富多彩，但是后者比前者更为人们所喜闻乐见，原因不难理解：前者一次只赠予一人或几人，这当然会引起无福消受者的红眼和恶语相向。相反，讽刺的目标对准了所有人，大家都自作主张地认为与己无关，而且非常睿智地卸下了作为人类（它的肩膀非常宽广，担得起这份责任）一份子应担的责任，于是乎没有人会被它激怒。在这一意义上，有时候我会思考雅典和英格兰在这一问题上的区别。在那个阿提卡③共和国里，每个公民、每个诗人根据其与生俱来的权利，可以当众高声痛斥或者在戏剧舞台上指名道姓地批评任何人，不管对方的地位多么尊贵，不管他是克里昂、海柏波拉斯、亚西比得还是德谟斯提尼。但是另一方面，对于人民稍微吐露一两句反思之词，不管作者的品行多么高尚、功勋多么卓著，立刻招致还击。英格兰的情况截然相反。在这里，你可以当

---

① 比如古希腊哲学中的四种主德。
② 普鲁塔克。——原注
普鲁塔克在《弗拉米尼乌斯传》中记载了这样一个故事：一位吝啬的主人在每道菜里都用猪肉做原料，结果不管怎么精心烹饪，客人都发觉全部是猪肉。
③ 参见色诺芬。——原注

着世人的面，用最华丽的辞藻攻击人类，还可以全身而退。你告诉他们：他们都偏离正道，没有行善积德的，一个都没有；我们生活在一个渣滓的时代；欺诈和无神论像梅毒一样在流行；诚信和正义女神一起逃走了；以及其他由 splendida bilis① 提供的同样新鲜而雄辩的老生常谈。在你说完这些话之后，全场观众非但没有生气，反而感谢你讲出了宝贵而有益的真理。有可能受损的只是肺部而已，更有甚者，你可以在科芬园②规劝人们不要浮华、通奸和别的什么道理，在白厅③反对傲慢、虚伪和贿赂。你可以在律师学院的教堂里揭露抢劫和不义，在伦敦的布道坛上抨击（随你猛烈到什么程度）贪婪、伪善和勒索。这就像是在打球，每个人都随身带着球拍，把球从自己身边拨开，打到别人那里去。但是另一方面，谁要是搞错了事情的性质，在公共场合漏出一点儿口风：谁饿死了一半的舰队，又把另一半毒死了；谁真正奉行爱与荣誉的原则，欠债不还，还要去吃喝嫖赌；谁流年不利，倾家荡产；帕里斯面对朱诺和维纳斯④的贿赂，不愿得罪任何一方，如何在外面的长凳上从头睡到尾；哪位演说家在议会的长篇发言想法很多，意义不大，成效全无——谁要敢说得这么具体，一定会因为诽谤贵人（scandalum magnatum）而锒铛入狱，收到决斗邀请书，以诽谤罪的名义受到起诉，在议会受审。

但是我忘了，我在阐述一个与己无关的题目，我既没有讽刺

---

① 脾脏。语出贺拉斯。——原注
黑色胆汁，古人认为它使人发疯。
② 科芬园也有烟花柳巷。
③ 伦敦的一座王宫，1698 年被焚。
④ 如果传言不虚，朱诺和维纳斯是金钱和情妇，这对于法官来说是巨大的贿赂。我记得当时有这样的观点，但是不能确定这里说的是谁。——原注

的天赋，也没有讽刺的意愿。另一方面，因为我对人类当前的进展十分满意，所以多年来一直在搜集材料，准备撰写一篇《世人颂》，我打算给此文增加一个第二部分，名为《对古往今来暴民活动的一个小小的辩护》。我原打算用附录的形式把这两篇文章置于下文之后，但是我发现，我填满笔记本的速度比期望得要慢得多，于是选择推迟实施该计划。此外，我的计划也受阻于家门不幸，虽然把具体的情况告诉高雅的读者，这样做合乎时宜，是比较现代的方式，而且十分有助于把这篇序言扩充至现在流行的长度（按照惯例，正文越短，序言越长，两者保持一定的比例），然而我还是要免除不耐烦的读者在门廊久候之劳。我已经用一篇序言性的论文使其做好了精神准备，接着我将愉快地带他进入下面这座壮观的迷宫。

桶的故事

第一节 导论

谁要是有让人群聆听自己讲话的抱负，必须不知疲倦地奋力拥挤、穿插和攀登，直到达到一定的高度，跃居于众人之上。虽然所有的集会都很拥挤，我们还是可以观察到这一特点：在人们的头上有足够的空间，问题是怎么上去，从人群中脱颖而出和在地狱中脱身一样艰难。

——Evadere ad auras,

Hoc opus, hic labor est.①

为此,古往今来哲学家的解决办法是在空中营造楼阁,不管这种建筑物以前采用过何种实践,获得过何种荣誉,以后又会怎样继续。依鄙人的拙见,他们似乎面临两大困扰——即使是挂在篮中沉思的苏格拉底②也不例外。其一,基础奠得太高,常常超过了他们耳目所及的范围。其二,材料的耐久性差,在严酷的气候条件下损坏严重,尤其是在西北地区。

因此,为了保质保量地完成这项重要工作,我想有三种办法可用。我们睿智的祖先为了鼓励有抱负的冒险家,树立了三种木制设备,供演说家不受干扰地发表长篇大论。它们是讲坛、梯子和流动舞台。至于律师席,虽然材质和用途相同,但是由于它的水平或曰位置较低,难免会一直受到旁人干扰,所以不能给它第四位的荣誉。法官席也不行,尽管它位置更突出、条件(无论其支持者指的是哪方面)更优越。因为,如果他们乐于审视其最初的设计、当时的环境和衍生的结果,很快就会承认,现在的做法符合最早的设定,也合乎词源学里的本义——在腓尼基语中,这个词意义重大,直译是"睡觉的地方",一般理解为"安装了靠枕和坐垫的椅子,让患痛风的老人休息",senes ut in otia tuta recedant③(当他们年老时,可以不受打扰地休憩)。这是命运安排的报复,因为从前他们在别人睡觉的时候喋喋不休,所以现在只

---

① 要想重见那朗朗青天,这才是困难所在。——原注
语出《埃涅阿斯纪》第六卷,地府的大门日夜开放,进去容易出来难。
② 阿里斯托芬《云》中的情节。
③ 贺拉斯的诗句。

要别人一说话他们就要睡着。

但是，即使没有别的论据能将法官席和律师席排除在演说设备的名单之外，不管怎么说我也是要这么做的，因为接纳它们足以颠覆我决意树立的一个数字。我有意仿效许多哲学家和大教士在分类时采取的高招，他们对于某些神秘数字情有独钟、奉若神明，甚至于强迫常识在自然的每个角落为其腾出空间，在每一个属种中加加减减，反复调整，有的要强行拉郎配，还有的不惜代价逐之而后快。"三"这个数字深不可测，最能调动我的思绪，让我进入最高层次的沉思，每一次内心都法喜充满。我为这个数字写了篇颂词，已经付印，即将出版，我在文中亮出了最有说服力的证据，不但把感觉①和元素②裁军后编入它旗下，还从它的两大劲敌"七"和"九"那里招募了一些逃兵。

讲坛在这些演说设备中排名第一——无论是位置，还是身份。岛内有几种讲坛，我最敬重用苏格兰林木③制造的那种，它和我们的气候十分相宜。即将腐烂者尤佳，一方面利于声音传播，其他方面的原因容在后文再表。一个在形状和尺寸上臻于完美的讲坛，我以为要做到：十分狭窄，不事修饰，最好没有盖子。因为按照古法，讲坛必须是所有集会中唯一没有盖子的容器（如果用法得当的话），这样会让它看起来酷似刑台，人们在聆听时不由得凛然起敬④。

---

① 一般认为有五种：听觉、视觉、触觉、味觉、嗅觉。
② 传统的说法是四种：气、火、土、水。
③ 苏格兰的加尔文教会重视布道。
④ 清教徒在教堂里常戴帽子以示抗议。17世纪初，英国有时会将异议分子的耳朵割去。

关于梯子我就不必多说了。外国人发现,我们对这种设备的实践和理解超越万国之上,这一点是国人深以为豪的。演说家们登上梯子,其宜人的风度不但征服了听众,还在及时出版后[1],让整个世界为之倾倒。我认为这是英国雄辩术的无价之宝,据我所知,那位优秀的公民和书商约翰·邓顿先生搞这方面的收藏。他坚持不懈,不辞劳苦,打算近日出版十二卷对开本,配以铜版插图,这是一部十分有用的奇书,不愧出自大家之手。

演说家的最后一个设备是流动舞台[2],把它立起来是需要大智慧的,sub Jove pluvio, in triviis et quadriviis[3](在雨天的天空下,在几条道路的交叉口)。它是前两者的发源地,演说家们有时用这一个,有时用那一个,依其特点而定,三者之间有严格而永久的交流制度。

从这一严密的推论来看,要赢得公众的注意,显然要位居高处。虽然大家都同意这一点,但是对其原因却是众说纷纭,莫衷一是。在我看来,对这一现象做出合理解释的哲学家寥寥无几。我所看到的最深刻、最圆通的说法是:空气是一个沉重的物体,根据伊壁鸠鲁的理论[4],它是不断下沉的,在语言(它们也是非常沉重的物体,这一点从它们留给我们的深刻印象可以看得一清二楚)的挤压下不住地往下沉沦,所以必须在适合的高度释放它们,否则不是错过目标,就是下沉的力量不足。

---

[1] 1698-1719年,新门监狱的牧师保罗·洛林编辑出版了一系列《死前讲话与忏悔》小册子,赚了不少钱。

[2] 跑江湖之人的舞台,作者断定,上面的演说家不是上绞刑架就是参加非国教徒的秘密集会。——原注

[3] 在露天里,在最拥挤的街道上。——原注

[4] 卢克莱修,卷二。——原注

Corpoream quoque enim vocem constare fatendum est,
Et sonitum, quoniam possunt impellere sensus.[1]

——卢克莱修，卷四

让我更加赞同这一推测的是，我常常观察到，在这些演说家举行的一些集会上，在大自然的教诲下，听众们张大嘴巴，与地平线保持平行，与天顶到地心的垂线十字交叉。处在这个位置，如果听众紧紧靠在一起，那么人人有份，很少或者干脆没有损耗。

我承认，在现代剧院的设计和结构中还有一些更精微之处。首先，正厅后排沉入舞台下方，这是鉴于上面推导的机制，不管舞台上抛下的物体有多重，无论是铅是金，都直截了当地落入某些批评家（我想他们是叫这个）的口中，他们正准备一口将其吞下呢。出于对女士们的尊重，周围设置了与舞台平行的包厢，因为根据观察，大部分用于激发色胆和凸起的才智，往往沿直线前行，永远不停地转圈。牢骚的激情和空洞的自负被自身极端的轻浮轻轻吹起，到中场落下，被居民冷淡的理解冻结成冰。吹牛和诙谐的本性崇高而轻盈，升得最高，幸亏明智的建筑师有先见之明，为它们设计了第四个地方——十二便士的顶层楼座[2]，那里有一个大小适中的殖民地，那里的人们贪婪地中途拦截它们，否则它们就消失在天花板上了。

在这一物理-逻辑系统的演说容器或设备中包含着一个巨大的秘密，它是一个典型、一个标志、一个象征、一个影子、一个

---

[1] 可以肯定，语言和声音都可以伤人，所以都属于物质。——原注
[2] 剧场中最高、最便宜的座位，一般是随从坐的。

符号，它和幅员辽阔的作家共和国以及将他们拔高到滚滚红尘之上的方法十分相似。讲坛寓意着我们大不列颠现代圣人们的著作，他们去除了感觉和理性的琐碎和臃肿，加以提炼升华。上文说过，其材料是腐烂的木头，基于两点考虑：其一，烂木头有照明的功能；其二，木洞里全是虫子，这一象征有两层含义[①]，对应着演说家的两大特征及其作品的两种不同命运。

梯子完美地象征着党争和诗歌，拜两者之赐而成名的作家犹如过江之鲫。关于党争，因为……Hiatus in MS[②]……关于诗歌，因为演说家要用一首歌结束自己的演说[③]，也因为这样慢慢往上爬，注定要在离最高点还有多步之遥的地方被命运推倒在地，还因为这种晋升来自礼貌的传递，你中有我，我中有你。

流动舞台暗指那些俗人们喜闻乐见的作品，比如《六便士妙语》、《威斯敏斯特趣闻录》、《幽默故事》、《笑话大全》等等。今天格拉布街的作家们和枪手们已经高贵地战胜了时间，剪下了他的翅膀、修剪了他的指甲、锉平了他的牙齿、重置了他的沙漏、弄钝了他的镰刀、拔出了他的鞋钉。按照我的设想，这篇文章也属于这一类，因为我刚刚荣幸地成为那个卓越的行业中的一员。

我并不是不知道，近年来格拉布街同行们的作品受尽了白眼，两家新成立的协会一直在嘲笑他们，称他们在文坛和学界的显赫地位名不副实。他们很清楚我指的是谁，对于格雷欣和

---

① 当一名狂热的布道者要具备两大要件：体内有光，脑中长满蛆虫（译按：双关，怪念头，空想）。其著作有两种命运，不是被烧掉就是被虫吃掉。——原注

② 意为"原文已佚"。这里假装原稿残缺，这是我们这位作家的惯用伎俩，要么他觉得写不出值得阅读的东西，要么他无心处理这一主题，要么此事无关紧要，要么也许是为了娱乐读者（他很喜欢这样做），最后，要么是抱着某种讽刺的目的。——原注

③ 行绞刑前通常要唱圣歌。

威尔①协会一直以来竭力毁灭我们的名声，树立他们的名声的举动，世人不会粗枝大叶到对此视而不见的地步。他们的行为不但是不公正的，也是忘恩负义、不负责任和不近人情的，想到这里，我们从感情上和公义上感到更加悲伤。世人和他们自己怎么能够忘记——更不用说我们了，我们在这方面有完整明白的记录——我们不但在他们这两块土地上播撒种子，还浇水施肥？我听说，我们的两位竞争对手近日兵合一处、将打一家，联合向我们发起挑战，比一比书籍的重量和数量。经会长同意，我谨提出两项答复。第一，这项提议和阿基米德在一件小事②上的提议类似，而且在实践上是不可操作的；因为首先到哪里去找合适的天平，其次到哪里去找合适的数学家。第二，我们接受挑战有一个条件，必须委派一名中立的第三方，由他做出公正的判决：每本书籍、文章和小册子分别应该属于哪一个协会。天晓得这一点还有多少变数，我们已经制作了一份目录，上面的数千本书都理所当然地应该归于我们名下，但是有些流行作家起兵造反，背信弃义地带着它们投奔别的阵营。我们觉得，把决定权交给作家自己很不明智，因为敌人已经使用阴谋诡计造成我方大规模的叛变，大部分人已经跑到他们那边去了，我们最好的朋友都开始与我们保持距离，仿佛和我们沾边让他们感到羞愧似的。

关于这一让人不快、使人悲伤的话题，我得到授权要讲的话都讲完了，因为我们希望事情能得到和平的解决，雅不欲火上浇油，使这场纠纷旷日持久，严重破坏我们大家的利益。只要他们

---

① 威尔咖啡馆从前是诗人雅集之处，虽然如今大家还记忆犹新，但是若干年后可能消失在人们的记忆中，到时就需要这条解释了。——原注

② 也就是移动地球那件事。——原注

愿意放弃豆荚和娼妓①（从他们目前开展的研究来看②，我认为这是对他们所从事工作最合理的说法），我们随时准备张开双臂，欢迎两位回头的浪子，就像一位溺爱孩子的父亲，不管他们怎么胡闹，继续给予他们慈爱和祝福。

  我会的作品曾经大受欢迎，对此造成最大伤害的，除了所有尘世之物都面临的瞬息无常外，就是时下许多读者浅尝辄止的态度，他们只看事物的表面，怎么劝也改不了。相反，智慧是一只狐狸，你在长时间狩猎后，最后还要花力气把它挖出来。智慧是一片奶酪，味道越醇厚，表皮越厚实、丑陋、粗糙，因此生蛆的奶酪是美食家眼中的上品。智慧是一杯牛奶酒③，越往底下味道越甜。智慧是一只母鸡，对它的咯咯叫声我们要高度重视，因为接踵而来的是一只鸡蛋。最后，智慧还是一个坚果，除非你选择得当，否则你会用一颗牙齿的代价换回一只蛀虫。鉴于这些重要的真理，格拉布街的贤哲们总是把他们的箴言和艺术密封在象征和寓言的大车中运输，在装饰上也许花了过多的精力，用了过多的心思，超过了必要的限度，它们的命运和所有珠光宝气、雕琢过度的马车一样，观众们的双目和心思为其光辉的外表所夺，无暇顾及里面的人物及其才华。鉴于毕达哥拉斯、伊索、苏格拉底④等前辈都是这样走过来的，我们在接受这一不幸时也许应该少几分勉强。

---

  ① 典出《圣经》(《路加福音》15)，浪荡子在"娼妓"身上花光了钱，只能以猪吃的"豆荚"为食。
  ② 艺术实验和现代喜剧。——原注
  ③ 牛奶酒（sack posset），主要成分是白葡萄酒（17世纪流行于英国）、牛奶、鸡蛋等。
  ④ 这几位名人的容貌都很丑陋。

但是，无论世人还是我们，也许以后就不会产生这种误解了，在朋友们死乞白赖、百般要求之下，我终于答应不辞辛劳，撰文全面介绍我会的主要作品。这些作品不但拥有美丽的外表，用以吸引肤浅的读者，还在幽暗深邃之处蕴含了一套妙到毫巅的体系，囊括了全部科学和艺术。我毫不迟疑地把它们的奥秘打开或解开，或者从底下打捞上来，或者切开一个口子，展示给大家看。

几年前，我们一位最杰出的成员已经着手撰写这部大作。他首先提笔写了《列那狐的历史》[1]，但是没有活到文章发表的那一天，未能继续推进这一有益的工程，着实让人扼腕叹息，因为他把他的发现告诉了自己的朋友，现在已经得到了广泛的认可。我想，没有哪位学者会质疑这篇名文不是世间知识的大全，一切奥秘的启示（revelation），或者说天启（apocalypse）。但是，我的成绩更大，已经完成了几十篇注解，关于其中的某些篇章，我将向公正的读者公布几条与我的结论密切相关的暗示。

我处理的第一篇文章是《拇指汤姆》[2]，作者是一位毕达哥拉斯派的哲学家，这篇深奥的文章包含了轮回转世的全过程，追溯了灵魂发展的所有阶段。

第二篇是《浮士德博士》，作者是阿特皮乌斯[3]，一位很优秀（bonœ notœ）、很有才华（adeptus）的作家。他在984岁[4]的时

---

[1] 此处作者似乎有误，我见过拉丁版的《列那狐》，作于约一百年前，我将其定为原作。许多人认为它带有一定的讽刺目的。——原注
[2]《拇指汤姆》这一题材在通俗读物中反复出现，因此也是一个"转世"的过程。以下的几部书讽刺了当时的一些畅销书。
[3] 阿特皮乌斯（Artephius），传说中的炼金术士。
[4] 他活了一千年。——原注

候发表了该文。这位作家完全是通过reincrudation[①]或者说潮湿的（via humida）方式写作。浮士德和海伦的婚姻最惹人注目地阐释了公龙和母龙[②]的发酵。

《惠廷顿和他的小猫》是神秘的拉比杰胡达·哈纳西的作品，收录了对《耶路撒冷密西拿》的《革马拉》[③]的辩护，以及它相对于《巴比伦密西拿》的优越性——这和流俗的观点截然相反[④]。

《雌鹿与黑豹》是一位在世[⑤]的著名作家的杰作，是对从司各特到贝拉敏全部一万六千名经院学者的概述。

《汤米·波茨》。据说是上文的附录，出自同一人的手笔。

《愚人村的智者及其附录》。这篇十分渊博的论文是在法国和英国传播的那场争论的源头，它义正词严地为现代人的才学辩护，反对古代人的放肆、傲慢与无知。这位无名的作者已经把这一主题说透说尽了，明眼人一眼就看出，此后的所有争论不过是对它的重复罢了。近来我会的一位杰出成员发表了该文的摘要。[⑥]

以上这些介绍有助于让博学的读者对整部作品（我已将自己的全部精力倾注于此）的概况有一定的了解和体验。如果能在生

[①] 炼金术术语，加入水银，使之变湿。
[②] 炼金术术语，分别象征着硫磺和水银。
[③] 犹太教《塔木德》的律法书及其注释。
[④] 一般认为巴比伦的《塔木德》胜过耶路撒冷的《塔木德》。
[⑤] 即1698年。——原注
《雌鹿与黑豹》的作者德莱顿死于1700年，《桶的故事》写于1698年，其时德莱顿还在世。
[⑥] 我认为这里指的是沃顿先生的《对古今学术的反思》。——原注

前完成此书,可以说薄命的我总算没有辜负余生。①对于这支因为为国效力,分析"天主教阴谋案"②、饭桶③(Meal Tubs)、《排斥法案》、消极服从的利弊,演说生活和命运、特权、财产、信仰自由,以及与友人尺牍往来而磨光了的秃笔来说,对于一直在转弯,转得破破烂烂的理智和良心来说,对于被敌党党徒打破了上百处的脑袋来说,对于被梅毒(因为误信了妓女和大夫,耽误了病情,事后我才知道,他们专门与我为敌,与政府为敌,为了他们的党派对我的鼻子和小腿进行报复)掏空了的身子来说,我还能要求什么呢?我历经三朝,写了91部小册子,为36个党派效劳。如今国家无事,没有我可以用笔效劳的地方,我心甘情愿地退隐林泉,继续笔耕,从事更适合哲学家身份的沉思,回顾漫长一生,对神、对人,良心无亏④,中心快慰,难以形容。

言归正传。蒙读者坦诚相告,我确信这篇简介已经把我会其余作品受到的中伤一扫而空,说什么它们除了才智、风格可以娱乐世人以外,对于人类没有多大的用处和价值,这是赤裸裸的妒忌和无知。无论是才智与风格,还是其他更深刻、最神秘的部分,我都从头到尾、亦步亦趋地以广受好评的原作为准绳,哪怕是最精明的对手也没有对此提出异议。为了克竟全功,我花了很

---

① 这里作者似乎在影射莱斯特兰奇、德莱顿等人,他们在罪恶、内讧和谎言中度过了一生,却无耻地谈论着功劳、清白和苦难。——原注
② 1678年,一个名叫泰特斯·奥茨(Titus Oates)的骗子声称,一帮天主教徒密谋行刺查理二世,扶持国王的弟弟詹姆斯上台,在英国恢复天主教。这一谣言导致英国陷入恐慌,许多人因此丧命。以沙夫茨伯里为首的辉格党人提出《排斥法案》,剥夺作为天主教徒的詹姆斯的继承权。
③ 据报道,查理二世时,在一只木桶内发现了长老会的一场预谋,当时搞得沸反盈天。——原注
④《使徒行传》,24:16。

081

大的心思，完全按照我会特有的方式配上主标题（我的意思是，在宫廷和城内的日常交谈中对它们的称呼）。

我承认，自己在书名的问题上比较随便[1]，我注意到，某些我非常尊敬的作家流行使用多个书名。书籍作为头脑的子女，和其他望族子弟一样，拥有多个名字，这合情合理，顺理成章。著名的德莱顿进一步提出了教父的多元化[2]，显然这是一处十分有益的改进。遗憾的是，虽然有像德莱顿这样一言九鼎的人物首开先河，然而迄今为止，这一令人钦佩的发明还没有推广开来，为大众所效仿。对于如此有益的榜样，我一定大力支持，但是找教父通常会产生一笔令人不快的开支，这显然不是我能接受的，这个道理大家都能明白。我不能断言问题出在何处，但是我花了无数的心思和精力，把文章分成40个部分，向我所认识的40名贵族老爷征求意见，他们都把它当成了事关信仰的问题，纷纷写信向我表示歉意。

第二节

从前，有一对夫妇同时产下三个男婴[3]，连产婆也分不清谁是老大。他们的父亲在他们小的时候就去世了，临终前，他把孩子们叫到床边，说了下面这番话：

"儿子们，我没有置办任何地产，前人也没有留下什么产

---

[1] 原稿的书名页有破损，无法恢复作者此处提到的几个书名。——原注
[2] 参见维吉尔作品的译本等。——原注
德莱顿将其翻译的维吉尔作品献给多人。
[3] 这三个儿子彼得、马丁、杰克分别代指天主教、英国国教和不信仰国教的新教徒。——沃顿注

业,所以我一直在考虑要给你们留下一些优质的遗产;我付出了许多精力和财力,最终给你们每人准备了一件新外衣①。喏,在这里。你们要晓得,这几件外衣有两个优点:其一,只要你们好好穿它们,在你们的有生之年,它们会始终崭新如故;其二,它们随着你们身体的增长而增长,不断变长变大,永远保持合身。来,让我在临死前看着你们穿上它们。嗯,非常好!孩子们,要干干净净地穿出去,记得要常常刷刷。这是我的遗嘱②,有关衣服穿着、保养的所有细节,都可以从中找到详细的指示,你们要严格遵守这些规定,任何的违反或疏忽都将招致惩罚,你们未来的命运全部取决于此。我在遗嘱中下了一道命令:你们要住在同一屋檐下,像手足和挚友一样生活,只有这样你们才能繁荣兴旺。"

话说这位好父亲去世后,三个儿子一起出外谋生。

在最初的七年内,他们严格遵循父亲的遗愿,有条不紊地保管着自己的外衣;他们游历了多个国家,邂逅了大批巨人,还几度亲手屠龙,他们的冒险经历还有很多,在此不再赘述。

话说他们已经到了成家的年龄,就进城和女士们谈起了恋爱,尤其是当时最具盛名的三位名媛:达金特公爵夫人、格兰德·提特瑞斯夫人和道圭尔伯爵夫人③。我们这三位冒险家在初次

---

① 他给儿子的这件外衣指的是以色列人穿的那种衣服。——沃顿注

恕我直言,这位博学的评注者犯了一个错误,因为那件外衣指的是基督教的教义和信仰,源自那位神圣创始人适合于一切时代、地点和场合的智慧。——兰宾注

"这四十年,你的衣服没有穿破。"——《申命记》,8:4。兰宾(Denys Lambin,1516—1572年),法国学者,编辑了西塞罗和普劳图斯的著作。

② 《新约》。——原注

③ 他们的情妇是达金特公爵夫人、格兰德·提特瑞斯夫人和道圭尔伯爵夫人,即贪婪、野心和傲慢,这三大恶是古代教父猛烈抨击的基督教最早出现的腐化。——沃顿注

露面的时候遭到冷遇,他们非常聪明,很快找出了症结所在,试着依据这里的标准来提升自己。他们写作,打趣,作诗,唱歌,说话,说了半天什么也没说;他们喝酒,打架,嫖娼,睡觉,发誓,吸鼻烟;他们看新戏的首演,泡巧克力屋①,殴打巡夜人;他们乘出租马车不给钱,欠店老板们的钱,和他们的老婆上床;他们杀死法警,把小提琴手从楼上踢下去,在罗记吃饭②,在威尔咖啡馆消磨时光;他们谈论着从来没到过的客厅,和从来没见过的贵族老爷吃饭,和从来没交谈过的公爵夫人窃窃私语;把洗衣女工的涂鸦拿给人家看,说这是上流社会的情书;永远都是刚从宫廷里回来,可从来没在那里现过身;参加了在户外举行的早朝;在一个社交场合用心记下了嘉宾的名单,然后在另一个场合如数家珍地复述他们的名字。最重要的是,他们经常参加议员的会议,这些议员在议院中沉默无语,在咖啡馆里高谈阔论,他们每晚都到那里去思考政治问题,身边簇拥着一帮信徒,等着拾他们的牙慧。三兄弟还获得了40项类似的资质,这里就不一一赘述了,因此他们被公认为城中最有成就的人士。但是这还不够,前文所述的女士们仍然毫不动心。为了澄清这一问题,请读者诸君保持耐心,我得谈谈那个时代的作家没有阐明的几个重要问题。

大约在这个时候,有一个教派③在上流社会流布很广,所有的时尚人士都趋之若鹜。根据该教的教义,他们所崇拜的偶像④按照类似于工厂的运作模式天天在造人。他们把这个偶像供在家

---

① 当时的赌场。
② 伦敦查令十字街的一家时尚餐馆。
③ 这里是对服装和时尚顺手一枪,以引出下文。——原注
④ 这里所说的偶像是裁缝。——原注

里最高的地方，安置在约三英尺高的祭坛上。其造型是一位盘腿坐在底座上的波斯皇帝。这位神明以鹅为标志，有些饱学之士据此推断他源自卡匹托尔山①。地狱在他的左手打开了祭坛下方的大门，捕捉他正在创造的动物。为了保护它们，祭司们不断投进去一块块没有生命的物体，有时是还有生机的完整四肢，那个可怕的深渊在贪得无厌地吞噬着，那种景象真是惨不忍睹。那只鹅被认为是尊小神或者说Deus minorum gentium（小国的神），在神龛前供奉着一种随时要吮吸人血的动物②，它在国外享有盛名，是埃及长尾猴③的最爱。为了满足神猴超大的胃口，每天要屠宰无数这种动物。该主神被视为尺码和针线的发明者，至于他是不是水手之神，是否具备其他种种神秘属性，还有待考察。

　　该神的崇拜者有自己的一套信仰体系，其基本原理是：宇宙是一套很大很大的衣服，覆盖了世间万物，空气覆盖了地球，星星覆盖了空气，原动天④覆盖了星星。审视一下地球，你会发现它是一套时尚的衣服。那个被某些人叫作大地的东西，不正是表面抹了一层绿色的漂亮外衣吗？大海不正是波纹绸的背心吗？再看看造物主的具体作品，大自然打扮植物美男的手艺是何等的熟练；山毛榉的假发多么俊俏，桦树身上的白缎子紧身上衣多么漂亮。总之，人难道不正是一件小小的外衣⑤，或者说一套包括全部装饰物在内的套装？他的身体自不用说，即使是心灵上的造诣，

---

① 高卢人入侵罗马时，朱庇特神庙的白鹅及时发出预警，挽救了罗马的命运。
② 虱子。
③ 埃及人崇拜一种猴子，喜食虱子，这里代表以人血为食的生物。——原注
④ 托勒密天文学中最外层的天体。
⑤ 影射小宇宙或小世界，即哲学家对人的称呼。——原注

也对衣服的组成分别做出了自己的贡献。最后再举一个例子，宗教不正是一件斗篷，诚实不正是一双在尘土中磨破了的鞋子，自爱不正是一件男式大衣，虚荣不正是一件衬衫，良心不正是一件裤子（原本是要遮挡淫秽和污秽的，然而为了它们的缘故轻而易举、随随便便地就滑落下来）？

如果我们承认了这些基本假设，接下来就能得出如下结论：那种被世人错误地叫作衣服的生命其实是一种最有教养的动物，拎高一点说，它们是理性的生物或者说人类。它们和人一样生活、走动、说话，从事其他所有的人类活动，这不是明摆着的吗？难道美丽、机智、风度、教养不正是它们不可分割的属性吗？一言以蔽之，我们耳闻目睹的都是它们。它们走在街道上，挤满了议会、咖啡馆、剧场、妓院。诚然，这些被粗俗地称作衣服或服装的动物，根据不同的组成部分获得不同的名称。如果将其装点上金链条、红长袍，配以白色木杖和高头大马，就唤作市长大人；如果在某个位置放上某种貂皮和毛皮，我们就称其为法官；如果把上等细麻和黑色绸缎恰到好处地搭配起来，我们就将其命名为主教。

有些教授虽然对于该学说大体表示赞同，但是在某些枝节上精益求精；他们主张人是一种由两套衣服组成的动物，一套自然的，一套神圣的，分别对应肉体和灵魂，灵魂是外衣，肉体是内衣，后者是父母遗传的（ex traduce），前者是每日生成和扩散的。这一点在《圣经》中得到了证明：我们生活、动作、存留，都在乎他们[①]；同样也在哲学中得到了证明：因为它们是一切的一

[①]《使徒行传》，17：28。

切①，是一切寓于一切②。他们还说，把这两者分开来，肉体会沦为一具没有知觉、令人厌恶的尸体。因此外衣显然只能是灵魂。

该宗教体系还衍生出几条非常流行的教义，比如在精神层面，有学问的人得出如下推论：刺绣是纯粹的才智，金流苏是宜人的谈话，金饰带是机敏的应答，一头长长的假发是幽默，一件涂满香粉的外套是令人捧腹的玩笑，要游刃有余地驾驭这一切，需要巧妙的手段以及对时代和时尚的敏锐观察。

我花了很大的力气，阅读了大量古代典籍，才将这一套与古今任何思想体系都截然不同的哲学与神学归纳成这篇简短的摘要。这不仅是为了迎合或满足读者的好奇心，更是为了帮助他理解接下来的故事，了解一个古老时代的精神与观念，从而更好地理解它们所孕育的那些重大事件。所以我建议高雅的读者聚精会神，反复研读我在上面写的这些话，一字一句也不放过。按下这个暂且不表，我将重拾故事的主线，继续往下讲述。

这些观点及其实践在宫廷和城市的上层非常流行，处在当时的环境下，我们这三位冒险家兄弟感到惘然若失③。一方面，他们追求的三位女士（我们在上文已经点出了她们的名字）一直俏立于时尚潮头，你要是落后于潮流，哪怕只有一根头发的距离，她们都看你不起。另一方面，父亲在遗嘱中写得清清楚楚，除非遗

---

① 《哥林多前书》，15：28。
② 卢克莱修，1.874。
③ 《故事》的第一部为《彼得的历史》，嘲笑的对象是天主教。众所周知，天主教徒对基督教做了很多的补充。这也正是英国国教对他们提出的主要质疑。相应地，彼得的第一个恶作剧是在外衣上加上肩饰。——沃顿注

嘱中另有明确的要求,否则一根线都不能动,这是一条最重要的原则,违反后的惩罚也是最重的。说真的,父亲留下的外衣①,料子非常好,而且做工精湛,你可以一口咬定它们是用一块料子做成的,同时又非常简洁,几乎没有什么修饰物。他们到城里还不到一个月,肩饰②就流行了起来,一夜之间传遍了大街小巷,要是没有一定数量的肩饰,连女士们的内室沙龙③都不让你进。"这个家伙,"有人喊道,"没有灵魂,他的肩饰在哪里?"我们的三兄弟在外出时受到了40次屈辱,不幸的遭遇很快让他们发现了自己的不足。他们去剧场,守门人会把他们带到十二便士的顶层楼座。他们去乘船,船夫会说:"我是划单人艇④的。"他们去玫瑰酒馆喝酒,侍者喊道:"老兄,我们不卖麦芽酒。"他们要是去拜访一位女士,把门的男仆会说:"请问你们要我带什么话?"面对着如此令人沮丧的局面,他们立即回去查阅父亲的遗嘱,反反复复读了好几遍,还是找不到关于肩饰的只言片语。他们该何去何从?该做出怎样的调整?服从绝对是应该的,但是肩饰尤其不可或缺。三兄弟中最饱读诗书的那个在深思熟虑后提出一条变通之道。"诚然,"他说,"遗嘱通篇没有提到肩饰这个词(totidem

---

① 他对衣料的描述在字面意思之外还有更深的含义:"父亲留下的外衣,料子非常好,而且做工精湛,你可以一口咬定它们是用一块料子做成的,同时又非常简洁,几乎没有什么修饰物。"依照阿米安的描述,基督教的独特特征是"christiana religio absoluta et simplex(基督教纯粹而简单。阿米安,21.16.18)",阿米安自己是一名异教徒。——沃顿注

② 这里指的是教会引入了浮华的装饰品,既不方便,也没有教育意义,正如肩饰,既不对称,也没有使用价值。——原注

肩饰这一时尚是从法国引入的,在17世纪70年代开始流行。

③ 内室沙龙(ruelles),17世纪法国的贵妇人上午在闺房招待来宾。

④ 单人驾驶的船比较便宜,当然也就不那么时尚。

verbis）[1]，不过我敢推测，它就以音节的形式（totidem syllabis）蕴藏在文中。"这一区分立即得到了大家的赞同，又开始仔细查阅遗嘱。但是他们实在是霉星高照，把遗嘱翻遍了也找不到第一个音节。失望之余，想出这招的那位兄弟抖擞精神说道："兄弟们，这事还有希望，虽然我们找不到同样的单词（totidem verbis）和音节（totidem syllabis），不过我敢保证，我们可以采用第三种方式（tertio modo），即同样的字母（totidem literis）。"这一发现同样得到了很大的推崇，他们再度进行检索，而且很快就找到了S、H、O、U、L、D、E、R这几个字母，但是那颗霉星偏不让他们安生，有意不让他们找到K[2]。这实在是一个巨大的难题！不过那位杰出的兄弟（以后我们会给他起一个名字）如今对于此道已经驾轻就熟，他出色地证明K是后世的一种不规则的用法，这个字母在学术昌盛的时代是不存在的，在所有的古代抄本中从来没有出现过它。"是的，"他说，"Calendæ这个词在Q. V. C.[3]里有时候是有个K，但这个拼法是不对的，在善本中它一直拼作C，这个错误沿袭下来，'肩饰'这个词在我们的语言中就有了个K。"不过以后他会注意写作C的。于是一切的困难都烟消云散，肩饰成为了父权法（jure paterno）的象征，我们这三位绅士堂而皇之地佩戴着最大最炫的肩饰招摇过市了。

人类的幸福悉皆取决于人类的时尚，幸福总是那么昙花一

---

[1] 天主教徒如果在《圣经》中找不到任何他们想要的东西，就诉诸口传传统。彼得对于在遗嘱中找齐一个词语感到厌烦，最后既找不到其中的音节，更不用说完整的词语了。——沃顿注

[2] 肩饰在英文中拼作shoulder-knot。

[3] [Quibusdam veteribus codicibus.]某些古代抄本。——原注

现，而时尚的流行也是那么短暂。肩饰在风行一时后渐露颓势，一位刚从巴黎回来的贵族在外衣上嵌了50码长的金饰带，和当月的宫廷时尚完全吻合。两天之内，所有人都围起了一条条的金饰带①。谁要是出门没有这玩意儿，简直像［太监］一样可耻，将遭到女人们的集体抵制。面对这一重大事件，我们这三位骑士将何去何从？他们在肩饰的问题上已经做出了巨大的让步。求助于遗嘱的结果是深深的沉默（altum silentium②）。肩饰的问题比较宽松，可以灵机一动，随机应变，但是金饰带的变动委实太大，找不出合理的理由。这一变动在某种意义上本质上属于本体（aliquo modo essentiae adhaerere）③，须得有明确的指令才好。前面提到的那位博学的兄弟这段时间正在阅读亚里士多德的逻辑学，尤其是那篇精彩绝伦的《解释篇》，它向读者传授了从万事万物中寻找到言外之意的本领，就像《启示录》的注释者们虽然看不懂经文中的任何一个音节，却照样当他们的预言家。"兄弟们，"他说道，"要知道④遗嘱有两种（duo sunt genera），一种是口传的⑤，还有一种是文字的，摆在我们面前的这份文字遗嘱没有提到金饰带，这一点我同意，但如果就此断言口传的遗嘱也如此，我不同意（conceditur, but si idem affirmetur de nuncupatorio, negatur）⑥。兄弟们，

---

① 我不知道，作者是用这个词指一种创新，还是仅仅为了引入歪曲《圣经》的新方式。——原注
② 维吉尔，《埃涅阿斯纪》，10.63。
③ 经院哲学中的套话。
④ 作者的下一个主题是《圣经》的注解和解释，在罗马教会最权威的著作中充斥着诸如此类的荒谬货色。——沃顿注
⑤ 这里的意思是说，口传的教义拥有和《圣经》同等甚至更大的权威。——原注
⑥ 经院哲学中的套话。

不知你们是否还记得，小时候我们听一个人说过，他听父亲的一名下属说过，这位下属听父亲说过，等他的儿子们能挣钱了，他会立即建议他们在外衣上嵌上金饰带。"太对了。"另一位兄弟喊道。"我记得很清楚。"第三位兄弟说道。于是，他们干脆利落地戴上教区内最大的金饰带招摇过市，一副贵族老爷的派头。

过了一段时间，一种火红色缎面的里子①又火了起来，布商立即给这三位绅士拿来一个式样。"各位阁下，"他说道②，"昨天晚上，C. 勋爵和J. W. 爵士用这块布做了里子。它卖得非常好，到明天上午10点，剩下的布都不够给我老婆做一个针垫了。"于是，他们又去从头到尾检索遗嘱，因为当前的问题同样需要明确的指令，正统的作者主张里子是外衣的本体。他们费了很大的工夫，只在遗嘱中找到一条小小的建议，要他们注意防火，在睡觉前熄灭蜡烛③。这虽然合乎他们的心意，大大有利于他们坚定信心，但是还不足以树立权威。为了一举打消顾虑、永绝后患，那位学者兄弟说道："记得我读到过遗嘱的附录④，它也是遗嘱的一部分，和其余部分拥有同样的效力。摆在我们面前的这份遗嘱没有附录，所以我认为是不完整的。因此我要在合适的位置上给它巧

---

① 即炼狱，下文将有详细说明，此处只是表明，为了证明所要的结论，人们是如何对《圣经》进行歪曲，把正典的权威地位赋予次经（这里叫作遗嘱附录）的。

作者可能用三兄弟衣服的每一次变动涉及罗马教会的一项具体错误，虽然要全部做到并不容易，但是这个火红色缎面显然指的是炼狱。金饰带也许可以理解成教堂内富丽堂皇的装饰。肩饰和银流苏的意义不那么明显，至少对我来说不明显。印第安的男女老幼显然和天主教的绘画有关，老人像上帝，处女像圣母，儿童像我们的救世主。——原注

② 这说明了作者写作的时间，大约是在这两人被视为城中的高雅绅士的14年后。——原注

③ 也就是说要避免坠入地狱，为此要压制和消灭欲望。——原注

④《启示录》。

妙地补上一份。我手头有这么一份东西，在我这里已经一段时间了，作者是为祖父养狗的[1]，幸运的是，里面有大段的篇幅谈到这种火红色的缎子。"这一方案立即得到一致赞成。他们找来一张旧羊皮纸，作为附录添了上去，把缎子买回来穿了起来。

来年的冬天，流苏行会雇来一位演员，全身披着银流苏[2]，在一部新喜剧中出演角色，于是这一时尚依照那值得赞美的风俗流行开来。三位兄弟查阅父亲的遗嘱，发现了如下惊人语句："我命令我的三个儿子不得在上述外衣上佩戴任何银流苏"，否则将处以惩罚云云（文长不录）。在踌躇了一会儿后，我们多次提到的那位博学多识的兄弟又发话了，他精于批评，曾经在某位作家（他要求不公布此人姓名）的著作里读到过，遗嘱中叫作"流苏"的那个词还有"扫帚"的意思，在这一段文字中无疑也应该做同样的解读。另一位兄弟表示反对，因为依他的拙见，用"银"这个词来修饰扫帚并不合理。他得到的答复是，这个修饰词要从神话和寓言的角度来理解。但是他再度提出质疑，为什么他们的父亲要禁止他们在外衣上佩戴扫帚，这一警示似乎有点儿反常，不合情理。他的话被中途打断，因为这个神秘事物无疑是非常有益而重要的，对此不能像他那样出言不逊，过分好奇地盘根究底，钻牛角尖。总之，他们父亲的权威如今已经一落千丈，这一权宜之计成为了允许他们穿银流苏的特许状。

过了一段时间，一项过时已久的古老时尚卷土重来了，那就

---

[1] 相信这里指的是次经中提到多俾亚和狗的部分。——原注
[2] 这一定是进一步引出风俗和装饰的浮华。——原注

是印第安肖像刺绣，有男人、妇女和儿童等①。这一次他们无需查阅遗嘱了。他们明白地记得，父亲对于这一时尚一向是深恶痛绝的，他特地用了几个段落的篇幅表示与其誓不两立，如果哪个儿子沾染了这一恶习，他将对其发出永恒的诅咒。尽管如此，几天之内，他们成为城里接受这一时尚最快的人。他们解释道，这些肖像和以前戴的不同，与遗嘱中谈的不是一回事；此外，他们不是在那个被父亲所禁止的意义上佩戴的，而是作为一种值得赞美且大有益于公众的风俗来接受的。对于遗嘱中那些严苛的条款，要学会做出一定的变通，不能教条主义地进行理解（cum grano salis）。

但是，那个时代的风尚一直变动不居，那位学院派兄弟厌倦了无休止地寻找借口和解决矛盾。他们下定决心，不管前途有多大的风险，也要顺应世界的潮流，他们一致讨论决定，把父亲的遗嘱锁在一个从希腊或意大利（我忘了是从哪里来的）带来的坚固的盒子里②，只在他们认为合适的时机才打开来查阅。过了一段时间，外面流行在衣服上穿无数个尖包头系带，大多包着银片，学者兄弟权威地宣布③，他们大家都清楚地记得，这完全符合父亲的意旨。诚然，有些东西在遗嘱中没有明文规定，但是，

---

① 圣人、圣母的像，救世主是儿童像。
同上。天主教的像向他提供了借题发挥的好机会。"他们明确地记得"，云云。这里的寓意极为显豁。——沃顿注

② 天主教曾经禁止人们用方言俗语使用《圣经》。因此彼得"把父亲的遗嘱锁在一个从希腊或意大利带来的坚固的盒子里"。之所以提到希腊和意大利，是因为《新约》是用希腊语写的，天主教《圣经》的权威版本用的是通俗拉丁语，这是古意大利的语言。——沃顿注

③ 教皇在其教令和诏书中承认了许多唯利是图的教义，《圣经》对此没有记载，原始基督教对此一无所知，但是现在的天主教却接受它们。因此，彼得"权威地宣布"包银的尖包头系带"完全符合父亲的意旨"，于是他们戴了很多的尖包头系带。——沃顿注

他们作为父亲的继承人，有权为了公共福祉制定并增加若干条款，虽然在遗嘱中没有一模一样的词句（totidem verbis），但是如果不这样做，各种各样荒谬的事情就要接踵而至（multa absurda sequerentur）。这被认为是符合教规的，因此接下来的星期天他们就满身裹着尖包头系带去教堂了。

上文多次提到的这位有学问的兄弟被认为是最精通此道的学者——不是第一也是第二，虽然行为处事稍落后于世人，还是获得了某位贵族①的垂青，将其请入府中，担任家庭教师。不久后这位贵族过世了，这位学者兄弟因为长期浸淫于父亲的遗嘱，于此颇有心得，于是想方设法把那座房子转让到了他和他的继承人的名下，将其据为己有，把那些年轻的绅士们扫地出门，由其兄弟取而代之②。

第三节　关于批评家的题外话

虽然到目前为止，我在任何场合都保持谨慎，紧紧遵循现代人中的杰出榜样制定的写作规则和写作方法，但是不幸我记性不好，犯了一个错误，所以在进入正题之前，要立即甩掉这个包袱。我很惭愧，写了这么多，竟然还没有向批评家老爷们讲一些劝诫的、祈求的或者反对的话。我必须承认，这是一个不可原谅的遗漏。为了弥补这一可怕的疏忽，我在此冒昧地呈上一篇简述

---

① 君士坦丁大帝。教皇们自称继承了君士坦丁大帝给予圣彼得的赠礼，但是从来没有证明这一点。——原注

② 罗马的主教们最初是靠皇帝们的恩宠才得以在罗马拥有特权，最终他们把皇帝们赶出了他们自己的首都，伪造了君士坦丁大帝的赠礼，为他们的行为提供合法性。彼得效仿此举，"行为处事稍落后于世人"，"获得了某位贵族的垂青"，云云。——沃顿注

批评家其人其艺的文章，按照我们通常理解的含义，追溯这个词的词源，非常简要地回顾其古今演变的过程。

我在古代书籍和小册子中读到，如今人们常说的"批评家"这个词，有时候可以分成三种截然不同的人。第一种人为自己和世人制定和起草规则，细心的读者在遵守这些规则后，可以对学者的成果评头论足，可以学会欣赏真正的崇高和美好，可以将内容或风格的美与拙劣的模仿之作区别开来。他们在平常的阅读中，把错误和不足之处、令人作呕之处、沉闷之处、离题之处一一挑出来，其态度之小心谨慎，就像一个人早上在爱丁堡街头行走，一路上全神贯注地注视着地面上的垃圾①。他并非要打探粪便的颜色、色泽或大小，更不消说亲自抚摸或品尝了。他的目的只是要尽量干干净净地走出来。这些人尽管大错特错，但是他们似乎理解的是批评家的字面意思。批评家的主要职责之一是赞扬和宣判无罪，一位批评家如果阅读的目的只是为了非议和责难，就像是一位野蛮的法官，决心把所有来打官司的人全部吊死。

其次，"批评家"这个词曾经意味着从蛀虫、坟墓和故纸的尘土中恢复古代学问的人。

这两种批评家在很久以前就灭绝了，此外，谈论他们也全然不是我的旨趣所在。

第三类是真正的批评家，他们最为高贵，起源也最为古老。每一位真正的批评家都是天生的英雄，天神的直系后代，莫墨斯和许不睿生了左鲁斯，左鲁斯生了提格里乌斯，提格里乌斯生了

---

① 爱丁堡多层住宅的住户一般在晚上 10 点后将垃圾从窗户里扔出去，第二天早上 7 点由清洁工来收取。

老埃特塞忒拉，老埃特塞忒拉生了本特利、雷默、沃顿、佩罗和丹尼斯，丹尼斯生了小埃特塞忒拉[①]。

这些批评家嘉惠学林，历代学人皆仰其雨露，崇拜者们感恩戴德，把他们的原型放在天上，与赫拉克勒斯、忒修斯、珀耳修斯等人类的大功臣为伍。然而，纵使英雄的美德也免不了旁人的闲言碎语。有人指责这些古代的英雄（他们因为与无数巨人、恶龙和强盗搏斗而名扬四海）自己就是人类的大害，他们所征服的怪物还不及他们为害之甚；因此，为使功德圆满，在把所有的害人虫消灭殆尽后，他们应该对自己如法炮制，就像赫拉克勒斯那样慷慨赴死[②]，由此赢得同伴望尘莫及的神庙和信徒。我推测，正是出于上述理由，有人认为，为了学界的共同利益，每一位真正的批评家在完成任务后，应该立即用杀鼠药、麻绳或从合适的高度解决自己。任何人在没有做完这件事之前，万万不能把这一卓越称号授予他。

他们既然有诸神的血统，与英雄的美德如此相似，作为一名真正的、古代的、名副其实的批评家，其职责也就呼之欲出了：在这个广袤无边的文字世界中旅行；搜索与生俱来的滔天大错；把潜藏的错误揪出来，就像把卡库斯从其巢穴内揪出；让它们像许德拉的脑袋一样繁殖众多；像打扫奥革阿斯的牛厩一样耙在一

[①] 许不睿（Hybris），希腊语，意为"傲慢"。左鲁斯（Zoilus），公元前4世纪的一位希腊学者，曾对荷马进行过激烈的批评。西谚云："每位诗人都有自己的左鲁斯。"提格里乌斯（Tigellius）对贺拉斯进行了苛刻的评论。埃特塞忒拉（Etcætera），拉丁文，"其余、等等"的意思。

[②] 赫拉克勒斯的妻子得伊阿涅拉上了别人的当，把染上毒血的衣服送给丈夫，以为这样可以挽回丈夫的心。赫拉克勒斯穿上这件衣服后痛苦难忍，自焚而死。

起；赶走一种危险的家禽，它变态地折下了知识之树最美的枝条，就像斯廷法罗湖上的鸟儿吃光树上的水果一样①。

据此，我们可以归纳出真正的批评家的完整定义：他是作家错误的发现者和收集者。我们将对这一点给出更加无可辩驳的证明：任何人在审视这一古老的派别为世人增光的各类著述时，会立即从它们的整体思路、文章要旨中发现，作者的想法和其他作家的错误、瑕疵水乳交融，往来无间，无论涉足何种题材，他们的脑海里充斥着别人的缺陷，劣作的"精华"从他们的笔下自然流出，于是乎整部作品看上去无非是他们所做的批评的摘要而已。

在根据"批评家"这个词最高贵、最常用的含义，简要地研究了他的起源和职责后，下面我将驳斥某些人的质疑，他们以作者们的沉默和忽视为由，试图证明：现在实践的、我所解释的批评艺术完全是现代的，英国和法国的批评家没有资格拥有如此古老而高贵（我已经证明了这一点）的称号。如果我能清楚地证明，恰恰相反，最古的作家已经具体描述了真批评家其人其责，与我下的定义若合符节，他们根据作者的沉默而提出的主要反对意见也就不能成立了。

我承认，在很长一段时间内我也犯了这个错误，如果没有高贵的现代人相助，永远不会迷途知返。为了开拓心智、造福国家，我焚膏继晷、不知疲倦地研读他们极具启发意义的作品。他们坚持不懈地做了许多有益的研究，直探古人的弱点，编纂了详

---

① 它们都属于赫拉克勒斯完成的十二项伟业。卡库斯是一种喷火的怪兽，它偷走了赫拉克勒斯的牛，藏在自己的洞穴里。九头蛇许德拉，砍掉一个脑袋，又生出两个来。奥革阿斯的牛厩堆满了牛粪。斯廷法罗怪鸟抖落的羽毛犹如射出的飞箭，它们的铁嘴甚至能够啄破青铜盾。

细的清单①。此外，他们还圆融地证明，其实后人早已发明和揭示了古人最精妙的学问，当代卓越的天才已经做出了古人在艺术或自然上所有最高贵的发现。显然，这表明古人真正拿得出手的成绩少之又少，对他们的盲目崇拜可以休矣，那些崇拜者们局促一隅，对于当代事务了解得实在太少太少。在审慎地思考问题的方方面面，全面洞察了人性经纬的基础上，我轻松地得出结论：古人非常清楚自己的诸多不足，必定在作品的某些段落模仿他们的老师——现代人，通过对真正的批评家的讽刺或歌颂，打消读者挑刺的意愿，削弱他们的斗志，转移其注意力。我长期浸淫于序言与开场白之研究，对于两者②的陈词滥调了如指掌，因此决心试一下我的研究成果，花大力气解读最古的作家，尤其是那些研究上古时代的作家。我惊奇地发现，尽管他们或满怀畏惧或满怀希望地着手对真正的批评家进行具体的描述，然而他们在下笔之际小心翼翼，止步于神话和符号。我以为，肤浅的读者会借此要求作家们闭口不谈真正的批评家的古老起源，虽然象征是恰当的贴切，使用得那么水到渠成、不着痕迹，难以想象一个具有现代品味的读者会忽略它们。材料很多，我姑且只提几条能盖棺定论的——我对此极具信心。

值得注意的是，这些古代的作家虽然在处理这一主题时大摆迷魂阵，但是他们都使用了同样的象征，只是根据各自趣味、才智不同，在故事上做了一些改动。首先，保桑尼亚斯③认为，写作技艺的完善完全归功于批评家这一制度；从他下面的描述显然

---

① 参见沃顿《对古今学术的反思》。——原注
② 对批评家的讽刺和颂词。——原注
③ 保桑尼亚斯（Pausanias），2世纪的希腊旅行家、地理学家，《希腊志》的作者。

可以推断，他在这里指的只能是真正的批评家。他说，他们是一个喜欢在书中挑出多余和累赘之处的种群，学者们看到后，自觉听从他们的忠告，从作品中修剪掉华丽、腐烂、死亡、枯萎和多余的枝节。不过他没有明说，而是机智地隐藏在下面这则寓言中。阿哥斯的瑙普利亚人发现，凡是驴子吃过枝叶的葡萄树都长势喜人、硕果累累，由是学会了修剪葡萄藤之法。希罗多德[①]使用了同样的象征手法，用词几乎一模一样（in terminis），不过说得更直白。他大胆地指责真正的批评家愚昧无知，不怀好意，他直率地告诉我们（我想，再也没有比这说得更明白的了），在利比亚西部有一种长角的驴子。克泰夏斯[②]进一步提到，在印度有同样的动物，又说，别的驴子都没有胆汁，而这种有角的驴子分泌的胆汁极多，使得它们的肉很苦，不能吃。

古代的作家之所以在处理这个主题时只用象征和修辞，原因是对方的势力很大，他们不敢轻攫其锋，那个时代的批评家只要一开口，一个作家军团立即浑身发抖，吓得掉落了手中的笔。因此希罗多德在另一个地方[③]明确地告诉我们，一声驴叫是如何让斯基泰大军惊慌失措、望风而逃的。某些渊博的语文学家据此推断，不列颠作家对真正的批评家如此诚惶诚恐，是从我们的斯基泰祖先那里继承下来的。总之，这种畏惧十分普遍，有些作家在

[①] 卷四。——原注

[②] 参见福提乌斯的摘要（Vide excerpta ex eo apud Photium）。——原注

福提乌斯（Photius），9世纪的君士坦丁堡牧首，著有《群书摘要》（*Bibliotheca*），收录了279部古籍的摘要，原著大多已经散佚，后人赖其书犹可窥其大略，比如这里提到的克泰夏斯与狄奥多洛斯。克泰夏斯（Ctesias）系公元前5世纪的希腊人，曾任波斯宫廷的御医，著有*Indica*和*Persica*，分别描述了印度和波斯的历史地理情况。

[③] 卷四。——原注

描述他们那个时代真正的批评家时想更自由地表达自己的情感,却被迫放弃使用从前的象征,因为它和原型太像了,无奈之下,只好发明更谨慎、更神秘的表达方式。所以狄奥多洛斯[①]在表达同样的观点时说,在赫利孔山上长着一种植物,谁要是闻到了它的花香就会中毒身亡。卢克莱修叙述了同样的事情:

Est etiam in magnis Heliconis montibus arbos,
Floris odore hominem retro consueta necare.[②]（卷六）

上文引过的克泰夏斯要大胆得多。他受到了那时候真正的批评家的虐待,所以按捺不住,至少要在身后留下一处复仇的记号。他的意思是那么的显豁,那些否定真批评家悠久历史的人居然会忽略这一点,我感到十分诧异。他假装描述印度的众多异兽,写下这些引人注目的话。他说:"有一种毒蛇没有牙齿,所以不能咬人,但是它一直吐个不停,任何东西只要沾上它的毒液会立即腐烂或腐坏。这些毒蛇通常在出产宝石的山上出没,谁要是喝了它们吐出的毒液,脑筋就从鼻孔中喷出去。"

在古人之中还有一种批评家,虽然与前者同属一类,但是在成熟度上有所不同,他们似乎是新手或年轻学者,然而由于从事的工作不同,人们常常称他们自成一派。这些青年学子经常要做一种练习,那就是去戏院看戏,学习如何找出戏中最糟糕的部

[①] 狄奥多洛斯（Diodorus Siculus）,公元前1世纪的希腊历史学家,《历史集成》的作者。据Ross & Woolley注,狄奥多洛斯系凯尔库斯（Dicaearchus of Messana,亚里士多德的学生,撰写了关于希腊地理的著作）之误。

[②] 在赫利孔山附近,围绕着学问之山,生长着花香能够杀人的树木。——原注

分，认真地记录下来，然后把一份合乎情理的报告交给导师。通过像幼狼一样参加小型的狩猎活动，他们能够及时地成长起来，身手更敏捷，身体更强壮，足以应付捕获大型猎物的需要。人们观察到这么一点：无论是在古代人中间，还是在现代人中间，真正的批评家和妓女、市议员有一个共同点——头衔或本性永远不变。白发苍苍的批评家当年一定也曾青涩过，老年的造诣和功底说到底不过是年轻时才华的提高和精进，就好像大麻一样，有些博物学家告诉我们，即使是其种子也能让人窒息。我认为序言的发明（起码它的完善）应该归功于年轻一代的高手，泰伦斯经常充满敬意地以"阴险小人（Malevoli）"的称呼提到他们。

对于学术界而言，真正的批评家的出现绝对是必要的。人类行为就像地米斯托克利及其朋友一样，大路朝天，各走一边①。有人会弹琴，有人会让一座小镇变成大城，应该把两者都不会的人赶出这个世界。毋庸置疑，正是为了避免这一惩罚，批评界才宣告诞生，不过，这又给了暗中诋毁他们的人以口实，说什么真正的批评家是一种工匠，只要手头有材料和工具，就能开展业务，和裁缝一样几乎是空手套白狼；还说什么两者使用的工具和具备的技能都极其相似；什么裁缝的废布篓象征着批评家的笔记本，其才学来自于鹅；什么做一名学者需要的才学和成为一个人需要的鹅起码一样多；什么两者的勇气一样多，兵器几乎一样大小。对于这些恶意中伤的言论，可以反驳的地方很多，我可以肯定地说第一条是错的：因为恰恰相反，要摆脱批评家的陪伴，需要的

---

① 有人在宴会上嘲笑地米斯托克利，地米斯托克利说自己虽然不会弹琴，却能使一个小城变得伟大。

场地比任何人都大,这一点是确凿无疑的。要成为一名真正的乞丐,最富的候选人也要散尽千金。同样,要成为一名真正的批评家,必须付出所有优良品质作为代价。如果买的东西没那么好,这桩买卖也许就不那么上算了。

在充分地证明了批评的悠久历史并描述了其原始状态后,我将审视这一帝国现在的状况,并指出它和古时的自己是多么若合符节。一位作家①(他的作品在很多年以前已经全部散佚了)在第五卷第八章中提到批评家时说:"他们的著作是学者的镜子。"我是从字面上来理解这句话的,他的意思一定是:任何追求完美的作家必须仔细研读批评家的著作,像照镜子一样纠正自己的作品。谁要是想到古人的镜子是由黄铜制成的,不含水银,可以立即比照真正的现代批评家的两大条件,得出的结论必然是它们从古至今从未改变,过去如此,将来还是如此。黄铜象征着持久,能工巧匠将其擦亮后,表面可以自行反光,不需要水银在背后帮忙。批评家的其他才能都包含在内或者可以从中导出,这里不再细表。不过,我总结出三条纲领,可以作为区分真正的现代批评家和假冒的骗子的标准,对于从事这一有益而光荣的艺术的杰出心灵大有裨益。

首先,如果批评家的第一反应就是批评的话,那么这种批评一向被视为是最真实、最优越的智力活动,正如捕猎者对拿下第一个目标最有把握,基本上是十拿九稳,除非他们还要等第二个目标。

其次,众所周知,批评家有一种天赋,他们总是围绕在最伟

---

① 用一位大作家的风格写的引文。参见本特利的《论法拉里斯书信集》。——原注

大的作家周围,这纯粹是本能,就像老鼠总是追逐最好的奶酪,黄蜂总是追逐最好的水果。因此,马背上的国王一定是这一行人中最脏的一个,谁把他糟蹋得越厉害,谁就越是得宠。

最后,真正的批评家在读书时就像宴会上的狗,把全副的精神和志趣都集中在客人扔掉的东西上面,骨头越少,叫得越凶。

我想,通过上面这些文字,我已经向我的保护人——真正的现代批评家表达了自己的崇敬之意,对于我过去的沉默、将来可能发表的评论,我都已经赎清了罪愆。但愿在给他们立下这等大功以后,他们会大度而温柔地对待我。抱着这种期望,我继续冒昧地叙述那场已经有了一个愉快开局的冒险。

第四节 桶的故事

我花了很大的力气,把读者带入了一个大革命的时代。我们多次提到的这位博学的兄弟在拥有了一座温暖的房子以后,立即变得自高自大,讲究排场。他的角色、服装和气度已经完全改头换面,有教养的读者如果不能襟怀坦荡地对他略微高看一线,恐怕下次碰到主人公的时候都认不出他来了。

他告诉兄弟们,他要让他们知道,他是老大,因此是父亲唯一的继承人。过了一段时间,他不许他们跟他称兄道弟,要叫他"彼得先生",再往后非得要叫他"彼得神父",有时又称"彼得大人"。他很快开始考虑,他要有一个更好的出身才能维系这样的排场。经过深思熟虑,他终于转行做了策划人和学者,并取得巨大成功。当今许多风行于世的著名发现、工程、机器都完全出自彼得大人之手,我将尽力叙述其荦荦大者,而不严格遵循其出现次序，因为在这一点上我认为学界还没有形成共识。

我希望，在这篇文章译成外文（凭良心说，以我收集材料之辛苦、叙述之忠实、题材之有益于公众，是当之无愧的）后，国外几家研究院（尤其是法国和意大利的研究院）的著名院士，为了人类知识的进步，会欣然接受这些小小的建议。我还要向东方修道院最可敬的神父们通报，我完全是为了他们的缘故才使用了这些最适合转化成任意一种东方语言（尤其是中文）的词句。因此，我一边在写作，一边想着我的劳作带给全世界的巨大利益，衷心充满喜悦。

彼得大人的第一个项目是买下一块大陆[1]，据说是最近在 Terra Australis incognita（未知的南方大地）发现的。他花了很多的便士从发现者（不过有人质疑他们是否真的到过那里）手中买了这块陆地，接着将它分成若干地块，转手卖给几位商人；他们又打算卖到殖民地去，结果在途中全都遇上海难，就这样彼得大人把这块大陆一而再、再而三地卖给了其他客户，都取得了同样的成功。

我要说的第二个项目是对付寄生虫[2]（尤其是脾脏中的）的特效药。病人要连续三晚饭后空腹[3]。上床后要保持侧卧，累了才允许换另外一侧。两只眼睛要看同一个地方，没有明显的理由绝对不许在两头同时放屁[4]。只要严格遵守医嘱，寄生虫会不知不觉地通过汗液经大脑排出体外。

---

[1] 即炼狱。——原注
[2] "对付寄生虫（尤其是脾脏中的）的特效药"一语意在讽刺忏悔和赦免，严格遵守彼得的药方，它们会有明显感觉地通过汗液经大脑排出体外。——沃顿注
[3] 这里作者嘲笑了天主教的忏悔，只要罪人肯花钱，这不是一件难事。——原注
[4] 还有一头可能是嘴巴。

第三项发明是建立私语室[1]，帮助治疗所有患上忧郁症或者腹绞痛的人，所有的偷听者、医生、接生婆、政客、翻脸的朋友、吟诵的诗人、喜悦或绝望的情人、老鸨、枢密院官员、侍从、食客和小丑，总之，一切内气太盛、有爆炸危险的人。在合适的位置放一个驴头，患者可以方便地把嘴巴对准任意一个耳朵，在一定的距离之内向其靠近，运用一种只对驴耳有效的难以捉摸的能力，立竿见影地获得打嗝、呼气或者呕吐的疗效。

彼得大人另外一个公益项目是设立保险办事处[2]，为烟斗、具有现代热心的烈士、诗集、影子、□□以及河流等提供保险。它们（不是其中的某一家）失火后可以得到赔偿。我们的互济会只不过是这一原型的复制品，不过对于承办人和公众而言，它们都居功至伟。

彼得大人还被认为是木偶和西洋景[3]的发明者，它们的巨大好处人所共知，在此就不赘述了。

另一项名扬四海的发现是飞入寻常百姓家的腌菜汁[4]。一般家庭主妇使用腌菜汁[5]，不过是用于保存死肉和某些蔬菜；彼得花了很大的代价和力气，发明了一种腌菜汁，能把房屋、花园、城镇、男人、女人、儿童和家畜保存得像琥珀中的昆虫一样完好无缺。在色香味上面，它和通常用于牛肉、黄油、鲱鱼的腌菜

---

[1] 为偷听者、医生、老鸨、枢密院官员解忧的私语室讽刺了秘密忏悔，接受忏悔的神父被说成是驴头。——沃顿注
[2] 我认为这里指的是赎罪券，它的泛滥成灾是宗教改革的导火线。——原注
[3] 我相信这是在说天主教徒的修道院生活和荒唐的游行队伍等等。——原注
[4] 即圣水，他称之为"飞入寻常百姓家的腌菜汁"，能把房屋、花园、城镇、男人、女人、儿童和家畜保存得像琥珀中的昆虫一样完好无缺。——沃顿注
[5] 即圣水，这一点很容易理解，它和许多腌菜汁的原料是一样的。——原注

汁（它在这方面也取得极大成功）一般无二，但是它的主要功能还不在此。彼得在放入一定量的平柏灵平柏粉①后，从此战无不胜。操作时，要选择良辰吉日，喷洒于其表面。如果要腌制的病人是一幢房子，会万无一失地将所有的蜘蛛、老鼠、黄鼠狼拒之门外；如果患者是一条狗，它将不受疥癣、疯狂和饥饿之苦。它还会万无一失地保护孩子不生疥癣、虱子和癞痢头，病人的一切活动，不管是睡觉还是吃饭，都不受影响。

但是，在所有的稀世珍宝之中，彼得最看重一群公牛②，它们是保卫金羊毛的那群牛的直系后代，这个品种的牛能保存下来真是大幸。不过，有些假装对此颇有兴趣的人，怀疑这一品种没有完全保持贞洁，因为它们在有些方面退化了，不如其祖先，同时又有一些非常奇怪的特性，是与外国杂交的品种。根据记载，科尔喀斯的公牛③有一双铜蹄；但是，不管是由于放牧和奔跑之法不良，还是另有私情，生身父母别有人在，致使血统不纯；不管是祖宗的羸弱损害了生殖能力，还是天长日久不可避免的衰败，

---

① 圣水和普通水的不同仅仅在于祝圣，所以他告诉我们，他的腌菜汁加了"平柏灵平柏粉"以后，尽管在外观和气味上和保存牛肉、黄油、鲱鱼的普通腌菜汁没什么分别，但是增加了新的属性。——沃顿注

平柏灵平柏粉（powder pimperlim-pimp），即"poudre de perlimpinpin"，法语"假药"的意思。

② 教皇的诏书受到了点名的奚落，让我们对作者的用意一览无余。

同上。作者在这里保留了原名，指教皇的诏书，更准确地说是对异端君主的严辞呵责和革出教门，两者都盖上了铅质的渔夫之印。——沃顿注

教皇诏书上盖的印玺（Bulla）一般是铅制的，非常重要的场合则用金印，印玺的一面是圣彼得和圣保罗的像，另一面是颁发诏书的教皇姓名。渔夫即圣彼得。在英文中，"公牛"和"教皇诏书"是一个词。

③ 伊阿宋在取金羊毛之前制服了科尔喀斯的两头神牛，它们生有铜蹄，鼻孔喷火。

原初的属性在罪孽深重的后世渐渐朽化——不管是哪一种原因，可以肯定地说，彼得大人的公牛的双足被岁月腐蚀成了普通的铅。无论如何，它们这个族系特有的怒吼声保留了下来，同样保留下来的还有从鼻孔往外喷火的本领。不过，许多诋毁它们的人认为这是一种特技，仅与其日常饮食（小爆竹和大爆竹①）有关，其实没有表面上看起来那么可怕。不过，它们有两个完全区别于伊阿宋之牛的特点，我只在贺拉斯那里看到同时具备这两点的怪物：

Varias inducere plumas②;

以及

Atrum desinit in piscem③.

它们有鱼一样的尾巴，有时飞得比任何飞鸟都快。彼得把这些牛用在好几个地方。有时他让它们大声吼叫，吓唬调皮的男孩子④，让他们安静下来。有时他差它们去办要事，这一点值得谈谈，也许谨慎的读者觉得难以置信。它们从高贵的祖先——金羊毛的守

---

① 教皇大发雷霆，威胁说那些触怒他的君主们要下地狱和受诅咒。——原注
② 意为"插入许多彩色的羽毛"。
③ 意为"变成一条黑鱼"。贺拉斯在《诗艺》开头嘲笑七拼八凑、非驴非马的画作时用到这两句。
④ 即招惹他不快的国王们。——原注

107

卫者那里一代代地传承了一种感性欲望（appetitus sensibilis）[1]，仍然十分钟爱黄金。如果彼得派它们去国外，即使只是礼节性地出访，它们也要咆哮、吐口水、打嗝、撒尿、放屁、鼻孔喷火，一直闹个不停，直至扔给它们一点儿黄金才肯罢休，接着pulveris exigui jactu（洒去一小撮尘土）[2]，它们会安静得像羔羊一样。总之，无论是主人的计谋或鼓励，还是它们自己爱吃金子，抑或两者兼而有之，可以肯定，它们不过是一种强壮结实、虚张声势的乞丐而已。要是哪里不给它们施舍，它们会让妇女流产，让幼儿痉挛。直到今天，人们还常常把淘气的小妖精叫作牛头丐。后来四邻极为讨厌它们，西北有一些绅士搞到了一批英国正宗的斗牛犬，把它们折磨得死去活来，让它们至今心有余悸。

我还得说说一个彼得大人非常神奇的项目，它显示了他炉火纯青的功力和无远弗届的想象力。每当新门监狱要某个流氓处以绞刑时，彼得会以一定的价钱卖给他一份赦免令，那个无耻之徒好不容易凑出了这笔钱，交给了这位爵爷，换来一张纸，其格式是这样的[3]：

> 致全体市长、郡长、监狱看守、警察、执行官、绞刑吏等，朕闻某某在尔等手中，将处以极刑。朕命令尔等，无论该犯被判的是谋杀、鸡奸、强奸、渎圣、乱伦、叛国还是渎

---

[1] 阿奎那区分了感性的欲望和理性的欲望。
[2] 维吉尔，《农事诗》，iv. 87。原诗说的是一小撮尘土平息了蜜蜂的纷争。
[3] 这是一份大赦令，署名是"众仆之仆"（Servus Servorum）。
　　同上。彼得皇帝的信嘲讽了对于死刑（articulo mortis）的赦免和教廷财政部（cameræ apostolicœ）的税收。——沃顿注

神罪，见此令立即放其回家。如不照办，尔等将永下地狱。朕衷心地与尔等道别。

尔等最谦卑的

人中之人①，

彼得皇帝

相信这玩意儿的可怜虫既丢了性命，又丢了金钱。

我希望，后世受命评注这篇苦心孤诣之作的学者们，在处理某些隐晦之处时要十分小心，那些不怎么内行（verè adepti）的人可能会匆忙得出结论，尤其在一些神秘的段落，为了节省行文，某些奥秘叠加在一起，评注时要区分开来。我确信，未来的学人会十分感激我写下了如此可喜、如此有益的暗讽。

我们可以毫不费力地让读者相信，那么多有意义的发现在问世后取得了极大的成功，不过，我所提到的只是其中的沧海一粟；我的目的只是挑出几个最值得大家效法的，或者说最有助于了解发明家才华的范例。所以，如果说在这个时候彼得大人已经十分有钱，这一点也没啥好奇怪的。可是，唉，他把自己的脑子折磨得太久太狠，以至于它摇晃起来，为了舒服一点儿转了个身。总之，骄傲、项目和欺诈让可怜的彼得变得精神错乱，孕育出了世间最古怪的念头。他在病入膏肓之际（因骄傲而发狂的人常有此事），自称是万能的上帝②，有时是世界之王。我看见他

---

① 教皇自称是上帝的仆中之仆。

② 教皇不但是基督的代理人，有些神学家还用"尘世中的上帝"等渎神的称呼来称呼他。——原注

(是我的作家说的)戴着三顶陈旧的高帽子[1]，在脑门子上堆了三层，腰带上挂着一长串钥匙[2]，手拿一根钓鱼竿。遇上谁要跟他握手致意，穿着这身打扮的彼得像一条受过良好训练的西班牙猎狗一样，非常优雅地把自己的脚伸给他们[3]。如果他们拒绝行礼如仪，他就把它抬到他们下巴的高度，狠狠地朝他们的嘴巴踢过去，从此这就被叫作致敬。谁要是特立独行，路过时不恭维他几句，他一口气就把他们的帽子吹翻在地（他的呼吸很重）。与此同时，他的家事也是一团糟，两个兄弟度日维艰，他第一个怪念头[4]是在一个早晨把他们仨的妻子都赶出了家门[5]，并下令到街上去找最先遇到的三位行人代替她们的位置。过了一段时间，他钉死了地窖的门，不许兄弟们沾一滴酒[6]。有一天，彼得在一位市议员家里吃饭，发现对方用其兄弟的方式赞美其牛腰肉。"牛肉，"那位明智的官员说道，"是肉中之王，包含了鹧鸪肉、鹌鹑肉、鹿肉、野鸡肉、干果布丁和蛋奶沙司的精华。"彼得回家后，想把这一教义付诸实践，在没有牛腰肉的情况下，用黑面包取而代之。"面包，"他说，"亲爱的兄弟们，是生命的支柱，包含了牛肉、羊肉、小牛肉、鹿肉、鹧鸪肉、干果布丁和蛋奶沙司的精华，使之更臻完美的是，其中还混合着一定量的水，用酵母祛其粗粝，

---

[1] 三重冠。
同上。教皇的世界帝国、三重冠和渔夫戒指。——沃顿注
[2] 教会的钥匙。——原注
[3] 连他让别人吻他拖鞋的傲慢之举也没有逃脱作者的眼睛。——沃顿注
[4] 这个词准确地描述了出人意外地猛拉或者快鞭打马。——原注
[5] 彼得把自己和兄弟们的妻子赶出家门影射了天主教教士的独身制度。——沃顿注
[6] 教皇不许平信徒领圣血，说服他们相信，面包中包含着血，是基督真正、完整的身体。——原注

使之成为有益健康的发酵液,渗入面包之中。"在这一结论的影响下,第二天用餐的时候,黑面包就以市宴的完整规格供奉了上来。"来吧,兄弟们,"彼得说,"吃吧,不要客气。看,多好的羊肉啊[①]。要么等一下,我已经动手了,我来分给你们吧。"话音未落,手拿刀叉、一派斯文的他就切下了两大片面包,在两位弟弟的盘子上各放一片。二弟一时弄不明白彼得大人的用意,于是开始彬彬有礼地探寻其中的奥秘。"大人,"他说,"恕我冒昧,我怀疑这里出了点儿差错。""什么?"彼得说,"你很有趣,说吧,我们听听你脑袋瓜里都装了哪些笑料。""不是玩笑,大人;除非我脑子糊涂了,刚才阁下提到一个有关羊肉的词,我对此衷心充满期待。""怎么,"彼得露出十分惊讶的表情,他说,"我一点儿也听不懂你说什么。"听到这里,三弟插话来打圆场。"大人,"他说,"二哥可能是饿坏了,对阁下许诺给我们吃的羊肉翘首以待。""拜托,"彼得说,"不要跟我兜圈子,你们两个不是疯了,就是玩笑开过了头,如果你们不喜欢你们那一份,我可以重新再切,虽然我认为那已经是最好的前腿肉了。""这么说,大人,"头一个兄弟回答道,"这块一直是前腿肉啰。""拜托,先生,"彼得说,"好好吃你的东西,不要无礼取闹,我现在对此并不欣赏。"彼得装出一副严肃的样子,另一个兄弟实在看不下去了。"上帝作证,大人,"他说,"我只能说,就我的双眼所视、手指所触、牙齿所咬、鼻子所闻,这似乎只不过是一块面包而已。"二弟又插话了。"我平生从未见过哪片羊肉这么像一片十二便士的面包。""看

[①] 变体。彼得把他的面包说成是羊肉,根据相关的天主教教义,酒也是如此,他就用这样的方式哄骗两个弟弟把那该死的面包片当作羊肉。——沃顿注

基督徒相信,在领圣体时所用的饼和酒,在祝圣后变成基督的身体和血。

看你们，绅士们，"彼得生气地喊道，"为了让你们明白，你们是一对多么盲目、主观、无知、固执的愣头青，我用这么简单的方法来证明好了。上帝作证，它是真正、优质、天然的羊肉，和利德贺街①市集上的所有羊肉一样。你们如果不信，愿上帝罚你们永远下地狱。"这样掷地有声的证明封杀了他人辩白的空间，两位不信羊肉说的兄弟迅即掩盖自己的错误。"啊，真是的，"一个兄弟说，"经过周密的考虑……""是啊，"另一个兄弟打断了他，"我现在想通了，大人讲得似乎很有道理。""很好，"彼得说，"服务员，来，给我斟一杯红酒。我敬你们两人一杯。"看到他的怒气这么容易就平息了，两兄弟很高兴，表示自己不敢当，要向爵爷祝酒。"该这样，"彼得说，"只要是合理的要求，我都不会拒绝你们，适量饮酒可以强心提神。你们一人喝一杯，这是真正天然的葡萄汁，不是酒商酿造的那种垃圾货。"说完，他给他俩一人一大片面包，要他们喝掉酒，不要忸忸怩怩的，它对身体无害。两兄弟按照在此类棘手场合下的套路，打量了彼得大人半天，又面面相觑了好长一会儿，绞尽脑汁地揣摩了事态可能的走向，最后决定迎合他的观点，以免产生新的争端，因为他现在疯病又发作了，辩论或劝诫只会让他百倍地癫狂。

我之所以明明白白地交代这件很有意义的事情的来龙去脉，是因为它是造成大约同一时间三兄弟那场著名的大决裂②的主要原因，后来他们再也没有实现和解。关于这件事情，我将在另外一节中详细交代。

---

① 伦敦肉市。
② 这场分裂指的是宗教改革。——原注

不过，可以确定的是，彼得大人即使在神智清醒的时候，在日常谈话中也非常恶劣，极其固执，过于自信，任何时候都宁愿辩论至死，也不肯承认自己犯过任何错误。此外，他还有一种可恶的本领，在任何场合都能撒弥天大谎，不但发誓自己所说的都是真话，如果听众稍有迟疑，他就诅咒所有的人都下地狱。有一次他发誓说他家里有一头奶牛①，一次挤出的奶可以装满三千所教堂，更神奇的是，从不发酸。还有一次，他说他父亲有一个路标②，上面的钉子和木头足够打造十六艘大型军舰。有一次谈到中国的马车，它们轻盈得可以在山上航行，"天啊，"彼得说，"这有什么了不起的？上帝作证，我亲眼看到一座石灰石的大房子③在大海和陆地上航行了两千德国里格以上，虽然中途有时会停下休息。"他从头到尾一个劲儿地发誓，他生平从未说谎，每说一句话都要说："上帝作证，先生们，我对你们说的都是真话，谁要是不信，让魔鬼永远用火烧他。"

一言以蔽之，彼得变得臭名昭著，街坊四邻纷纷直言他简直就是个恶棍。他的两个兄弟对他的虐待早就忍无可忍，终于决意离他而去。不过，首先他们谦卑地要求得到一份已经不知被搁置了多久的父亲的遗嘱。他非但没有满足这个请求，反而骂他们是婊子养的、无赖、叛徒以及所有他想得起来的骂人的话。不

---

① 天主教徒在奶牛的寓言中说，它的奶可以填满三千所教堂，把圣母的乳汁夸大到荒唐的地步。——沃顿注

② 这个路标指的是救世主的十字架。——原注

③ 洛雷托的圣堂，从圣地迁移到意大利。此处只是在抨击天主教的荒唐杜撰。罗马教会用这些东西来欺骗愚蠢、迷信的人们，榨取他们的钱财；世人被奴役了太久太久，我们的祖先光荣地打开了我们身上的枷锁。必须揭露罗马教会的恶行，为人类建立功勋。——沃顿注

洛雷托的圣堂据说是圣母玛利亚的旧居，13世纪末被天使们从拿撒勒迁至意大利。

113

过，有一天，趁他去国外搞项目，两位弟弟设法弄到了一份真本（copia vera）[1]，立刻发现他们上了一个大当。他们都是父亲的继承人，地位是平等的，父亲还严令他们，无论搞到了什么东西，都要与兄弟共享。根据遗嘱的精神，他们打开了地窖的大门，取出少量美酒振作精神[2]。在抄录遗嘱时，他们发现了一条反对嫖娼、离婚和分居的禁令，于是抛弃了姘妇，把妻子接了回来[3]。在一片混乱之中，一名来自新门监狱的律师走了进来，希望彼得大人给一个将于明天受绞刑的小偷一份赦免令，两兄弟说他是一个小丑，竟然要一个比其客户更该上绞刑架的家伙出具赦免令。他们揭穿了笔者刚才介绍的格式所包含的所有欺诈手法，并建议他让朋友去向国王讨一份赦免令[4]。就在一片吵嚷嘈杂的革命声中，彼得带着一队龙骑兵[5]回来了，他猜出了在场者的用意，他和他的手下发出了无数不值得在此重复的谩骂和诅咒，用足力气把他们踢出了家门[6]，从此不许他们踏足旧宅半步。

第五节　现代型题外话

我们这些被世人授予现代作家头衔的人，如果所作所为不能造福于人类的公共利益，将永远无法实现名扬后世、永垂不朽的

---

[1] 把《圣经》译成通俗语言。——原注
[2] 在圣餐礼中允许平信徒领圣血。——原注
[3] 允许教士结婚。——原注
[4] 指示忏悔者不要相信用钱买来的赎罪券，让他们去恳求上帝垂怜，这是获得宽恕的唯一途径。——原注
[5] 彼得的龙骑兵指顽固坚持天主教迷信的君主们用来对付改革者的国家机器。——原注
[6] 教皇把所有异议分子赶出教堂门外。——原注

宏誓大愿。啊，宇宙！这是您的秘书——我的大胆冒险

————Quemvis perferre laborem
Suadet, et inducit noctes vigilare serenas.①

为此，我花了一定的时间，费尽千辛万苦，动足了脑筋，把人性大卸八块，阅读了大量十分实用的讲稿，论述那些你中有我、我中有你的部分，直到后来它们产生了强烈的异味，无法继续保存下去。我又花了很大的力气，把所有的骨头按照原来的结构拼了起来，使之保持应有的对称，因此我可以向所有感兴趣的绅士们出示一个完整的骨骸。不过，我还是不要节外生枝，在题外话中插入题外话了；据我所知，有的文人题外话中套题外话，就像盒子套盒子一样。我可以肯定地说，在仔细切开人性之后，我得出了一个十分奇怪、新鲜和重要的发现：人类的公共利益有两种实现方式——教育和娱乐。在上述的阅读过程中（如果我能说动一位朋友偷一本出来，或者说动我的某位崇拜者去强行索要一本，那么，也许人们有一天能看到它们），我进一步证明：鉴于人类如今的性情，娱乐带来的好处要大大超过教育，一方面，爱挑剔、自由散漫、打哈欠等疾病四处流行；另一方面，在今日才智与学问的世界帝国中，需要教育的东西似乎寥寥无几。可是，按照一个大时代、大权威的教训，我要在各方面最大限度地实现我的意图，因此这篇神圣的文章巧妙地把实用性和美观性融

---

① "让我甘心承担大量艰苦的工作，在宁静的夜晚久久不能入睡。"——卢克莱修，《物性论》，1.141-142。

为一体。

每当我想到，卓越的现代人让古人的萤火之光黯然失色，把他们逐出了上流社会所有的社交场合，以至于我市高雅文化造诣最深的一流才子们[1]，就古人是否存在过这一问题展开了严肃的争论。在这方面，那位了不起的现代人——本特利博士最为有益的艰辛劳作使我们获得很大的满足。一想到这些，我不禁仰天长叹，竟然没有一位著名的现代人把一个包罗万象的系统纳入薄薄一小册中，囊括所有人们将要在人生中认知、信仰、想象和实践的事物。不过，我要承认，若干年前有位巴西岛（O-Brazile）[2]的大哲学家曾经考虑过从事这一事业。他提出了一种奇妙的药方，在他英年早逝后，我从其遗墨中找到这剂灵丹妙药，出于对现代学人的热爱，我在此将其公开，我毫不怀疑，有朝一日它会激励仁人志士去承担这一使命。

取一部牛皮精装、背面有字的善本，任何现代艺术与科学作品均可，不拘使用何种语言。在双层蒸锅（balneo Mariæ）中蒸馏，注入从药剂师处取得的适量罂粟汁和三品脱忘川水。仔细清洗污垢与残渣（caput mortuum），蒸发掉所有的挥发物。只保留初馏分，再蒸馏17次，直至剩余物达到约两打兰。把它放在一个密封的小玻璃瓶中保存21天。接着开始写你那放之四海而皆准的论文，每天早晨斋戒时服用三滴

---

[1] 由于作者这里所说的饱学之士消灭了那么多古代作家，除非他高抬贵手，否则断言世上还存在古人是有风险的。——原注

[2] 这是一个想象中的岛屿，它和所谓的"画家之妻"岛相似，是绘制地图的人想象出来的，位于大西洋的一个未知的地方。——原注

这种灵药（首先要摇晃杯子），使劲儿吸入鼻子。它将在14分钟内在大脑四处（只要有空间）膨胀开来，脑海里立刻出现无数的梗概、摘要、纲要、摘录、汇编、精萃、节录、选集等等，全部整整齐齐地排列着，可以还原至纸上。

我必须承认，我才疏学浅，难当此任，正是靠了这一秘方的帮助，才敢硬着头皮大胆一试，除了一个叫作荷马的作家外，从未有人在这方面取得成功，甚至没人尝试过。荷马虽然颇有一点儿才华，在古人中算是有一定天赋的，我还是在他身上发现了许多严重的错误，化成灰也不能原谅他——如果机缘凑巧，还有骨灰留下来的话。我们相信，他计划写一部囊括所有人、神、政治和机械知识在内的百科全书[①]，显然，他完全忽略了一些东西，其余部分也不完整。首先，作为一个被其门徒称为喀巴拉大师的人物，他提到的巨著极其贫乏，似乎只是浮光掠影地阅读了森迪沃奇乌斯、伯麦或者《超凡入圣魔法学》（*Anthroposophia Theomagica*）[②]。他在火之世界（*sphæra pyroplastica*）[③]上也犯了很大的错误，这一疏忽是不可弥补的（如果读者允许进行这样严厉的指责的话），vix crederem autorem hunc unquam audivisse ignis vocem

---

[①] Homerus omnes res humanas poematis complexus est（荷马的诗歌涵盖了人世间所有的话题）。——色诺芬，《会饮》。——原注

[②] 五十年前剑桥的一位威尔士绅士写的文章。我记得他的名字叫作沃恩，这个名字在博学的亨利·摩尔博士的答辩文章中出现过。在已出版的任何语言的著作中，此文也许是最不可理喻的空话。——原注

迈克尔·森迪沃奇乌斯（Michael Sendivogius, 1566-1636年），波兰炼金术士。雅各布·伯麦（Jacob Behmen, 1575-1625年），德国神秘主义者。亨利·摩尔（Henry More, 1614-1687年），英国哲学家，剑桥柏拉图主义者，曾在1650年撰文对沃恩进行过批评。

[③] 沃恩使用的术语。

（很难相信这位作者听说过火这样东西）。他在某些机械领域内的错误同样突出。在像现代才子通常那样专心致志地读完他的著述后，我居然找不到有关蜡盘结构的半点儿说明，要不是现代人发明了这一相当实用的工具，我们还在黑暗中徘徊呢。不过，我还没有讲一个更臭名昭著的错误，一定要因此而向他大兴问罪之师。我指的是，他对于我国的普通法、英格兰教会的教义教规一无所知[1]。因为这一缺陷，我杰出而机智的朋友、神学学士沃顿先生，在他戛戛独造的论古今学术的文章中，对荷马和所有的古人进行了最公正的批评。对此书做出再高的评价都不过分，无论是作者才思的生动流畅，在苍蝇、唾沫主题上的崇高发现的巨大实用价值，还是其磕磕绊绊的雄辩风格。我不禁要在此为他正名，为我草拟此文时从其无与伦比的大作中获得的巨大帮助和大段抄袭而公开致谢。

除了上述的遗漏外，感兴趣的读者还会发现荷马著作中的几处欠缺，不过他不应该为其承担太多的责任。从他的时代以来，每一个知识门类都取得了巨大的进步（尤其是最近三年），他几乎不可能像其支持者鼓吹的那样对于现代发明无一不精。我们慷慨地承认，他是指南针、火药和血液循环的发明者。但是，请其崇拜者指出，他的著作哪里有提到脾脏的地方。难道他不是留给我们去摸索政治赌博的艺术吗？还有哪篇文章比他论茶的长文更错误百出、让人失望呢？至于近来大受推崇的不用水银就能分泌唾液的办法，以我的知识和经验来看很不靠谱。

---

[1] 沃顿先生（我们这位作者对他永不宽恕）在比较古今学术的时候指出，我们在神学、法律等方面的知识凌驾于古人之上。——原注

118

正是为了弥补这些重大的缺失，我禁不住人们的一再劝说，终于拿起了笔。我敢在此承诺，明智的读者会发现，凡是在日常生活的要紧关头要用到的东西，这里无一或缺。我自信已将所有人类想得出来的东西一网打尽。我特别要向学者们推荐阅读一些他人未曾道过的发现，如《一知半解者的新助手》或《读书少、学问深的艺术》、《一个关于老鼠夹的奇妙发明》、《理性通则，或人人都是自己的雕刻师》，以及非常有用的捕捉猫头鹰的工具，这里只略举数端，其他的还有许多。所有这些，聪明的读者都会在文中不同段落找到详细的说明。

我认为，我必须尽可能多地彰显我正在写作的这一文稿之美之妙，因为在这个有教养、有学问的时代，它已经成为一流文人大加赞赏的时代风尚，可以纠正吹毛求疵的读者的坏毛病，或者让彬彬有礼的读者茅塞顿开。另外，近日出版了几部名篇，有诗歌，也有散文，如果作者不是出于对公众的大仁大爱，详细介绍了其中蕴含的崇高卓绝之处，我们自己能看出一星半点儿的可能性几乎为零。至于我自己，我不能否认，我在此所说的一切，放在序言中更为合适，更合乎一般的风俗。不过，我觉得更应该牢牢把握自己作为最后一名作家的巨大而光荣的特权。由此，我拥有绝对的理由宣布自己是最新的现代人，而这又给我支配此前所有作家的专制权。凭着这一头衔给予我的力量，我彻底否定将序言作为书籍目录的恶劣风俗。那些贩卖怪物、奇观的商人，在门口悬挂巨幅的生活照，下面配有极具煽动性的文字说明，一直以来我认为这种做法很欠考虑。这帮我省了很多小钱，因为我的好奇心已经完全得到了满足，不想再进去了，虽然身边有演说家以感人至深、始终如一的辞令一个劲儿地做最后的动员："先生，我向你保证,马上就要开始了。"这正是序言、书信、广告、导论、绪论、参考资料、致读者书如今的命运。这一手段起初是让人称羡的,伟大的德莱顿长期以来将其发挥得淋漓尽致,取得了令人难以置信的成功。他经常在私下里告诉我,要不是他在序言中频频告诉世人,他们永远不会想到他是如此伟大的一名诗人,而现在他们既不可能怀疑,也不可能遗忘这一点。也许事实如此。不过,我很担心,在他的教诲下,人们会在某些方面变得更聪明,而这并不是他的初衷。我们悲哀地看到,我们这个时代的读者如何打着哈欠、不屑一顾地翻阅着四五十页的序言和献词(这是现代的惯常故技),好像里面有许多拉丁文似的。另一方面,必须承认,许多人不读书就当批评家和文人了。我认为,所有当代的读者都恰当地分属这两大阵营。我自己属于前一种,所以喜欢大书特书拙作之美,展现自己文章的亮点。我认为最好在作品正文中做这件事,照目前的情况,此举将大大增加文章的篇幅,一位技艺娴熟的作家无论如何不会错过这一机会。

为了向最新作家的惯例致以应有的敬意与感谢,不知不觉间已离题万里,无缘无故地对世人进行了纠弹,花了很大力气,用了许多心思,把自己的长处、他人的短处暴露于天日之下,还自己一个公道,给他人一个公平,现在我很乐于言归正传,以满足读者和作者无穷无尽的需要。

第六节 桶的故事

上文说到两兄弟和彼得大人公开决裂,两人被永远逐出家园,从此开始在一个冷冰冰的、举目无亲的广阔世界中漂泊。这使之成为仁慈的作家笔下合适的题材,在一场伟大的旅程中,悲惨的境遇永远能收获最美的果实。世人可从中分辨出一名胸怀宽广的作家与一个普通朋友在人格禀赋上的不同。后者在富贵时形影不离，在落魄时倏忽远逝。胸怀宽广的作家则恰恰相反，他常常在粪堆中发掘主角，一步步地将其捧上帝王宝座，然后突然引退，甚至连一声感谢都不听。我正是效仿这一先例，把彼得大人放在一个高贵的屋子里，给他一个头衔，给他钱花。我让他在那里先待上一段时间，在仁爱之心的驱使下，转过身来帮助处于最低潮的他的两位兄弟。不过，我无论如何也不会忘记自己作为一名历史学家的身份，一步步地紧随真相的脚步，不管发生了什么事情，无论它将我带向何方。

共同的命运和利益把两位流放者紧紧团结在一起，他们选了一个房子共同住下，安顿好以后，立即开始反思以前生活中无数的不幸和痛苦，一时说不上来自己错在哪里。他们左思右想，想到了自己幸运地找回来的父亲遗嘱的抄本。他们立刻将其取出，并通过决议，把所有错误的地方一律拨乱反正，以后一切行动都要严格遵循遗嘱执行。遗嘱主要部分包含了某些令人赞叹不止的关于外衣穿着的规定（读者对此想必还记忆深刻），两兄弟一边阅读，一边一句句地将教义与实践进行对比，两者差异之大不啻天壤，重大逾规之处比比皆是。他们两人毫不迟疑地做出决定，立即全部按照父亲的规范行事。

不过，这里要打断一下性急的读者，他们总是不等作者安排好，就迫不及待地要看历险的结局。我要记录的是，在这期间两兄弟有了自己的名字。一个要别人叫他马丁[①]，另一个给自己起名

[①] 马丁·路德。——原注

杰克[1]。在哥哥彼得的专制统治下,兄弟两人相亲相爱,亲密无间,这是难友们的特点。落难的人就像是置身于黑暗之中,所有的颜色对他们来说都是一样的。但是在他们重见天日、出现在对方面前时,他们的气色就显得截然不同了,目前的情况就给了他们机会突然发现这一现象。

但是,严厉的读者在这里可能会指责我健忘,这一批评颇有道理,一位真正的现代人难免要犯一点儿健忘的毛病。因为记忆是把心灵投注于过去的事物,我们这个辉煌年代的学者没有运用这一能力的机会,他们一心扑在发明上,一切都靠自力更生,要不然,最起码也是互相撞击的结果。鉴于这一点,我们认为完全应该把我们的健忘症作为我们才气纵横的一个无可辩驳的理由。我应该在五十页前告诉读者,彼得大人灌输给兄弟们一个爱好:外面流行什么装饰,就在外衣上戴什么,等到不流行了,也不脱下来,而是都留着。随着时间的流逝,变成了你能想到的最滑稽可笑的大杂烩。等到它们脱落的时候,原来的外衣连一根线都找不到了,剩下的是无穷无尽的花边、丝带、流苏、刺绣、尖包头系带(我只是指包银的[2],因为其余部分都掉光了)。这个事情已经被他们恰当地遗忘了,在命运的安排下,当兄弟俩打算把衣服改回遗嘱规定的原始状态时,又很适宜地在这里冒了出来。

他们一致开始从事这一艰巨的工作,一会儿看看衣服,一会儿看看遗嘱。马丁第一个下手,他猛地一拉,扯下一大把尖包头系带,接着又用力一拽,拉下来上百码流苏。干完这些以后,他

---

[1] 杰克·加尔文。——原注
[2] 包银的尖包头系带是那些扩大教会声势和财富的教义,它们已经深深嵌入天主教的肌体之中。——原注

迟疑了一会儿。他很清楚,要做的事情还有很多,在烧完第一把火之后,他开始恢复冷静,决心有节制地从事余下的工作。他刚才在拉扯包银的尖包头系带(上文已经说过这一点)时,险些扯出一条大裂缝,聪明的工匠缝了两层才维系其于不坠。他决定除去衣服上大量的金边,于是非常小心地拔下针脚,认真地拾掇松散的线头,事实证明这项工作很耗时间。接着他又着手除去印第安男人、妇女和儿童的刺绣,正如你们在相关的地方读到的那样,这在父亲的遗嘱中是受到严格禁止的。在灵巧的双手专心致志的打理之下,过了一段时间,这些东西基本被根除或彻底被破坏了。至于其余的地方,他发现刺绣紧挨在一起,要对它们下手势必要对衣服造成破坏,而且随着工匠们一直不停地改来改去,外衣的面积大为缩水,刺绣相应地起到遮掩或弥补缺陷的作用。有鉴于此,他认为最好的办法是一仍其旧,决计不让实体受到破坏,他觉得这才符合父亲遗嘱的原意。对于马丁在这场大革命中的所作所为,我搜集到的材料就这么多了。

但是,他的兄弟杰克在处理此事时抱着截然不同的想法,他的特殊经历将占据下文的主要篇幅。彼得大人的伤害给他留下了深刻的记忆,并转化成一定程度的憎恶与怨恨,这对他的刺激要远远超过父亲的遗命,相较于前者,后者是次要的、从属性的。他搜索枯肠,为这种复杂的情绪想出了一个言之成理的名字,给予它"热心"的光荣称号,这也许是所有语言中最重要的一个词。我想,我已经在我出色的分析性论文中充分地证明了这一点,我在该文中对热心做了历史学-神学-物理学-逻辑学的叙述,描绘了它是如何首先从一个概念变成词语,接着又在一个炎热的夏季成熟,变成有形的实体。该书含三巨册,对开本,计划于近期以预订这一现代的形式出版，毫无疑问，对我的能力已有深切体验的贵族绅士将给予我全力的支持。

我要记录的是，杰克浑身洋溢着这种不可思议的混合物，一想起彼得的暴政就气愤难平，马丁的半途而废更是火上浇油，为此他开门见山地表了决心。"什么！"他说，"对于一个把美酒上锁，把我们的妻子赶走，把我们的财产骗光，把该死的面包片当羊肉塞给我们，最后还把我们踢出家门的混蛋，我们还要按照他的方式得梅毒吗？还有，一个街坊四邻都大声斥骂的混蛋。"他就这样点燃了心中的怒火，带着复杂的情绪着手启动改革，他立即投入工作，在三分钟的时间内做的事情比马丁在三小时内做得还多。有教养的读者，要知道，热心在伤心难过的时候最肯卖力气，杰克沉溺在这种感情之中，热心到无以复加的地步。他在剥金花边时有点儿急于求成，结果把衣服从上往下拉了个大口子。以他的才能，做针线活并不是最合适，又没有别的办法，只好用包装线和针缝好。但是，他在处理刺绣的时候，情况之糟就不知伊于胡底了（行文至此，我不禁潸然泪下），他天性笨手笨脚，又是个急性子，看到无数需要最灵巧双手、最稳重的性格才能解开的针线，一气之下把衣服全部扯了下来，扔进了下水道；接着继续这样粗暴地行动，"啊！马丁，我的好兄弟，"他说，"看在上帝的面上，像我这样，脱、撕、拉、扯，把一切都剥光，和彼得这个混蛋越不一样越好。我不想留下蛛丝马迹，让邻居怀疑我和这个无赖有牵连，给我一百镑我也不干。"可是，此时的马丁镇定自若，他出于友爱，劝杰克无论如何不要损坏外衣，因为再也找不到第二件这样的衣服了。他希望他能明白，他们不是根据对彼得的好恶来决定自己的行动，而是遵守父亲遗嘱的规定。

要记住，不管彼得犯了什么错误，造成了多大的伤害，他仍然是他们的兄弟，因此，无论如何他们要避免不分好歹地为了反对而反对。诚然，他们的父亲在遗言中对于外衣的穿着一点儿也不含糊，可是，他也同样严格地要求他们保持和谐、友爱和手足之情。因此，如果可以破例做出让步的话，一定是选择增加团结，而不是扩大矛盾。

马丁保持着起初的那份严肃，毫无疑问，他原本可以发表一篇精彩的道德演说，对于让读者获得身体和心灵的双重休息（伦理学真正的最终目的）一定大有神益，但是杰克已经忍无可忍。在经院哲学的辩论中，最能激怒反方的莫过于答辩人摆出一副学者派头，故作镇静。辩论者在很大程度上就像是一面倒的天平，一方的重量提升了另一方的轻盈，使之翘到秤杆之上。这里也发生了同样的事情，马丁论证的分量抬高了杰克的轻浮，使其大动肝火，对兄弟的节制反唇相讥。总之，马丁的耐心让杰克大发雷霆，不过，最让他生气的，还是看到马丁的外衣处于完好的状态，而他自己的已经完全裂开，露出了衬衫，那些侥幸躲过他毒手的地方还保持着彼得的旧貌。他看起来就像是喝得酩酊大醉的花花公子，被流氓抢了一半东西；又像是新门的一位新房客拒绝交保护费后的情景；又像是在商店里行窃的扒手被捉住后，听凭交易所的女店主①发落；又像是一个妓女穿着陈旧的天鹅绒裙子，落入了暴徒的世俗之手。不幸的杰克穿着破布、花边、裂缝和流苏的大杂烩，就像是上述的一种或全部情形。他十分乐于看到自己的外衣和马丁的一样，更乐于看到马丁处于和他一样的窘

---

① 在伦敦的皇家交易所附近，分布着多家由女人经营的店铺。

境。不过，由于这两者都不大可能成为现实，他觉得要别开生面，把必要包装成美德。他绞尽脑汁，用尽了狐狸[1]的论据，要让马丁恢复理智——这是他的叫法，或者照他的意思，要像他这样衣衫褴褛、破破烂烂。他发现自己讲了半天完全无济于事，孤零零的杰克还能干什么呢，只好千百次地对自己的兄弟破口大骂。他怒火满腹，怨气郁结，举止疯疯癫癫，说话前言不搭后语。简单地说，两人产生了不可弥补的裂痕。杰克立即搬出去住，几天后传来消息，言之凿凿地说他已经发疯了。过了一段时间，他在国外现身，沉溺于一个疯子所能想到的最荒诞不经的胡思乱想，从而证实了传言之准确。

街上的小孩开始叫他另外几个名字。他们有时候叫他秃头杰克[2]，有时候叫他提着灯笼的杰克[3]，有时候是荷兰杰克[4]，有时是法国休[5]，有时是乞丐汤姆[6]，有时是北方的敲击杰克[7]。正是以其中的一个或一些或全部称号（请博学的读者裁断），他创立了最卓越、最流行的埃俄利亚派，这一派别至今仍然承认声誉卓著的杰

---

[1] 典出《伊索寓言》，一只掉了尾巴的狐狸劝同类都割去自己的尾巴，这样大家都扯平了。

[2] 即秃头的加尔文，源自calvus。——原注
加尔文在拉丁文中是calvus，意思是"光头"。

[3] 所有那些自称内心光明的人。——原注
依贵格会教义，人人心中都有神圣之光。

[4] 莱顿的杰克，再洗礼派的创始人。——原注

[5] 胡格诺派。——原注。
胡格诺派（Huguenots）即法国的加尔文派，故称之为"法国休"（French Hugh）。

[6] The Gueuses（乞丐），人们对佛兰德部分新教徒的称呼。——原注
即著名的海上乞丐。

[7] 约翰·诺克斯，苏格兰改革家。——原注
此处拿诺克斯（Knox）的谐音做文章。

克是他们的创始人和缔造者,并举行隆重纪念仪式。接下来我将非常具体地叙述其起源和原则,以飨世人。

——Mellæo contingens cuncta lepore.[①]

第七节 赞颂题外话的题外话

有时候,我听到人们简要地(in a nutshell)介绍《伊利亚特》,不过,幸运的是,更多的时候我在《伊利亚特》中看见一个果壳(a nutshell)。无疑,人类生活从它们那里受惠良多,但是,在两者之中,哪一个对世人的贡献更大,我把这个问题留给感兴趣的人去探究,他们值得为此倾尽全力。关于后者的发明,我认为学术界主要受惠于现代人在题外话上取得的巨大进步。目前我国的学术和饮食事业齐头并进,比翼齐飞(近日有美食家烹制出包含汤、什锦、重汁肉丁、浓味蔬菜炖肉片在内的各种杂烩)。

诚然,有一种性格乖僻、尖酸刻薄、没有教养的人,假装对这些高雅的发明毫无兴趣。他们承认它和饮食确有相似之处,但是他们狂妄地宣称,这一例子表明了品位的败坏和退化。他们对我们说,最初是为了适应腐化的口味和狂热的体质,才引入了把五十种不同的东西糅合成一道菜的风尚。谁要是在什锦里搜索鹅头、野鸭头和山鹬头,就说明他没有胃口消化更坚固的食物。他们还宣称,书中的题外话就像是境内的外国军队,证明这个国家

[①] "用缪斯的魅力感染一切"。——卢克莱修,《物性论》,1.934。Mellæo 的原文为 Musæo。

没有心脏和双手,他们经常欺凌当地人,把他们赶到最贫瘠的角落里。

在这些傲慢的监察官提出所有可能的反对意见后,如果骗人家来写书,又束缚人家的手脚,无关的话一概不准说,那么显然,作家圈很快将缩小到一个微不足道的规模。众所周知,我们和希腊人、罗马人面临同样的问题,那时的学术尚处于摇篮期,需要发明的抚育滋养,给它们吃,给它们穿。给定一个具体的主题,人们轻而易举地能写出一卷又一卷的书籍,除了有助于澄清主旨的适度远游以外,绝不游离于主题之外。但是,知识就像是驻扎在一个富饶土地里的一支军队,靠驻地出产的粮食可以维持几天,等粮草消耗一空后,就要派人到远处去征集粮草了,无论那里是友是敌。同时,附近的田壤在惨遭践踏蹂躏后变得荒芜干涸,烟尘蔽日,无力提供给养。

我们和古人身处的环境发生了翻天覆地的变化,现代人聪明地意识到了这一点,我们这个时代的人想出了一种快捷而机智的办法,无需劳神费力地读书思考,即可摇身一变,成为学者文人。当前,书籍有两种极高明的使用方式:第一种是像对待贵族老爷那样对它们毕恭毕敬,把它们的名号记得烂熟,然后吹嘘自己认识它们;第二种,也是更明智、更深刻、更文雅的方式是,将索引融会贯通,借助索引拎起和玩转全书,就像鱼尾之于鱼身。因为,从正门进入学术宫殿,很费时间,礼数烦琐,时间紧张、不讲礼数的人宁愿从后门进去。因为,人文学术在飞速地进步,从后面发起进攻较容易征服它们。因此,医生在检查患者身体状况时,只看屁股里出来的东西。因此,人们为了获得知识,把聪明才智倾注于书籍的后部,就像男孩们为了捉麻雀,把盐撒在它们的尾巴上。因此,智者提出的保持晚节的法则对人生的理解最为深刻①。因此,科学就像赫拉克勒斯的牛一样,是自后向前追根溯源的②。因此,旧科学是从基础开始崩溃的,就像旧袜子是从脚底开始拆开的一样。

除此之外,科学的军队近来军纪严明,队形十分密集,因此可以迅速地检阅或者集合全军。这一桩大功德完全归功于系统和摘要,现代学术诸父像明智的放高利贷者一样,为了让子孙后代获得安逸,在这上面抛洒汗水。因为劳动是懒散的种子,只有我们这个高贵的时代才有幸收获其果实。

变聪明、变博学、变崇高的方法现在已经成为一项日常工作,各项制度已臻完备,作家的人数当然随之增长,于是不可避免地相互产生持续的干扰。此外,据计算,自然界现在残余的新材料不足以支撑就任一主题写一卷书。我这是从一位技艺高超的计算师那里听来的,他按照算术法则向我展示了完整的证明过程。

那些主张物质无限的人也许会反对这一点,他们不承认任何一种物质有穷尽。为了反驳他们,我们不妨看看当代栽培的现代才智和发明之树上最高贵的枝条,在这根树枝上结的果实最多最美。尽管古人留给了我们一些,但是我分明记得,它们都已经过翻译或编辑,转入现代的体系之中。因此我们可以光荣地断言,在某种程度上它是由同一拨人发明和完善的。我的意思是,现代的才子们具有一种让人拍案叫绝的天赋,能根据两性的外阴及其恰当用途,推导出非常令人吃惊、赏心悦目、恰如其分的相

---

① 梭伦对吕底亚王克洛伊索斯的忠告。
② 卡库斯趁赫拉克勒斯睡着的时候偷走了他的牛。为了不留痕迹,卡库斯拽着它们的尾巴,倒退着回到洞里。

似之处、弦外之音和言外之意。说真的，当我看到，除了这几个渠道以外，罕有发明流行开来，有时候我会冒出这么一个念头：古人对印度侏儒[①]——其身高不超过两英寸，sed quorum pudenda crassa, et ad talos usque pertingentia（然而其生殖器十分粗大，垂及足踝）——的象征描述预言了今生今世幸运的天才们。我现在急于看到最能体现其美妙之处的近作。尽管血管在大量流血，人们还是使尽全身解数，用力把它吹大、吹长，使其保持敞开，正如斯基泰人[②]有一种风俗和工具，可以把母马的阴部吹大，让它们产出更多的奶；不过我担心它会干涸，造成无法恢复的损失，要么，如果可能的话，找到新的才智源泉，要么，我们必须乐于在此处（以及其余各处）接受重复。

毋庸置疑，我们现代才子不能指望永远有无穷无尽的题材供应。在这种情况下，除了大型的索引和短小的摘要外，我们还能求助于谁呢？要大量收集引文，按照字母顺序排列。虽然不必为此专门向作家们讨教，但是批评家、评注家和辞典是一定要请教的。但是，首先要细细地评说这些目光敏锐的收藏亮点、精粹、评论的人们——他们有学术筛子之称；不过，他们是在筛选珠宝还是粮食——与此相应，我们更应该重视被他们选中的东西，还是被他们淘汰的东西——这都是悬而未决的问题。

正是靠着这种办法，在短短几周之内，涌现出许许多多能够驾驭最博大精深的主题的作家。只要笔记本上摘抄满了材料，头脑空空又有何妨？如果你要限制他所使用的方法、风格、语法和

[①] Ctesiæ fragm. apud Photium. ——原注
此为福提乌斯引用的克泰夏斯著作片段。
[②] 希罗多德，卷四。——原注

虚构，别的他什么都可以不要，只要给他抄袭的基本人权，允许他随意枝蔓，他就可以完成一篇文章，亭亭玉立地站在书商的书架上，在那里干干净净地永远待下去；书名的纹章刻在标签上，起到装饰的作用，既不会有学生来翻阅，用油污的双手将其玷污，也不会用锁链拴住，永远沉沦于图书馆的无边黑暗之中，而是等到时机成熟，高高兴兴地去炼狱经受考验，然后升上天堂。

要是没有这些方便法门，我们这些现代才子搜集的编排成无数不同条目的材料哪里还有什么用武之地？而没有了它们，学界就丧失了无穷的乐趣和教益，而我们也就无可弥补地湮没无闻了。

由于这些因素的存在，我活着看到了作家协会胜过行会中所有友会的这一天。这和其他的种种福祉都是由斯基泰祖先传给我们的，他们的笔一眼望不到边，希腊文人①无法形容其数量之多，只能说在极北地带的空气中充斥着羽毛，人们几乎寸步难行。

这一段题外话的重要性足以为其长度提供理由，而且我已经尽力选择最合适的地方来安置它。如果明智的读者能给它指定一个更合适的位置，我授权他随意将其移动到任何角落。就此打住，让我赶快言归正传，处理更加重要的事情。

第八节　桶的故事

博学的埃俄利亚人②坚持认为，万物的本原是风，宇宙是根据这一原理产生的，其最终归宿必然是化风而去。那点燃并吹旺了自然之火的一口气，终有一天会将其吹灭。

---

① 希罗多德，卷四。——原注
② 任何假装受到启示的人。——原注

131

Quod procul à nobis flectat Fortuna gubernans.[1]

　　术士们正是这样理解他们的世界精神（anima mundi）[2]的，也就是说世界的精神、呼吸或者风。用自然界的一草一木来检验，你会发现整个体系无可辩驳。不管你把人的塑造形式的形式（forma informans）叫作spiritus、animus、afflatus还是anima，都是风的不同叫法而已，而风是所有复合物的主要元素，它们在朽坏后都将分解为风。此外，生命本身不就是人们常说的生气[3]吗？博物学家非常正确地观察到：在某些无名的神秘事物中，风仍然发挥重要作用，并由此衍生出臃肿（turgidus）和膨胀（inflatus）的绝妙称呼，可以运用到排泄或接受器官。

　　依据我搜集的古代记载，他们有三十二条教义，这里就不一一赘述了。不过，由此推导出的几条最重要的规律，无论如何不能略过不表。其中下面这条准则很有分量：因为风是所有混合物的主要成分，起主导作用，这一原基（primordium）越多，该存在物也就越优秀，所以人是最完美的造物；哲学家们慷慨地赠予他三种不同形式的灵魂[4]或风，贤明的埃俄利亚人又大度地增加了第四种（它与其他三种同样必不可少，同样增光添彩），凭着这第四元素（quartum principium），包举宇内，囊括四海。密宗名

---

[1] 但愿统治万物的命运让我们避开它。
[2] 托马斯·沃恩的术语，它将天体的影响传导至人类。
[3] 《创世记》，2：7。
[4] 亚里士多德认为，灵魂具有营养、感觉和思维等功能。

家庞巴斯图斯①闻风而动，把人体放在距四基点②适中的位置上。

因此，他们的第二个原则是：人来到这个世界的时候带了一点儿风，它是从其他四种元素中提取的，也许可以称之为第五元素（quinta essentia）。第五元素普遍运用于人生的所有非常时刻，它可以进一步发展成为所有的艺术和科学，通过某种教育方式踵事增华，发扬光大。一旦达到了完美的境界，一定不要贪婪地把它封闭起来，不见天日，也不要韬光养晦，藏而不露，而要大度地让其流布世间。基于以上这些原因，也因为另外一些同样有分量的原因，睿智的埃俄利亚人断言，打嗝③是理性生物最高贵的活动。为了学习这一技艺，使之更好地为人类服务，他们采用了几种方法。在某些季节里，你会看到大批的教士迎着暴风雨张大嘴巴④。另外一些时候，几百号人围成一个圆圈，人手一对风箱，对准邻居的臀部，吹成酒桶的形状和大小，因为这个缘故，他们常常恰如其分地称自己的身躯为容器。通过诸如此类的表演，他们体内气息沛然，几欲乘风归去，为了造福公众，把自己丰富的学识倾注到弟子的口中。值得注意的是：他们认为，所有的学问都来自同一个原则。因为，首先，人们一般断言或者承认，学问使人膨胀⑤；其次，他们通过以下的三段论来证明之："语言不过是

---

① 帕拉塞尔苏斯的名字之一。他的名字有 Christophorus、Theophrastus、Paracelsus、Bumbastus。——原注
② 罗盘上东、南、西、北四个方位。据说，人体因为是由四种元素组成的，和罗盘的四个方位正好对应。
③ 打嗝在拉丁文中叫作"eructation"，这个词描述了古代教士在神庙中发表预言或启示的举动。——1720 版注
④ 这里指的是煽动叛乱的传道士。——原注
⑤ "知识叫人自高自大。"——《哥林多前书》，8：1

风,学问不过是语言,因此,学问不过是风。"为此,该派的哲学家在学校里通过打嗝向学生传授他们的学说和观点,他们讲起这些东西来可是辩才无碍,其花样之多令人瞠目。该派的大哲人的主要标志是:脸上挂着某种表情,明白无误地透露出精神在体内翻江倒海的程度。先是腹内一阵疼痛,风和气体喷薄而出,翻来滚去,把人体的小宇宙搅得地动山摇,嘴巴变形,面颊膨胀,眼睛形成一幅可怕的浮雕①。在这个节骨眼上,他们的嗝都被奉若神明,越酸越好,瘦弱的信徒们带着无限的满足将其一咽而下。为了让一切更加圆满,由于人的生命取决于鼻孔,所以最精华、最发人深省、最充满生机的嗝非常明智地通过这一通道传输,并在通过时沾染了这里的气息②。

　　他们崇拜四种风,视其为弥漫在宇宙之中的精神,赋予宇宙生机活力,是所有的灵感的唯一源头。其中为首的是万能的北风,他们用崇拜上帝那样的方式崇拜他。这是一种古代的神明,希腊麦加罗波利斯的居民也用最高的规格尊敬他。Omnium deorum Boream maxime celebrant（他们对北风的崇拜超过其他任何神明）。③这个神虽然无处不在,但是渊博的埃俄利亚人推测他住在一个特别的地方,用文雅的话说是最高天（cœlum empyrœum）,他在那里如鱼得水。这个地方位于古希腊人熟悉的一个区域,他们称之为Σκοτία④,或曰黑暗之地。虽然在这方面还有很多争议,但是可以肯定的是,最有教养的埃俄利亚人在给自己起名时借鉴

---

① 这里影射获得启示的老师们面部扭曲的表情和用鼻子说话的语调。——1720版注
② 斯威夫特经常讽刺当时的布道者喜欢用鼻音。
③ 保桑尼亚斯,卷八。——原注
④ 希腊语,黑暗;拼作"Scotia",即苏格兰。

了一个同名的地方。从此以后，在每一个时代都有热心的教士亲手从某些气囊的源头取来精选的灵感，在各国的信徒中爆裂开来，他们过去、现在、未来都天天急切地呼吸着其中的气体。

他们是用这种方式来举行其神秘仪式的。学者们都知道，古代的能工巧匠发明了一种用木桶搬运和保存风的办法，在远渡重洋时发挥了重要作用。这一技艺的失传是良可哀叹的，我不知道潘西罗利[1]是怎样疏忽大意地遗漏了它的。这一发明被归于埃俄罗斯[2]名下，该派的名称即来源于他。为纪念这位创始人，直到今天他们还保留了大量的木桶，每座神庙放置一个，把顶部敲掉。在重大的节日里，教士钻进桶内，之前已经用上述的方式做好了准备，一个秘密的漏斗从其臀部直通到木桶底部，在北方的裂缝处接受新的灵感。他在那里立即膨胀到容器的形状和大小。底下的精神让他发话，他经历了极大的痛苦，才得以 ex adytis and penetralibus[3]（从神庙的后堂）发出了声音，他就以这样的姿势把所有的狂风暴雨注入听众的耳中。冲进来的风掠过他的脸庞[4]，就像掠过海面上一样，海水先是变黑，接着泛起涟漪，最后涌起泡沫。神圣的埃俄利亚人就以这样的姿态把玄妙的嗝发送给气喘吁吁的门徒，他们有的张着嘴凝视着那神圣的呼吸，露出贪婪的神色；有的唱着赞美风的颂歌，一边低声哼唱，一边轻轻摇摆，代

---

[1] 该作者写了 "*De Artibus perditis, &c.*"，即关于遗失的艺术和关于发明的艺术。——原注

潘西罗利（Guido Pancirolli, 1523—1599年）写了一部两卷本的《众多遗失了的不朽之物的历史》，第一卷记述古代人的发明，第二卷记述现代人的发明。

[2] 古希腊的风神。

[3] 维吉尔，《埃涅阿斯纪》，2.297。

[4] 此处准确地描述了热心传道者脸部的变化。——原注

表抚平了其神祇的轻风。

正是根据教士的这一风俗,有些作者认为埃俄利亚人非常古老,因为他们传授密教的方式(正如我方才提到的那样)和古代的神谕(其灵感来自某种秘密的臭气)恰好一模一样,教士接受时同样痛苦不堪,对人民造成同样的影响。它们常常是由女性官员来管理和指挥的,其器官更适宜容纳这些玄奥之风,它们进入和穿越一个更大的容器,途中引起了色欲,经过恰当的处理后,从肉体的极乐上升到精神的极乐。为了进一步证明这一含义深刻的猜想,人们进一步指出,在某些高雅的现代埃俄利亚学院中,仍然保留了这一使用女祭司的风俗①,并允许她们通过上述的容器接受灵感,就像她们的祖先——古代的女预言家一样。

人在驾驭思绪的时候,精神从不停歇,它在高与低、善与恶的两极自然地穿行。想象力第一次的飞驰通常会带来最完美、最精彩、最崇高的理念,直至飞出自己的极限和视线,由于不懂得高度和深度的边界紧紧相邻,结果沿着同样的路线,张着同样的翅膀,坠落至事物最低的底部,就像一名从东方去西方的旅客,又像是一条直线化成一个圆。人性中是否有恶的成分,让我们乐于给每一个闪亮的理念提供一个反面;抑或是理性在沉思万物时,像阳光一样只照亮地球的一半,让另一半陷入不可避免的阴影和黑暗之中;又或是想象力在飞升到最高、最美的境界后,已经是强弩之末,精疲力竭,突然间掉头向下,坠落在地,就像一只死亡的天堂鸟。或许,以上这些形而上学的猜想,并没有和真正的原因完全擦肩而过。以下这个经历多次考验的论点是完全正

---

① 贵格派允许妇女布道和祈祷。——原注

确的：因为最不开化的人们在用这样或者那样的方式取得进步，拥有了神明或最高权力的概念后，他们常常为其恐惧提供若干恐怖的概念，它们差强人意地代替了魔鬼。这一举动似乎是十分自然的，因为想象力在和身体一样被抬高到同一高度后，人们一方面为近距离地仰望上方感到欣喜，另一方面下方深渊的可怕景象也让他们胆战心惊。因此人类在选择魔鬼的时候，通常会挑选无论在行动还是在外观上都和他们创造的神明最格格不入的存在。埃俄利亚人对于两种恶势力又怕又恨，它们和他们崇拜的神明永远誓不两立。一个是发誓与灵感为敌的变色龙[1]，它轻蔑地吞没了神明的作用力，连打嗝时送出的微风都恕不奉还。另一个是一种叫作风车（Moulinavent）的巨型怪兽，它张开四只强壮的臂膀，与所有的神明永无休止地进行战斗，灵巧地躲闪他们的进攻，加倍地奉还他们。

著名的埃俄利亚人就这样配备了神明与魔鬼，成为当今世界一大卓有声誉的派别。毫无疑问，文雅的拉普兰人是其中最纯正的一个分支，如果我在此略过不表，无论如何是说不过去的，因为他们在利益和志趣上都和他们的埃俄利亚兄弟亦步亦趋，不但从同样的商人那里批发来了风，而且以同样的价格和方式，卖给与其非常相似的顾客。

这一体系是全部由杰克编纂的，还是像某些作家认为的那样，是从德尔菲（Delphos[2]）的原本复制来的，并根据时间和环境的变化做了某些补充和修改，对此我不能下绝对的结论。我所能

---

[1] 我对作者在这里的意图不是很明白，下面一行提到的叫作"Moulinavent"（风车）的可怕怪物，我同样一头雾水。——原注

[2] 坦普尔的错误拼法，并因此受到了本特利的批评。

确定的只是：杰克起码扭转了这一体系的方向，使之呈现出我所推断的这种面貌。

我长期以来一直在寻找这样的机会，为一群我特别尊敬的人讨回公道，他们的对手——他们不是心肠恶毒，就是愚昧无知——对他们的意见和实践极尽歪曲和诽谤之能事。我认为，消灭偏见，拨乱反正，让一切大白于天日之下，是人类最伟大的行动之一，因此我凛然担当，除了良知、荣誉和感激之外，于个人进退无所措意。

第九节 关于疯狂在共和国中的起源、用途和完善的离题话

虽然这一著名教派的兴起和创立应归功于像杰克这样的人物——正如我描述的那样，此君的头脑颠倒，大脑震出了原来的位置，我们通常把这种状况称为精神错乱，并将其命名为疯狂——但这对其合理的声誉不会产生任何形式的影响。纵览世界风云变幻，那些在个人影响下产生的最伟大的活动，如征服和建立新帝国、倡导和发展新哲学、发明和推广新宗教，我们发现，由于饮食、教育、某种时代思潮以及空气、气候的特殊影响，其创始人的自然理性都发生了翻天覆地的大变化。此外，人心中有一种独特的东西，偶然置身于特定的环境，与之相刃相靡，虽然外表猥琐平庸，却常常突然着火，酿成生命中绝大的危机。在很多时候，重大的转折并不是由强大的实力所造就的，而要归功于侥幸的适应和恰当的时机，一旦气体进入了大脑，在何处点火就无关紧要了。因为人的上部就像是空气的中部，虽然材料千差万别，但是最后产生的结果和效果是一样的。薄雾源自大地，沼气源自粪堆，水气源自海洋，烟雾源自火焰，但是所有的云彩在成

分和作用上没有什么不同,厕所中散发的臭气和祭坛上散发的香气一样动人,一样有用。我想,行文至此应该没什么争议,由此可推论:正如天空只有在乌云密布、躁动不安时才下雨,人类大脑中的理性,只有靠下部器官的气体上升并弥漫开来,才能浇灌发明,使之开花结果。尽管上文所说的这些气体和天空中的气体来源各不相同,然而其成果只随土壤不同而有种类与程度之别。下面我举两个例子来证明和解释我的观点。

一位伟大的君主[1]建立了一支强大的军队,在国库中堆积了无数财宝,装备了一支无敌的舰队,而且自始至终没有向最显贵的大臣、最亲近的心腹透露半点儿口风。刹那间全世界一片恐慌,邻国的君主胆颤心惊,不知风暴将刮向何方,各地的政客纷纷做出深刻的推测。有人认为他打算建立世界帝国;还有人洞若观火地得出结论,原来他计划推翻教皇,大力扶持他过去的信仰——新教;目光更加敏锐的人则派他去亚洲,征服土耳其,收复巴勒斯坦。就在一片计划和筹备声中,一位国医[2]根据这些症状做出诊断,着手开始治疗,一举完成了手术,捅破了肿囊,释放出气体。手术的唯一欠缺是:该君主不幸在手术中死去了。读者特别想知道,这一长期让万国瞩目的气体因何而起。哪种秘密的车轮,何方隐藏的弹簧,能发动这样厉害的引擎?人们后来发现,这一机器是由一位女性遥控的,她的眼睛上长了一个瘤,在

---

[1] 法国的亨利大帝。——原注
即法国国王亨利四世(1553-1610年),纳瓦尔国王、新教领袖。1589年亨利三世遇刺身亡后,他即位为法国国王,宣布改宗天主教,颁布了《南特赦令》,1610年,被弗朗索瓦·拉瓦莱克刺杀。

[2] 拉瓦莱克在马车上行刺亨利大帝。——原注

其排放气体前,她被转移到了敌国的领土上。在如此棘手的局面下,一位不幸的君主该干什么呢?他尝试了诗人百试不爽的"任何肉体"(corpora quœque①)的药方,然而没有效果,因为

> Idque petit corpus mens unde est saucia amore:
> Unde feritur, eo tendit, gestitque coire. Lucr.②

在所有的和平行动全部无济于事后,精子集中在一起,点燃并烤干,变成胆汁,沿脊柱上升至脑部,转化为脑浆。同样的原理既然可以驱使恶徒打破抛弃自己的妓女的窗户,自然也可以推动伟大的君主建立强大的军队,心无旁骛地从事包围、战斗和胜利。

> [Cunnus]teterrima belli
> Causa ——③

第二个例子是我在一本很古的古书上读到的,一位伟大的国王④在三十多年的时间里,以夺城和失地,打败敌人和被敌人打败,将君主们逐出其领土,让孩子们没有饭吃,放火、蹂躏、掠夺、镇压、屠杀人民和异邦人、朋友和敌人、男人和女人为乐。

---

① 卢克莱修,4.1065。
② "身体追求着那个用爱神之箭射中我们心房的对象。受伤者总是渴望与伤他的人结合在一起。"——卢克莱修,4.1048、4.1055。
③ [女人]是战争最可怕的起因。——贺拉斯,《讽刺诗集》,I. iii.107
④ 这里指当今的法国国王。——原注
即路易十四,斯威夫特的同代人,古书上不可能有他的记载。

根据记载，各国的哲学家就其自然、伦理和政治的原因展开了争论，以求找到这一现象的根本原因。最终是那激活了主人公大脑的气体或精神，在不停的循环往复中，占据了以提供"zibeta occidentalis"①出名的人体区域，聚积成肿瘤，让世界的其余角落在那段时间内实现和平。这些气体在发源时是那么稀少，而集中后又是多么巨大呀。同样的精神上升可以征服一个王国，下降则为肛门（anus），终至瘘管（fistula）。

我们接下来要研究的是创立新哲学体系的伟人们，我们要追根溯源，直至找出在一个凡人的灵魂中，是哪一部分让他动心起意，以极大的热心针对众人一致认为不可知的事物提出新的体系。这种志向源自哪里，这些伟大的创新者之所以门人济济，应归功于何种人性。显然，其中的几位领袖，不论古今，一般都受到了对手的误解。说真的，除了信徒之外，所有人都误以为他们是狂人、精神病。一般来说，他们平时的言行举止与没有教养的凡夫俗子截然不同，他们在当代公认的继承人——疯人院②在很大程度上和他们如出一辙。有关这个学院的优点及其原则，我将在合适的地方再做进一步的讨论。伊壁鸠鲁、第欧根尼、阿波罗尼斯、卢克莱修、帕拉塞尔苏斯、笛卡尔等人都在此列，如果他们来到我们这个平凡的时代，被紧紧地束缚住手脚，与其信徒隔离开来，会造成放血、鞭笞、枷锁、暗室和稻草等显而易见的危险。有哪个思维正常的人会觉得自己有能力把全人

---

① 在化学界大名鼎鼎的帕拉塞尔苏斯用人粪做实验，试图制成香水。他大功告成后，称之为"zibeta occidentalis"或西香，人的背部（作者在第133页提到了他的这个区分）为西方。——原注

② 疯人院（Bedlam）与皇家学会相距不远。

类的想法统一到自己的尺度上呢？然而这是所有理性王国的创新者第一项谦卑而客气的计划。伊壁鸠鲁有节制地希望，所有的人类意见在经过永无休止的碰撞后——尖的与平的，轻的与重的，圆的与方的——在某一个时刻偶然聚集一处，通过某种偏斜（clinamina[①]），通过原子和虚空的概念统一在一起，正如万物创始时一样。笛卡尔（Cartesius）希望在临死前看到，所有哲学家的观点都被卷入他的漩涡之中，就像笛氏空想体系中的许多小星星一样。我很想知道，如果不借助我总结的气体自下部器官上升至大脑，在此一手遮天并升华成概念的现象（在我们贫瘠的母语中，与这一现象相对应的词语只有 madness 和 phrenzy[②]），如何才能解释清楚某些人的此类幻想？下面我们研究这么一个问题：为什么每一位大师及其主张都不乏若干死心塌地的信徒呢？我认为原因很简单，在人类理性的和声中有一根特别的弦，在某些人那里恰好处于同一个调。如果你能灵巧地转到那个调上，在幸运地落到同一个音高的时候轻轻敲击，他们会不由自主地产生秘密的共鸣，在同一时刻奏出音乐。技巧或运气全在这里，如果你碰巧乱拨琴弦，惹恼了那些音高在你之上或之下的人，他们非但不赞同你的学说，还要把你捆绑起来，把你叫作疯子，喂你吃面包和水。因此，识别这一高贵的才能，根据人物和时间的不同进行调整，是一项运用之妙、存乎一心的工作。西塞罗非常了解这一点，他在给一位英国友人的信中，写下了一句名言"Est quod gaudeas te in ista loca venisse, ubi aliquid sapere viderere"（你去那里

[①] 卢克莱修的术语，原子在偏离正常轨道后发生碰撞，由此产生世间万物。

[②] 这两个词都是"疯狂"的意思。

就得意了，在那儿你就是个文化人）①，提醒他不要上出租马车夫（那时他们似乎和现在一样到处坑蒙拐骗）的当。这里有一帮人把你奉为哲学家，你却到另一帮人中去当傻瓜，说实话，这实在太不成话了。我希望我认识的几位绅士记住这个恰当的讥讽。

是的，这确实是那位杰出的绅士、我最有才华的朋友沃顿先生犯下的致命错误。不管是思想还是相貌，他看上去都注定是一个谋大局、干大事的人。实在没有哪个公共人物在身心两方面上比他更有资格传播新宗教了。唉，如果那些幸运的天才不在空虚的哲学上枉费心机，能够迷途知返，回到梦想和幻觉（在这方面，心灵和表情的扭曲起到了主要的作用）的正确道路上来，那么卑贱龌龊、好论人非的世人就不敢说他的脑子不幸被震过，出了毛病，连他的同行——现代主义者也像忘恩负义者一样大声地窃窃私语，连在阁楼里奋笔疾书的我都听到了。

最后，谁要是看一看热心的源泉（每个时代都有宽阔的溪流从这里流出，永不间断），会发现源头和水流一样浑浊。这种被世人称作疯狂的气体只要一点点就能发挥巨大的作用，没有了它，世人不但被剥夺了两种巨大的幸福——征服与体系，而且全人类都将不幸陷入对不可见之物的同一信仰。上文说过一个公设（postulatum），这种气体源自哪里无关紧要，要紧的是它以何种角度敲击理性并蔓延开来，或者上升到大脑的哪个部位。要条分缕析地向一位有教养和好奇心的读者解释清楚，同样的气体怎能

---

① Epist. ad Fam. Trebatio。——原注

西塞罗推荐友人Trebatius Testa随恺撒去不列颠，提醒他不要上那里的御者的当。一个罗马人置身于高卢的文化沙漠，算得上是一位大学者；要是他去不列颠，那么环顾全岛，没有人的学问能比得过他。《致友人书》, vii. 6、vii. 10。

造成大脑种种的差别，产生那么不同的后果；同一个起点如何造就了亚历山大大帝、莱顿的杰克和笛卡尔先生的千人千面，这是一件非常棘手的事情。这是我迄今为止处理的最抽象的论点。我为此绞尽了脑汁，使出了浑身解数。现在我着手解开这个死结，恳请读者垂注。

人类有一种[①]……Hic multa desiderantur[②]……我认为这是一个相当清晰的答案。

好不容易闯过这道险关，我相信读者肯定会同意我的结论：如果现代人所谓的疯狂，只不过是指在下部器官释放的某种气体的作用下产生的脑震荡，那么，这种疯狂就是所有帝国、哲学和宗教大革命之父。因为大脑在自然的位置上和平静的状态下，使其主人倾向于平平常常过一生，丝毫没有强迫大众服从自己的权力、思想和愿景的念头；他越是按照人类学术的模式塑造自己的理性，就越不会围绕自己的特殊想法开宗立派，因为这让他了解了自己的弱点和老百姓根深蒂固的愚昧无知。但是，随着幻想凌驾于理性之上，想象与感觉剑拔弩张，共识和常识被踢出家门，第一个皈依门下的改宗者就是他自己。等到这一目标实现之后，再争取其他信徒的难度就不大了。幻觉既然可以在内部翻云覆雨，当然也可以在外部一手遮天。因为假话和幻象之于耳目正如发痒之于触觉。我们在生活中最看重的娱乐活动无非是对感官的欺骗和戏弄。考察一般人理解的幸福（它与理性或感觉有关），我们会发现，它所有的属性和修饰都聚集在一个简短的定义下

[①] 这里是原稿的另一残缺之处，但是我认为作者做得很聪明，这个让他倾尽心力的问题没必要给出答案，如果所有形而上学的难题都能用这样的方式解决就好了。——原注

[②] 意为"此处有大量佚文"。

面：幸福是永远陷入被蒙骗的状态。首先，就心智或理性而言，和真相相比，显然虚构具有巨大的优势。理由近在咫尺：想象能制造更高贵的场面，产生更辉煌的革命，而这都是命运或自然所望尘莫及的。人类的选择决定了自己的前途，鉴于这场辩论实际上发生在过去的事物和想象的事物之间，不能对这一选择进行太多的责备。归根到底是这么一个问题：在想象中占有一席之地的事物，难道不是和扎根于记忆之中的事物一样是一种存在吗？公正地说，答案是肯定的，这对于前者十分有利，因为它被认为是万物的源头，而后者不过是坟墓而已。再拿幸福的这一定义与感觉相印证，我们会承认两者若合符节。那些不坐幻觉之车来和我们搭讪的物体是多么枯燥乏味啊！在自然的玻璃杯里，万物缩小得多么厉害呀！若非借助人造工具、虚假灯光、折射角度与油漆金箔，生民之幸福与愉悦将大打折扣。如果世人认真地思考这一问题——我有理由怀疑其可能性不大——他们将不再认为揭露弱点、公开缺陷是一种高级智慧。在我看来，这一工作和在舞台上揭下面具不相上下——我认为，无论是尘世还是在剧场里，后者都没有发挥合理的功用。

轻信是一种比好奇更加平和的心灵状态，浮光掠影的智慧以同样的优势领先于装模作样的哲学，后者深入事物内部，郑重其事地带回来毫无用处的信息和发现。视觉和触觉是最先与万物接触的两种感觉，除了颜色、形状、大小以及所有存在于物体表面或由技艺描绘于物体表面的属性，它们不会考察别的东西。接下来出场的是好管闲事的理性，使用删除、揭示、糟蹋、洞察等工具，证明它们并非表里如一。我认为这是对大自然最大程度的歪曲，把最好的东西放到外面是大自然的一项永恒法则。因此，为了节省日后昂贵的解剖费用，我认为有必要在此提醒读者，理性做出的这些结论当然是正确的，大多数落入我视野范围的有形物质，外表绝对胜过内在，近来的几个实验进一步坚定了我的看法。上周，我看到一名被剥了皮的妇女，难以置信一个人会糟糕到那种地步。昨天，我下令把一个花花公子的尸体当着我的面剥光，没想到在衣服下面有那么多缺陷，我们看得目瞪口呆。接着我又切开了他的脑袋、心脏和脾脏。随着手术一步步深入，缺陷的数量和体积都在增加。由此我正确地得出结论，要是有哪位哲学家或者策划人发明出一种修改和弥补自然缺陷之术，他便是人类的大功臣，这门科学的实用性远远超过现在受人推崇的扩大和暴露缺陷的科学（正如那个认为解剖学是医学最终归宿的人）。谁要是被命运和性格安置在一个便于享受这门高贵技艺成果的位置上，他就可以和伊壁鸠鲁一起，让自己的理念安享从事物的表面飞跃到感官上来的事物的薄膜和影像[①]。这是真正的聪明人，他汲取日月的精华，把渣滓留给哲学和理性去舔食。这种崇高而有教养的幸福就是被蒙骗的状态，那种无赖中的傻瓜所具备的宁静平和的心态。

回头再说疯狂。根据上文推导出来的体系，显然，所有的物种都源自多余的气体。因此，正如某几种疯狂使人精力倍增，还有几种疯狂为大脑增添了活力、生机和精神。在一般情况下，这些活跃的精神控制住大脑后，很像是在废弃的空房子里出没的幽灵们，由于无事可做，要么带着一片砖瓦销声匿迹，要么留在屋里，把砖瓦从窗户往外扔。这里神秘地展示了疯狂的两大分支，

[①] 在卢克莱修看来，我们看到的物体形象其实是从物体表面剥离的薄膜。

有些哲学家不像我考虑得这么周全，对其成因做出了不同于我的错误解释，过于匆忙地把第一种说成是不足，第二种是过剩。

我想，从我这里提出的主张来看，显然，技术上的关键在于让多余的气体有事可做，明智地掌握时机，让它服务于公众最根本、最普遍的利益。一个人选择了一个合适的时机，纵身跃入深渊，从此成为英雄，被称为国家的拯救者①。另一个人干了同样的事情，但是不幸没有选好时机，留下了疯子的骂名②。我们从如此微妙的差别中学会了尊重和热爱地重复库尔提乌斯的名字，憎恶和藐视地重复恩培多克勒的名字。一般认为，老布鲁图③为了公共利益装疯卖傻，不过，这无非是一种长期用错地方的多余气体，拉丁人称之为"ingenium par negotiis"（性格适合工作）④，或者说（我尽力让我的译文贴近原文）是一种长期无用武之地的疯狂，直到参与政治后才如鱼入水，得其所哉。

鉴于以上的原因，也鉴于虽然不那么吸引人但同样有分量的原因，我很乐意抓住我长期寻找的一个机会，即建议爱德华·西摩尔爵士、克里斯托弗·马斯格雷夫爵士、约翰·鲍尔斯爵士、约翰·豪先生等爱国人士，采取一项非常高贵的行动，即提议制定法案，委派特派员去疯人院及其周边区域调查，授权他们询问证人，调阅文件和档案，盘查每一位师生的才能和资历，一丝不苟地观察他们的性情举止，准确地识别他们的才具，按头制帽，

---

① 传说在公元前 362 年，罗马的广场上突然露出一个无底的深渊。罗马人占卜后发现，唯一的办法是把自己力量的源泉投进去。一位名叫库尔提乌斯的年轻勇士，全副武装地纵身跳了下去，地面的裂缝随即合上。
② 传说古希腊哲学家恩培多克勒为了证明自己是神，跳入埃特纳火山口丧命。
③ 罗马共和国的缔造者之一，长期潜伏在暴君的身边，假装是个傻子。
④ 塔西陀。[《编年史》vi. 39 和 xvi. 18。]——原注

按照我这里不揣冒昧提出的方法，为一些［教会、］文职和军事机关提供优秀的人才。鉴于我对那个光荣的社团抱着高度的敬意，自己又一度有幸成为其中一名不成器的成员，所以我对于这一重要事务十分关心，希望高雅的读者予以谅解。

有没有一个学生把自己的稻草撕得粉碎，指天发誓，咬着囚笼，口吐白沫，当众倾倒他的夜壶？让尊敬的特派员给他一个团的龙骑兵，派他去弗兰德。另一个是不是一直在说话，唾沫飞溅，张大嘴巴，高声叫喊，一个句号或冠词都不用？这么了不起的天才在这里真是埋没了！立即给他绿包绿纸和三个便士[1]，带他去威斯敏斯特厅。第三个表情严肃地测量着陋室的大小，此君虽然静静地待在暗处，却具有远见卓识，像摩西一样"ecce cornuta erat ejus facies"（看啊，他的脸上有角）[2]。他迈着均匀的步伐，严肃庄重、彬彬有礼地请你给他几个铜板，滔滔不绝地讲述时势的艰难，横征暴敛和巴比伦的妓女，准时在八点钟关闭牢房的木门，在梦中看到火光、商店里的扒手、宫廷客户和特权场所。一个符合所有这些条件的人物，如果送到城里去，和他的兄弟们会合，将会何等了得啊！再看丁，他正在滔滔不绝、神情投入地自言自语，在一个恰当的时候咬着自己的大拇指，工作和意图交替写在他的脸上；有时候一边疾步行走，一边眼睛盯着手里的一张纸；善于节约时间，听力不大行，视力很不好，记性非常强；永

---

[1] 律师的马车费。——原注
[2] "Cornutus"意思要么是"有角的"，要么是"发光的"，通俗拉丁语《圣经》用这个词来形容摩西。——原注

"Cornutus"意思是"有角的"，这是拉丁文《圣经》的一处误译，和合本译作"看见摩西的面皮发光"（《出埃及记》，34∶30）。

远行色匆匆,善于出点子、谈生意,擅长无言低语这一著名的技艺;对单音节词和拖延时间崇拜得五体投地,乐于向任何人做出永不遵守的承诺;忘了词语通常的含义,可是令人钦佩地记住了声音;思想不集中,永远有事,一直走神。如果你在休息期间走进他的牢房,"先生,"他说,"给我一个便士,我给您唱一首歌,不过要先给我钱。"(由此派生出一句流行语——"花钱听歌",这同时也是一种流行的做法。)全套的求人技巧在这里原原本本地展示了出来,由于用错地方而全部失传。走进另一间陋室,屏住呼吸,你将看到一个乖戾、阴郁、肮脏和邋遢的家伙,在自己的粪便中耙来耙去,把自己的小便四处泼溅。他日常享用的美食是他自己的排泄物,蒸发成气体,在四周不停旋转,最后又降落下来,转了一圈后回到原地。他暗黄色的脸上蓄着星星点点的胡须,与其刚刚开始变稀的食物相得益彰,好像是在粪堆中出生和读书的昆虫,这正是其颜色和气味的出处。这间屋子的学生说话极少,但是呼吸极重。他伸手向你要钱,到手后立即回去做自己原来的事情。如果沃里克巷协会①无意重新接纳这样有用的成员,难道不让人感到奇怪吗?如果我们可以根据外表进行判断,他难道不将为这优秀的机构增光吗?另一名学生气势汹汹、神气活现地走到你的面前,鼓着嘴巴,眼珠子几乎要从眼眶里瞪出来,非常优雅地伸手让你亲吻。看守叫你不要害怕,这位教授不会伤害你。只有他才有权使用接待室,这里的向导告诉你,这位神情凝重的先生是一名因骄傲而发疯的裁缝。这名值得重视的学

---

① 皇家医生协会的所在地。

生还有许多特点,我在这里就不展开了……注意听①……如果他的谈吐、动作和神态到那时还不能十分自然、十分得体的话,我犯的这个错误就相当离奇了。

我就不谈那些细枝末节的问题了,比如坚持说什么通过这场改革,大批花花公子、小提琴手、诗人和政治家将浪子回头,重回世人怀抱云云。我要说更重要的事情:吸收大批人才报效国家,其好处不言而喻,恕我直言,他们的学识和才具如果不是明珠暗投,起码也是用非所长。这次调查将让他们发挥各自所长,臻于完美,公众也将受益匪浅。我想我已经讲得很明白透彻了,还有一个例子就更能说明问题了——即便拿我这个发现这些至理的人来说,想象力也是一匹烈马,急于摆脱理性的驾驭。从我长期的经验来看,理性是一个重量很轻的骑手,容易被马甩掉。有鉴于此,朋友们从不放心让我一个人待着,除非我庄严地发誓,为了全人类的共同利益,用诸如此类的方式进行思考。知书达礼、诚实率直的读者对此也许会感到难以置信——他们由于工作的需要,浸淫在博爱、温柔的现代精神之中。

第十节 [进一步的题外话]

近年来,作者与读者之间彼此相互尊重,以礼相待,为这个有教养的时代增添了无可辩驳的证据。几乎每一部剧本、每一本小册子、每一首诗,都有一篇充斥着致谢之辞的序言,感谢世人

---

① 我猜不出作者的用意何在,不知这里该如何补白,尽管可以做出多种解释。——原注

给予的欢迎和赞美①。至于这份欢迎和赞美是在何地、何时、以何种方式、从何人手中得来的,只有上帝才知道。为了随顺这份值得赞美的风俗,我谨在此感谢国王陛下和上、下议院,感谢最尊贵的枢密院的各位勋爵,感谢尊敬的法官,感谢牧师、绅士和自耕农,尤其要感谢我在威尔咖啡馆、格雷欣学院、沃里克巷、摩尔场②、伦敦警察厅、威斯敏斯特宫、伦敦市政厅杰出的兄弟朋友们,总之,感谢所有人对于这篇神圣论文的包容和广泛认可,无论他们在法庭、教堂、军营、城市,还是农村生活和工作。我衷心感谢他们的肯定和好评,鄙人虽然能力低微,如果有机会,一定竭诚报效。

我乐于被命运抛入这样一个书商和作者共享幸福的年代,我可以很有把握地说,他们是英国如今唯一感到满足的两类人。试问一位作家,他的新作取得了怎样骄人的成绩。嗯,谢天谢地,反响非常不错,他没有任何理由可以抱怨的。他在百忙之中抽出空来,用了一周时间,断断续续地进行写作。有关情况建议你去看序言,其余的情况则去找书商。你以顾客的身份找到书商,询问同样的问题。感谢上帝,一切顺利。他正准备出第二版,店里只剩三本了。您跟他还价,"好吧,先生,就依您吧。"他希望你以后再度惠顾,价格会尽量让你满意。"请把您的朋友尽可能都叫来,看在您的面子上,我会给他们同样的价格。"

人们没有认真地思考这样一个问题:这些高贵的著述如雨后春笋地纷纷面世,究竟是出于什么原因。如果不是因为一个雨

---

① 这是实实在在的事实,我们在大多数戏剧和诗歌的序言中可以看出这一点。——原注
② 伦敦精神病院的所在地。

天，一次酩酊大醉的守夜，一次发怒，一剂药，一个昏昏欲睡的星期天，一轮失败的骰子，一张裁缝开出的长长的账单，一个乞丐的钱包，一个好搞派系的头脑，一轮炙热的太阳，寒酸的酒菜，匮乏的书籍，对于学问的一种正当的蔑视，要是没有它们以及另外一些由于过于冗长而不便写出的事件（尤其是审慎地不内服硫磺），我怀疑作者和作品的数目会缩水到惨不忍睹的程度。谓予不信，一位遗世独立的著名哲学家[①]的高论可以为证。"可以肯定，"他说，"少量的愚蠢是人性的一个组成部分。我们只有一个选择，是把它们戴在里面还是戴在外面。至于人们通常会做出何种选择，我们不需要绕远路、兜圈子，只要想一想，智力和美酒一样，总是轻的浮在上头。"

在这个著名的不列颠岛上，有一位无足轻重、著作等身的末流作家，读者对他的性格不会一无所知。他写一种叫作"第二部"的坏书，一般署名为"第一部的作者"。我可以不费吹灰之力地预见，等我一搁下笔，这个身手敏捷的扒手会立刻偷了去，对我施以惨无人道的暴行，就像他施之于布莱克默医生、莱斯特兰奇以及其他许多在此不具名的人士的一样。我要请伟大的激浊扬善者和人类的热爱者本特利博士主持公道，拯救于水火之中，用他那最现代的思考方式对这巨大的苦难进行研究。如果由于我的罪过，驴子驮着的[②]那个貌似第二部的东西被错误地放在了我的背上，请他立即当着众人的面，帮我卸下这个包袱，带回他家里去，直到那个真正的畜生来找它。

[①] Ross & Woolley 指出，培根在《新工具》第一卷第 53-58 节《论洞穴假象》中有类似的表述。

[②] 希腊谚语。参见《书的战争》注。

同时，我要在此公开声明，我决意把这些年来准备的东西一股脑儿塞进这篇文章之中。既然我的血管已经切开了，为了亲爱的祖国的特殊利益，为了全人类的共同利益，那就让它一次流到尽。我热心地计算了宾客的人数，可以让他们一顿吃个够，我不屑于用橱柜里的剩饭剩菜来款待客人。客人吃剩下的可以施舍给穷人，骨头可以留给桌下的小狗①去啃。我觉得，这比第二天请客人们来吃残羹冷炙，败坏他们的胃口要慷慨得多。

如果读者认真思考了我在上文提出的合理主张，我确信他的脑海中会掀起一场倒海翻江的革命，为他接受和欣赏这篇天下奇文的结尾做好充足的准备。读者可以分成三种：肤浅的、无知的和博学的。我的文笔巧妙地迎合了每一种读者的禀赋和利益。肤浅的读者会莫名其妙地被逗乐，这有利于他们清胸洗肺，主治脾脏疾病，是最为良性的利尿剂。无知的读者（他和前者的差别十分细微）容易瞠目，这对于改善视力有奇效，有利于振作精神，尤其能促进排汗。真正博学的读者将在这里找到足够的材料，在余下的一生中对此进行思考。我主要是为了他的缘故，才在别人睡着的时候醒着，别人醒着的时候睡着。我不揣冒昧地建议我们做一个实验，由基督教世界的君主们各自从国内选七位最深刻的学者，安排七间屋子，关他们七年的时间，命他们针对这篇包罗万象的文章写七篇旁征博引的评注。我敢断言，不管他们的结论如何千差万别，都是从文本中顺理成章地推导出来的，没有半点歪曲之处。同时，我热切地期盼，这样有益的工作能够尽快启动

---

① 作者把那些拙劣的批评家比作小狗，参见他此前在《关于批评家的题外话》中对此的解释。——原注

（如果各位陛下同意的话），因为我强烈地希望在我有生之年能品尝到一种幸福，一种我们这些神秘的作家在进入坟墓之前几乎不能企及的幸福。名声也许是一种水果，除非扎根于土壤之中，否则，一旦移植到身体上，几乎不能成长，遑论成熟；又或者，她是一种猛禽，被一具尸首的气味吸引了过来；也有可能，她觉得站在坟墓上，有居高临下的优势，又有空坟的回声相助，号声最动听，传播得最远。

隐晦的作家们一旦发现了死亡这条捷径，对其名气之杂、名声之广，确实感到由衷的高兴。因为隐晦是万物之母，睿智的哲学家们认为，著作丰饶的程度与其隐晦的程度成正比，所以真正有启发性的[①]著作（也就是最隐晦的著作）有无数的评注者，他们的经院助产术帮他们接生了作者自己可能从来没想到过的意义，在法律上完全可以把他们说成是它们的父亲。这些作家的文字就像是种子[②]，不管多么分散，一旦播撒到一块丰饶的土地上，其繁殖的速度之快远超播种者的希望或想象。

因此，为了推动这一有益的工作，我将简略地点几处隐语，可能会给那些受命对此妙文进行全方位评注的高人带来巨大的帮助。首先，我把数字零乘以七再除以九，此举隐藏了一个非常深奥的秘密[③]。此外，如果一名玫瑰十字会的虔诚兄弟带着火热的信仰热忱地祈祷了六十三个早晨，按照指示移动第二节和第五节

[①] 对玫瑰十字会的称呼之一。——原注
玫瑰十字会是一个以玫瑰十字架为标志的神秘组织，据说该会由罗森克鲁兹创立于15世纪。

[②] 没有什么比注释者把子虚乌有的解释强加给作者更常见的事了。——原注

[③] 这正是犹太神秘哲学家对《圣经》的所作所为，他们假装从中发现了巨大的秘密。——原注

某些字母和音节的位置，一定会出现一篇杰作。最后，谁要是不辞劳苦，统计一下每个字母在文中出现的次数，求出它们之间的差额，找到每一个差额真正的、自然的原因，他所获得的发现将足以补偿他的辛勤付出。不过，他要当心Bythus 和 Sigè[1]，不要忘记Acamoth的属性，à cujus lacrymis humecta prodit substantia, à risu lucida, à tristitia solida, et à timore mobilis（造物主的泪水变成潮湿的物质，他的笑声变成了明亮的物质，他的悲伤变成了坚硬的物质，他的恐惧变成了移动的物质）[2]，尤金·菲拉利西斯在这里犯了一个不可原谅的错误。

第十一节 桶的故事

在漫游了如此广阔的天地之后，现在我要快马加鞭，为我的文章画上句号。我要紧扣主题，保持匀速，直至旅途的尽头，除非途中另有美景可以流连。尽管我现在没有收到通知，对此也不

---

[1] 我为此特地请教了一位杰出的神学家，他说这两个粗鄙的词以及这里记载的"Acamoth"及其属性都出自伊利奈乌。他是在检索作者对这位古代作家的另一处引文时发现这一点的，他把那句引文放在了书名页上，并注明了相应的章节。好奇的读者非要探究basima eacabasa（译按：即卷首引文）等粗鄙的词语是否确实出自伊利奈乌的手笔，经调查发现，它们是某些异教徒的一种黑话或者术语，将其置于作者此书的卷首是十分合适的。——原注

"Bythus"和"Sigé"是诺斯替主义的术语，它们的意思分别是"深刻"和"沉默"。"Acamoth"是希伯来语中的"智慧"。

[2] 参见 *Anima Magica Abscondita*。上文提到的 *Anthroposophia Theomagica* 有一篇叫作 *Anima Magica Abscondita* 的附录，作者同样是这个沃恩，署名是尤金·菲拉利西斯（Eugenius Philalethes），但是这两篇文章都没有提到"Acamoth"及其属性，因此不过是对那些晦涩难懂的作家的嘲弄而已。只有à cujus lacrymis, &c.等语，正如我们说过的那样，是抄自伊利奈乌，不过我不知道出自哪个部分。我相信作者的目的之一是让好奇者通过索引来寻找稀见之书。——原注

抱期望，但一旦发生此事，烦请读者见谅，我在前头带路，我们携手同行，一同饱览路上美景。写作正如旅行，如果有人急着要回家（我可不是这样，我家里没什么事，从来没这么闲过），他的马儿已经厌倦了长途的驱驰和崎岖的道路，或者天生就是一匹驽马，我会明确地向他建议，走最近、最平常的路，不管路面多么肮脏。不过我们要承认，这种人充其量是一名拙劣的旅伴，每走一步路，都在自己和同伴身上溅了一身泥。他们所有的思想、愿望和谈话都倾注于旅途的终点，每一次溅泥、每一个趔趄、每一回跌倒，他们都衷心地希望对方滚蛋。

另一方面，在旅行者及其爱马情绪高昂、身处困境的时候，在他的钱包鼓鼓、时间充裕的时候，他只走干净、方便的道路，尽力款待好同行之人，有机会就带他们去观赏美景，不管是艺术、是自然，还是两者兼而有之。如果他们出于愚蠢或者疲倦的原因，拒绝同行，那就让他们自己走吧，颠死他们。他会在下一个小镇赶上他们，驾着马一路狂奔，直穿而过，男人、女人和孩子都跑出来看热闹。一百只恶狗①一边追赶着他，一边狂吠，如果他赏那个追得最猛的一记鞭子，与其说是报复，不如说是玩笑。不过，如果哪只乖戾的杂种狗胆敢靠得太近，它的脸颊会被马蹄凑巧踢中（骏马奔跑的速度丝毫不减），作为敬礼，它悻悻地吠叫着，一瘸一拐地回家去。

现在，我开始概述著名的杰克的奇特经历，我在前一节的结尾记述了他的性格和遭际，细心的读者想必还记得一清二楚。因此，接下来读者一定想从这两者中归纳出一套概念体系，以便理

---

① 这里指的是作者所谓的真正的批评家。——原注

解和真正读懂下文。

杰克不但审慎地策划了他的第一次思想革命，由此引发了埃俄利亚派的流行，还发明了一种新奇的观念，由其丰富的想象力孕育出的概念，尽管表面上看不可理喻，实则暗藏玄机，意蕴深刻，且不乏追随者的支持和改进。像这样从无可置疑的传统和孜孜不倦的阅读中收集来的重要段落，我将在叙述时极其小心，一丝不苟，力求文笔生动，最大程度地把具备如此高度和宽度的概念转换成文字。我毫不怀疑，它们将为那些拥有惊人想象力的人士提供高贵的材料，把一切都变成象征，他们不用太阳就能造出影子，不用哲学就能化影子为实体。他们拥有一种特殊的天赋，能把比喻和寓言强行按在某个字母头上，将平实的文字加工成修辞和神秘。

杰克自备有一份父亲遗嘱的善本，用大字体端端正正地写在一大张羊皮纸上，他决心做一个最孝顺的儿子，成为最热爱遗嘱的人。虽然正如我常常告诉读者的那样，遗嘱通篇记载了简洁明了的关于外衣保养和穿着的指示，以及视其遵守或违反情况而定的奖惩措施，然而杰克产生了一个幻想，认为事情没这么简单，真相一定是深奥而神秘的，在表面的文字下面隐藏着大量秘密。"先生们，"他说，"我将证明这张羊皮纸是肉、酒和布，是点金石、万能药。"[①]他喜不自胜，决心在人生最必要和最无关紧要的场合将其派上用场。他想把它变成什么形状，就能把它变成什么形状，睡觉的时候是睡帽，下雨的时候是雨伞。脚趾头疼了，用一张纸来包裹；痉挛的时候，在鼻子下面烧两英寸；肚子胀得难

---

① 作者在这里鞭笞了那些假装纯洁的人，在任何场合都以引用《圣经》为荣。——原注

受，把银币上的粉末都刮下来吞下去——它们都是万无一失的良方。与此相似的是，他在日常谈话中只用遗嘱中的语句①，他的大部分言论都不逾越于这一藩篱之外，没有出处的话，一个音节都不敢用。有一次，在一间陌生的屋子里，他突然急着要解手（这里就不具体展开了），遗嘱原来是允许到后面去解决的，但是由于事发突然，他一时忘了原文，在这种情况下，他选择了更审慎的方式，接受通常规定的惩罚。即便是把人类美好的词汇加在一起，也不能再让他身心清净。因为他在查阅遗嘱有关这一紧急状况的规定时发现，靠近结尾的一个段落②似乎是禁止这样做的（是否系抄写员塞入的私货，我们不得而知）。

他的宗教从不对着肉做感恩祷告③，举全世界之力也不能说服他——按照通常的说法——像基督徒一样吃饭④。

他有食用金鱼草⑤和青灰色烛花的怪癖，捕捉和吞食烛花时，其身手之敏捷让人叹为观止，并因此在腹中养了一团永不熄灭的烈火，从眼睛、鼻孔和嘴里发射炽热的气体；他的脑袋在黑夜中就像是驴子的脑袋，调皮的男孩用它装了一小截蜡烛，吓唬国王陛下忠诚的臣民们。因此，他在家不用别的东西照明，还常

---

① 不信国教的新教徒在正式的演讲和著述中引用《圣经》的次数远较国教徒为多，相应地，杰克"在日常谈话中使用的都是遗嘱中的语句"。——沃顿注
② 我猜不出作者这里的用意，我很想知道，因为这似乎十分重要。——原注
③ 狂热的信徒接受圣餐的懒散方式。——原注
④ 这是一句表达干净地吃饭的常用语，旨在痛斥某些人接受圣餐的无礼方式，所以上一句说杰克"从不对着肉做感恩祷告"，可以理解为不服从国教者拒绝在行圣餐礼时下跪。——原注
基督徒接受圣餐时要双膝跪倒。
⑤ 我不大理解作者的用意，除非是狂热的信徒炽热、不合时宜、盲目的热忱。——原注

说聪明人就是自己的灯笼。

他在街上散步时闭着双眼,如果脑袋碰巧撞到柱子上,或者身体掉到阴沟里(两者必居其一,也有可能兼而有之,例外的情况几乎不存在),他会对看笑话的徒弟说,不管是一次失足还是命运的一通殴打,他都甘之如饴。以他长期的经验来看,与命运搏斗是徒劳无益的,谁要敢这么干,不是摔倒在地,就是撞得鼻破血流。"在创世前几天已经注定,"他说,"我的鼻子将和这根柱子发生碰撞[①],于是上天在同一年代把我们送至世上,让我们成为同胞。如果我睁开眼睛,情况很有可能会更糟。那些有先见之明的人还不是每天照样要犯无数错误?此外,在感觉靠边站的时候,理性之眼看得最真。所以我们可以看到,盲人走路时格外小心、格外得体、格外明智,远远胜过那些过度相信视觉神经的人们,一点点小事就把它震得七荤八素,一滴水、一层雾就让它一筹莫展。它就像一盏灯笼,在街上遇到一伙流氓,大喊大叫,一路扫荡,对灯笼及其主人拳打脚踢;如果他俩不慕虚荣,不在黑暗中行走,也许就能避免这场皮肉之苦。仔细打量这些自我吹嘘的灯笼,我们会发现,它们的行为比其遭遇要糟糕得多。诚然,这根柱子撞破了我的鼻子,上天之所以没有拉一下我的胳膊肘,提醒我绕道而行,不是因为遗忘了,就是觉得不方便。不过,愿当代或后世之人不会在此事的鼓动下,放心地把自己的鼻子交给眼睛看管,事实将证明这是永久失去鼻子的最佳途径。哦,眼睛啊,你们这些盲目的向导,我们脆弱的鼻子的拙劣卫士。你们一

[①] 这里挖苦的是预定论,大多数不服从国教者喜爱的一个教义。沃顿博士称其为对上帝威严的直接亵渎。——1720版注

看到悬崖峭壁，就牵引着可悲地顺从的身体走到了毁灭的边缘。哎呀！边缘已经风化，我们脚底一滑，坠入一道深渊，途中没有好客的灌木延缓跌势，除非是银桥大王拉乌尔咖尔果①，没有一个凡人的鼻子经得起这样的坠落。所以，哦，眼睛啊，把你比作那些愚蠢的灯光，实在是恰如其分、实至名归，这些灯光引导着人们穿越肮脏和黑暗，直至坠入深坑或恶臭的泥塘。"

杰克的辩才无碍以及在此类深奥问题上的论证能力，由此可见一斑。

此外，他在信仰问题上具有雄图大略，勇于推陈出新。他引入一尊新神，吸引的信徒如过江之鲫，有人称之为巴别，还有人名之为混沌②，在索尔兹巴里平原上立了一栋哥特式古庙③，以其神龛和朝觐者的纪念仪式知名于世。

当他想搞恶作剧时④，即使在阴沟里也会双膝跪地，抬起双眼，开始祷告。识破这一伎俩的人会远远地避开他，如果有陌生人好奇地走过来，笑他的样子或者想听他在说什么，他会突然伸手掏出自己的家伙，冲着他们的眼睛撒尿，同时用另一只手朝他们身上扔泥巴。

冬天，他总是穿着宽松的衣服外出，而且不系纽扣⑤，尽量少穿衣服，以吸纳周围的热量。夏天，他全身裹得严严实实的，好把热气挡在外面。

---

① 参见《堂吉诃德》。——原注
《堂吉诃德》，上卷，第18章。
② 我们国教指责不服从国教者是礼拜仪式的秩序和规则的死敌。——1720版注
③ 著名的英国巨石阵。
④ 狂热分子所干的坏事和暴行，都是在宗教和长篇祷告的伪装下做出来的。——原注
⑤ 他们假装习惯和举止不同。——原注

在任何政治革命中①，他都会腾出自己的院子，用作总刽子手的办公室。他在履行这一崇高职责时，身手极其敏捷，除了长篇的祷告外不使用任何面具②。

他有一个十分发达和灵巧的舌头，能一直拧到鼻孔里，并从那里发出一种古怪的声音。他也是改进西班牙驴叫绝技③的第一人，长长的耳朵一直露在外面竖立着，他的技艺已精进到几乎乱真的地步，无论是在外形上还是声音上，都难以分辨哪个是原作、哪个是摹本。

他得了一种和所谓的狼蛛之蜇④截然相反的病，一听到音乐的声音⑤，尤其是风笛声，就会得狂犬病。不过，他只要去威斯敏斯特厅、比林斯盖特⑥、寄宿学校、皇家交易所、国有咖啡馆转几圈，很快就痊愈了。

他不怕任何敌人⑦，但对所有的颜色都深恶痛绝，连带着对画家都十分厌恶⑧。他要是发病时在街上漫步，会在口袋里装满石头，看到招牌就扔过去。

他在生活中经常盥洗，即使在寒冬腊月，也时常纵身跃入

---

① 他们是心狠手辣的迫害者，从头到尾一副虔诚的伪善模样。——原注
② 克伦威尔及其同伙在决定谋害国王时，把自己的行为说成是去"寻找上帝"。——原注
③《堂吉诃德》，第二部，第25、27章。一位市政委员为了寻找自己的驴子而学驴叫，他把声音的抑扬顿挫掌握得恰到好处，可以说是惟妙惟肖。
④ 据说被狼蛛咬到的人会狂舞不止，只有音乐才能使其恢复平静。
⑤ 这里讽刺的是不服从国教者反对在教堂演奏器乐。——沃顿注
⑥ 伦敦鱼市场。
⑦ 原文的字面意思是"不怕任何颜色"。
⑧ 他们在最无害的礼节和装饰上争执不下，损坏了英格兰所有教堂内的雕塑绘画。——原注

水中①，人们发现出水后的他比先前更脏了——如果他还能出来的话。

他最早发现了从耳朵传输安眠药的秘密②。那是硫磺和乳香的混合物，还加入了少量香客的药膏③。

他在肚子上贴了一大块膏药，涂上了人工腐蚀剂，火辣辣地疼得他嗷嗷直叫，就像在那著名的木板④上放了一块炽热的烙铁。

他站在街道的拐角处，召唤着过往的行人，对这个说："尊敬的先生，请您赏脸在我脸上打一巴掌。"⑤对那个讲："诚实的朋友，行行好，在我屁股上狠狠地踢一脚。""女士，请您用您的玉手赏我一个小小的耳光，好吗？""高贵的上尉，看在上帝的份儿上，用您的手杖对这可怜的肩膀用力打一下吧。"他使尽浑身解数，诚恳地求来了一顿拳打脚踢，其幻想和两肋都膨胀了起来，于是心满意足地回家了，一肚子都是为公共利益经历的可怕遭遇。"看这里，"他袒露了肩膀说道，"上午七点钟的时候，一名讨厌的土耳其禁卫军打的，我费了九牛二虎之力，才赶跑了这个伟大的土耳其人。邻居们，这里打破了头，要上一些药膏。要不是可怜的杰克脑袋瓜结实，你们今天早就见到教皇和法国国王，在你们妻子的簇拥下，出现在仓库之中了。亲爱的基督徒们，那

---

① 成年人的洗礼。
② 狂热的布道，不是大谈地狱和诅咒，就是对天堂之乐的溢美之辞。两者都风格下流，令人作呕，和香客的药膏十分相似。——原注
③ 用猪油和鱼胶制成的药膏。
④ 榆木板。
⑤ 狂热的信众总是假装受到迫害，对他们遭受的每一个小小的磨难都大力讴歌。——原注

个伟大的莫卧儿人已经来到白教堂地区①了,要不是这可怜的肋骨——上帝保佑我们——他已经把男人、女人和小孩都吞进肚子里去了。"

值得高度关注的是,杰克和彼得兄弟两人之间的厌恶②和反感,甚至到了做作的地步。彼得近来干了一些龌龊之事,被迫东躲西藏,天黑才敢出门,怕被法警截住。他和杰克的住处位于城中相距最遥远的两端,什么时候有事或者有兴外出,总要选择最出人意外的时间,最人迹罕至的地点,确保避开对方。尽管如此,他们永远有相遇的机会。原因不难理解,两人的疯狂和怨气建立在同样的基础之上,我们可以把他们看作两个等长的圆规,固定的一脚位于同一个中心,尽管起初运动的方向截然相反,最终必定在圆周的某一点相遇。非常不幸的是,杰克和哥哥彼得有许多共同点。两人不但脾气性格一样,连外貌、身高、神采都十分相似。经常有法警抓住杰克的肩膀喊道:"彼得先生,你是国王的囚犯了。"还有的时候,彼得的密友走到杰克面前张开双臂:"亲爱的彼得,很高兴看到您,拜托给我一服最好的杀虫药。"我们可以想象,杰克多年的苦心孤诣竟然换来这样让人痛心的回报。他一心扑在了自己设定的目标上,结果却是南辕北辙,所有的努力都付之流水,对于一个具有那般头脑和心肠的人而言,这又怎能不产生可怕的后果呢?他剩余的外衣承受了全部的惩罚。

---

① 音译"怀特查佩尔",位于伦敦东区。

② 天主教徒和狂热的信众,虽然表面上势如水火,然而根据学者的观察,他们在很多事情上如出一辙。

同上。作者接续几页用荒诞的手法描写了不服从国教者和天主教徒的相仿,斯蒂林弗利特主教称之为"罗马教会的盲从",杰克与彼得的相像,他们经常被误认为同一个人,他们极不情愿地经常碰面。——沃顿注每一次太阳从东方开始当天的行程时,他的外衣总要少那么一块。他雇了一名裁缝,把衣领紧紧地缝上,紧得快透不过气来,眼珠子被挤得直翻眼白。还剩下一点儿外衣的主体,他每天都靠着毛胚墙磨两个小时,以求把剩余的花边和刺绣给磨光;他用力过猛,最终成为一名异教哲学家。虽然他付出了这么多努力,结果仍然令他失望。因为破衣烂裳和华衣美服看上去有一种虚假的相似,从表面看都是衣带飘飘,在远处、在黑暗中或者由近视眼来看,两者难以分辨。在这些场合,杰克及其破衣服给人的第一印象是在滑稽可笑地迎风招展,再加上形似和神似,使得他和彼得区隔的大计完全落空,连他们的弟子和追随者都常常认错对象。

……Desunt nonnulla①……

有一句古老的斯拉夫谚语说得很妙:人和驴一样,要想拴住它们,必须在它们耳边找一个牢牢的抓手。我以为我们可以断言,经验证实:

Effugiet tamen hæc sceleratus vincula Proteus.②

因此,我们在阅读祖先的格言谚语时,在时间和人物方面要留出很大的余地。因为,翻阅古代的记载,我们会发现,在人耳上爆发的革命最伟大、最频繁。古时候有一种捕捉和保存它

---

① 意为"原文已佚"。
② 邪恶的普罗特斯将摆脱这些锁链。——贺拉斯,《讽刺诗集》,2.71

们的奇妙发明，我想我们应该公正地把它算作遗失的艺术①（artes perditœ）。在后来的世纪中，这一物种已经缩小到令人扼腕的程度，即使是还剩余一点点可怜的部分，也已经退化了，让我们这些还能熟练应用它的人沦为笑柄。除此之外，事情还能怎样发展呢？如果雄鹿耳朵上的一道口子②就足以传遍整个森林，那么对于父辈和我们近来频繁修剪耳朵所造成的重大后果，我们又何必大惊小怪？在我们这个岛屿沐浴神恩的时候，完善耳朵发育的努力确实层出不穷③。大耳朵不仅被视为外在的装饰，也是内在恩宠的象征。此外，博物学家认为，既然在人体的高级区域有耳朵与鼻子等凸出物，在人体的低级区域也一定有凸出物与之呼应。所以，在那个真正虔诚的年代，男性在所有的会议上都十分主动地展示耳朵及其周边区域（依其天赋而定）。因为，希波克拉底告诉我们④，耳后的血管被切掉后，男人会变成阉人。女性毫不害羞地看这些地方，并从中得到启发。已经用过这一方法的人，认真地上下打量，希望借此孕育出优良的后代。还有人心怀博爱，发现选择余地很大，她们一定会选择耳朵最大的那个，这样产生的后代可能不会缩水。最后，更为虔诚的姐妹把这一器官异常的膨胀看成是热心的突出表现或者精神的赘疣，她们对这样的脑袋充满敬意，仿佛它们是恩宠的标志。其中尤以传道士的耳朵为最，他们的耳朵通常是最大的，并频频精准地展示给人们看。在其才思泉涌之际，有时候给这边看看（hold forth），有时候给那边看

---

① 即前文所引的潘西罗利的著作。
② 亚里士多德，《动物志》，vi. 29 (578b)。
③ 清教徒中有一派喜将头发剪短（因此耳朵突出），是为圆颅党人。
④ Lib. de aëre, locis, et aquis（《论空气、水和土壤》）。——原注

看，根据这一风俗，直到今天干这一行的还把布道的过程称为高谈阔论（hold forth[①]）。

圣人们就这样一步步地扩大这一器官。要不是随着时间的流逝，出现了一位残酷的国王[②]，对所有超过一定高度的耳朵进行了血腥的迫害，人们原本认为，从各方面看它都已经成功在望。在这种形势下，有人把繁茂的嫩枝藏在黑色的花边里，还有的潜伏在假发下，有的切掉，有的剪短，许多人的耳朵被切得只剩下耳根。更多的情况参见我的《耳史》，预计将于近日呈献给公众。

以上简要回顾了耳朵过去的衰落，如今的冷落，昔日的繁荣茂盛今日已难以为继，在这种情况下，我们还有什么理由继续依赖这样短小、软弱和不牢靠的抓手呢？答案不问可知。要想把人类紧紧地攥在手里，必须另辟蹊径。周密细致地审视人性，我们会发现几个抓手，六种感觉[③]均在此列，很多抓手被紧紧地拧在了激情之上，少数几个铆牢了理智。好奇属于后面这一类，是其中抓得最牢的。对于一个懒惰、急躁和低声咕哝的读者来说，好奇是两肋上的踢马刺、口里衔着的缰绳、鼻上穿过的鼻环。作者通过它来抓住读者，一旦把它攥在手中，读者就成为作者的囚徒，由其任意摆布，读者怎么抵抗和挣扎都无济于事，直至疲倦和迟钝迫使作者撒手为止。

因此，作为这篇宏文的作者，我通过上述的抓手紧紧地抓住

---

① 滔滔不绝的演说，带有贬义。
② 指查理二世，他复辟后驱逐了所有不服从国教的教士。——原注
1662年，查理二世颁布《单一法令》，将两千多名教士驱逐出国教。
③ 包括斯卡利杰的。——原注
第六种感觉是把其他五种感觉统合在一起的感官。

高贵的读者们，其效果之好出人意表，我最后非常不情愿地被迫放手，让他们打着与生俱来的哈欠，专心研读余下的部分。有教养的读者，我只能向您保证，让我们大家都感到安慰的是，对于遗失回忆录其余部分（或许混入了我的文稿之中）这桩不幸，我们的心情是一样的。佚文中有新鲜好看、出人意料的事件、转折和冒险，全都是根据这个高贵时代的优雅品位量身定做的。唉，我尽了最大的努力，还是只保留了几个标题。原文原原本本地描述了彼得如何得到王座法庭的通行证，如何与杰克言归于好[①]，两人设计在一个雨夜把兄弟马丁引至一处负债人拘留所，把他剥个精光。马丁如何使尽九牛二虎之力，逃脱他们的魔爪。如何发出了针对彼得的新逮捕证。在这危难之际，杰克如何抛弃了彼得，偷走通行证，给自己使用。杰克的破衣服如何风靡宫廷和城市。他如何骑上大马[②]，吃蛋奶沙司[③]。所有相关的细节以及别的一些题目，都已被彻底遗忘，永无恢复的可能。让读者们在各自健康允许的限度内互致哀悼吧，不过，凭着我们从书名页到这里建立起来的友谊，恳请他们不要为一件不可挽回之事伤及身体。好了，让我继续写下去，作为一位有造诣的作家，还缺少一个礼节性的部分；同时，作为一名文明的现代人，也最不应该省略这一部分。

---

① 詹姆斯二世在位期间，长老会应国王邀请，与天主教联手对抗英格兰国教，并要求他废止《惩治法典》和《宣誓法》。国王利用其豁免权确立了信仰自由，天主教和长老会都受益于此；光荣革命后，天主教自然是倒台了，长老会拜詹姆斯豁免之赐，在获得法律的宽容之前，继续得以自由地集会。作者之所以说杰克偷走了彼得的通行证自己使用，我想其用意即在于此。——原注

② 长老会教徒汉弗莱·埃德温爵士几年前［1697年］当过伦敦市长，他竟然佩戴着市长的徽章大摇大摆地参加非国教徒的秘密集会。——原注

③ 蛋奶沙司是市长宴席上的一道名菜。——原注

结束语

走得太远和走得太近都会导致失败——虽然前者没那么常见——在脑力劳动中尤其如此。那位高贵的耶稣会会士[①]十分真诚，他率先撰文承认，书籍要和服装、饮食、娱乐一样应时而变。我们这个高贵的民族更加真诚，在诸多法国时尚中对此精益求精。生活放荡的我亲眼见过，一本书错过了时机就会遭到遗忘，就像白天的月亮，又像是已过时令一周后的鲭鱼。没有人比购买了本书的书商更细心地观察天气变化。他丝毫不差地知道，在干旱的年份哪种题材卖得更火，在气压计预示大雨将临时，应该主推哪种题材。他在看到此文并查询历书后对我说，他慎重地考虑了两件大事：篇幅和主题。他发现，只有经历一个漫长的假期，并且必须在一个芜菁的小年，它才会大获成功。我想知道，鉴于我的迫切要求，在他看来这个月会流行什么。他面朝西方说道："恐怕天气有点儿不妙。不过，如果你准备一些小笑话（不过不要写诗歌）或者一篇关于□□□的小文章，它会像野火一样一发不可收拾。火势止住，也不打紧，我已经雇人批驳本特利博士，相信一定会马到成功。"

最后，我们一致同意采取以下策略：如果有顾客来买书，私底下想知道作者的名字，他会以朋友的身份任意举一位当周走红的才子。如果德菲的上一部戏还在上演，我很愿意选他，就像愿意选康格里夫一样。我之所以这样说，是因为我非常了解如今有

[①] 奥尔良神父。——原注
皮埃尔-约瑟夫·德·奥尔良（Pierre-Joseph d'Orleans，1641-1698 年），法国历史学家。

教养的读者的口味，经常十分欣喜地注意到，苍蝇被从蜜罐上赶走后，立刻降落在粪堆上，狼吞虎咽地继续享用它的美餐。

我要就深奥作家的话题说一句话，近来他们的人数大大膨胀。我非常明白，明智的世人把我归入这一行列。我觉得，就深奥而言，作家和水井是一样的道理。再深的井，只要有水，视力好的人可以一眼看到井底。如果井底只有干涸和污泥，虽然离地面只有一码半的距离，然而人们误以为它深不见底，理由很简单：因为它暗无天日。

我正在做一个现代作家司空见惯的实验，即无主题写作——在把主题掏空后，让笔尖继续移动，执笔者叫作鬼才子，它喜欢在肉身死亡后出来走动。说真的，知道何时收手的人少，知道其他知识的人多。作者在写完一本书的时候，已经和读者成为难舍难分的老友。所以有时候我觉得，写作和探亲访友一样，离别的客套比此前的交谈花的时间更多。文章的结尾像是人生的结尾，有时候又被人比作宴会的结尾。没有几个人愿意离开，ut plenus vitæ conviva[①]（就像是一个充满活力的宾客）。因为人们在酒足饭饱之后，会坐下来打个盹儿，或者用当天余下的时间睡上一觉。关于后者我和其他作者截然相反，在这杌陧不安的时代[②]，如果能对人类的休眠略尽绵薄之力，我会感到非常自豪。我不像有些人那样，认为这一工作和才子之职格格不入。因为，像希腊这样非常文雅的国度[③]，为睡眠和缪斯建立了同样的神庙，向其奉献牺

[①] 卢克莱修，3.938。
[②] 本文是在《里斯维克条约》缔结前写的。——原注
[③] 特罗伊真，保桑尼亚斯，卷二。——原注

牲,希腊人相信他们之间有着牢不可破的友谊。

我最后还要拜托读者,不要指望本文的每一行、每一页同样妙趣横生、见识通达,对于作者和你本人的怨气与一时的沉闷,请予以一定的谅解。请你郑重其事地问自己这么一个问题:如果你在恶劣的天气或者下雨的日子里在街头踯躅,窗里传来人们好整以暇的闲言碎语,批评你的步态、嘲笑你的衣着,你是否感觉心平气和。

在分配大脑工作的问题上,我认为要以虚构为主,方法和理性为辅。之所以如此分配工作,是鉴于我的特殊情况,我这个人经不起诱惑,经常在自己既不聪明也不明智更不掌握情况的场合下试图妙语如珠。我是现代方式的忠实信徒,绝不错过显才扬己的机会,不管要费多大力气,有多么不恰当。我经过艰苦努力,搜集了738条当代最优秀作家的精华和亮点,经过发愤苦读,把笔记本中的内容融会贯通,花了五年的时间,才在日常谈话中生拉硬拽、强行塞入了12条。其中一半由于没碰上合适的谈话对象而铩羽而归,另一半我煞费苦心、磕磕绊绊、拐弯抹角地想把话题引过来,实在不胜其累,最后只好放弃。我必须承认(公布一个秘密),这一失意让我产生了当作家的念头;后来我在一些朋友那里发现,人们普遍对此怨声载道,很多人做出了同样的反应。我发表了许多精彩的言论,但都被弃之如敝屣;在获准提拔、印成铅字后,受到人们的重视,大受读者欢迎。现如今,在出版界的纵容和鼓励下,我可以不受场合和时机限制地任意展示我的才华,不过我已经发现,我的评论篇幅过大,不宜阅读。所以我要在此稍作休息,体察世人和我自己的心绪,等到大家都觉得绝对必要的时候再从事写作。

《桶的故事》增补[①]

[a] 马丁的历史

杰克和马丁如何在分手后各奔前程。他们如何翻山越谷，历尽磨难，为了正义的事业栉风沐雨、箪食瓢饮，不知栖身何所。通过这些努力，他们证明了自己才是父亲真正的儿子，而彼得根本是个冒牌货。马丁在彼得家周围找不到容身之所，就去了北方，发现图林根附近的人愿意接受改革，就把这里当作了自己的舞台，以贬低彼得的药粉、膏药、药膏、药片为职志。彼得的售价长期高高在上，不给马丁留一点儿利润空间，尽管彼得一直雇他担任推广和促销之职。那个善良的民族想省点儿钱，所以开始聆听马丁的讲话。几位大领主如何对此心领神会，基于同样的理由表态支持马丁。尤其是其中有一个人，嫌一位妻子不够，还想再娶一房。他知道彼得授予许可证的价钱高得离谱，转而和马丁达成交易。他发现马丁较容易打发，而且还保证自己同样有权批准此类事情。大多数北方贵族如何为了个人目的，率领其附庸摆脱彼得的束缚，转而接受马丁。彼得丧失了如此辽阔的领土以及附带的巨额收入，大发雷霆，派出了最强壮最凶猛的公牛去吃马丁。马丁勇敢灵活地进行自卫，彼得无计可施，只好发表声明，宣布马丁及其信徒是造反派、卖国贼，命令和要求亲爱的臣民们，拿起武器，把他们杀光、烧光，不留孑遗，他将给予丰厚的

[①] 以下都是斯威夫特的未完成手稿，安插在第 11 节之后，继续叙述马丁的故事。其中《马丁的历史》等文收录于《喜剧杂著》(*Miscellaneous Works, Comical & Diverting*，1720 年)，《荒谬王国记》收录于《斯威夫特博士作品补编》(*A Supplement to Dr. Swift's Works*，1779 年)。

奖赏云云，于是乎流血漂橹、万户萧疏。

阿尔比恩①领主哈利·胡夫②是当时最大的恶霸之一，他如何派人送来挑战书，要求与马丁在一座台子上，用棍棒、木棍、木剑等决斗。拳击这一文雅的风俗正是从此发端，如今岛内有教养的居民对它耳熟能详，常常操练，其他地方的人则对此一无所知。冲动灭裂的马丁如何接受挑战。他们如何见面、如何打斗，让观众看得如痴如醉。在双方都头破血流、伤痕累累的情况下，他们如何同时宣布自己获胜，成为伟大的教士们日后频频仿效的榜样。马丁的朋友们如何欢庆他的胜利，哈利勋爵的朋友如何给予他同样热烈的赞誉，尤其是彼得大人送来一片美丽的羽毛③。他和继承人一直把它插在自己的帽子上，作为捍卫彼得大人事业的永恒象征。哈利对自己虚假的胜利志得意满，他如何开始吓唬彼得，最后因为一名荡妇而与他大吵大闹。哈利勋爵的一些喜欢变化的佃户，如何开始说马丁的好话，为此哈利狠狠地揍了他们一顿，就像揍那些彼得的追随者一样。他如何把一些人赶出家门关了起来，把其他人吊死或烧死，等等。

哈利·胡夫在无数次大吵大嚷、寻花问柳、横行霸道后如何撒手人寰，由一位善良的男孩④继位，他顺从了佃户们的普遍意愿，允许马丁的思想四处传播，在阿尔比恩扎下深根。农场如何在他死后落入一位女士之手⑤，她与彼得大人陷入热恋。她如何用

---

① 阿尔比恩（Albion），英格兰的旧称。
② 亨利八世。
③ 1521年，教皇利奥十世授予亨利八世"护教者"的称号。
④ 爱德华六世。
⑤ 玛丽女王。

火和剑清洗全国，决意根除马丁的名字和记忆。彼得如何获得胜利，又开起了商店，贩卖他的药粉、膏药和药膏，如今它们被宣布为唯一的正品，而马丁的东西被斥为假冒伪劣。马丁的大批朋友如何背井离乡，在异域漂泊，他们结识了许多杰克的追随者，对他们的许多想法和做法产生了好感，后来把它们带回了处于另一位女地主①治下的阿尔比恩。她比前任更有节制、更加狡猾。她如何与彼得和马丁保持友谊，在两者之间骑墙了一段时间，同时也不忘支持和帮助杰克的众多追随者。但是她发现不可能同时满足三兄弟的要求，因为他们都想当主人，不允许使用别人的药膏、药粉或膏药，于是把三家都抛弃了，自己在农场里开了一家商店，摆满了药粉、膏药、药膏以及所有的必备药，全部是正品和真品，都是根据她任命的医生和药剂师开出的药方配的，他们的药方又是从彼得、马丁和杰克的药典中摘录来的。他们依据这个大杂烩编纂了自己的药典，严格禁止使用其他任何药方，尤其是彼得的药方，这部新药典大部分是从他那里抄来的。为进一步巩固改革成果，这位女士如何明智地效仿父亲的榜样，把彼得从其自诩的长兄位置上拉下马，自己取而代之，成为一家之主，此后一直戴着父亲那顶旧帽子，帽子上有一根与彼得结盟时得到的美丽羽毛。直到今天，她的继承人尽管公开宣布与彼得为敌，却都神气活现地戴着这顶帽子。贝丝女士及其医生听说这部拼凑出来的新药典有许多缺陷和不完善之处，如何决心继续进行修改，清除书中大量存在的彼得的垃圾，可是死亡中止了她的行动。一

---

① 伊丽莎白女王。

位北方的农夫①如何继承了她的产业,他假装管理农场的技艺高超,实则连自己破败的小农场都管不好,更不用说新到手的大农场了。这位新地主为了展示他的勇气和机智,如何大战巫师、野草、巨人和风车,并自称取得了辉煌的胜利,尽管他常常在没什么危险的情况下把自己搞得灰头土脸。比他聪明不了多少的继承人如何用新的管理方式在农场中制造了巨大的混乱。他如何试图在自己的北方农场编纂与南方相同的药典而未果,因为杰克的药粉、药片、药膏、膏药在那里十分风行。

作者如何为在其史书中引入一个与前述三派不同的新宗派而感到尴尬。他对神圣的数字"三"不容亵渎的尊重如何迫使他将四派裁减到三派,正如他在其他事情上做的那样。为此,他要舍弃以前的马丁,用贝丝女士的机构取而代之,在这部信史的剩余部分顶替马丁。在澄清这一要点后,作者继续叙述杰克与马丁的大吵大闹。如何有时这方占上风,有时那方占上风,两处农场极度荒芜,最后双方都赞同吊死地主②。他假装是为马丁牺牲,尽管他对哪一方都不忠诚,许多人怀疑他对彼得抱有极大好感。

[b]关于战争和争吵的性质、益处和必要性的题外话

这是一个至关重要的问题,作者打算另行撰文,系统详尽地进行阐述,这里只就这篇大作的内容稍作提示。战争是所有生物的自然状态。战争是企图使用暴力夺取别人所有、我们所求的东西。一个人如果对自己的长处了如指掌,感觉没有受到社会应有

---

① 詹姆斯一世。
② 查理一世。

重视，他就拥有一种自然权利，可以从别人那里夺去任何他认为属于自己的东西。一个生物如果觉得自己的需求最多，同样有权夺去任何符合其本性需求的东西。在这方面，畜生要比人类有节制，小人物要比大人物有节制。一个人主张的权利越多，越要为其东西奔走，取得的成功就越大，越是一位大英雄。越是伟大的灵魂，越有权取走下层百姓的一切，这是和他们卓越的才华成正比的。这是宏图霸业和英雄主义的真正基础，是划分阶层的真正基础。所以，要确立臣属关系，建立城市、州郡和王国，清洗政治体内的污浊之气，战争必不可少。英明的君主认为，为了保持国内的和平，必须对外作战。战争、饥荒和瘟疫是疗治政治体腐化的常用药。对三者进行比较，作者将为它们分别写一篇赞歌。大多数人喜爱战争胜过喜爱和平。能与所有人和平相处的人寥寥无几，而且个性可鄙。温顺驯服者永远是高贵的饕餮客的美餐。战争是全人类的爱好，那些不能或不敢亲自作战的人，雇人代替自己打仗。他们养活了流氓恶棍、亡命之徒、杀人犯、律师、士兵等等。如果天下太平，大多数职业将毫无用处。因此，畜生既不需要铁匠，也不需要律师；既不需要官员，也不需要细木工人；既不需要士兵，也不需要外科医生。畜生的胃口不大，不能针对同类把战争无限期打下去，也不能被人牵引着，一队队、一群群地走向互相毁灭。这是只属于人类的特权。人性附属的欲望、激情、需求等等，证明了它的卓越。这一点将在作者的《世人颂》中得到完整的阐述。

马丁的历史［续前］

杰克在除掉老地主之后，如何另立了一位合意的新地主，与马丁发生争执，将其赶出家门。他如何将其商店洗劫一空，废除了他的药典。新任的地主[1]如何打击杰克，殴打彼得，让马丁忧心忡忡，让左邻右舍人心惶惶。杰克的朋友们如何展开窝里斗，分裂成一千个派别，弄得乌烟瘴气，所有人都讨厌他们，最后，那个气焰熏天的地主死了，杰克被踢出家门，迎来一位新地主[2]，马丁重新上台。这位新地主如何让马丁为所欲为，马丁对虔诚的地主想要的东西一概应允，只求能把杰克打入冷宫。杰克几度试图东山再起，全都无功而返。最后那位地主死了，继位者是彼得的好友[3]，为了压制马丁的气焰，给予杰克一些特权。马丁如何对此勃然大怒，叫来一位外国人[4]，将那位地主轰了出去。杰克与马丁站在一条战壕里，因为该地主完全倒向彼得，一头扎进他的怀抱，离开了自己的国家。新地主如何把马丁以前的权力全部还给他，但是不许他消灭杰克——杰克一直是他的朋友。杰克如何在北方扬眉吐气，拿下一个州，让马丁十分不快，他发现杰克的一些朋友获准在南方安身立命，对他召来帮忙的新地主日益不满。该地主如何约束马丁，让他怒发冲冠，发誓除非把杰克的孩子都饿死，否则他要上吊或者与彼得合流。三番五次治疗马丁，让他与杰克言归于好，联手对付彼得。可是彼得的许多朋友混在马丁的朋友之中，装出一副最关心他利益的样子，口灿莲花的一番说辞让马丁、杰克两家的联合之计无疾而终。马丁如何在这种疯疯癫癫的状态下出国，他的神情、打扮酷似彼得，谈话酷似彼得，

---

[1] 克伦威尔。
[2] 查理二世。
[3] 詹姆斯二世。
[4] 威廉三世。

许多邻居分不清谁是马丁、谁又是彼得，尤其在马丁披着彼得的盔甲到处耀武扬威的时候——这副盔甲是为了与杰克作战，从彼得那里借来的。治疗马丁的疯病用了哪些方法云云。

注意：原稿中没有以下的文字，这里似乎有不宜出版的内容，为了填补空白，后来又补写了有关段落。

[c] 一项造福全人类的计划

作者为了服务和教化公众，辛苦了这么长时间，做了那么多事情，自己没有得到一点儿好处，他终于想出一个计划，既能造福全人类，又可为作者带来可观的收入。他打算用认购的方式出版96卷对开本，用详尽的资料准确地描述了未知的南方大地的情况，收录了999位博学、虔诚、完全可信的作家的大作。全书配有符合题旨的地图和插图，由一流的能工巧匠制作，每卷只售一基尼，预付一基尼，以后每收到一卷再付一基尼，最后一卷除外。这部书对所有人都有很大的用处，是每个家庭的必备书，因为它准确地描述了那片广袤国土上所有的省份、聚居区和住宅的情况。所有的违法者在经过集体审判后，都要被押送到那里去。有了这本书，人们可以从中选择最好最适合自己的地方居住，那里有广厦千万，可以大庇众人尽开颜。

按照作者的设想，在三大王国及其所有自治领上的教区教堂全部用公款或教区费购买一部。每个有10镑年收入（包括压缩非必要开销后省下的钱）的家庭都将认购一部。每年出版的数量不超过九卷，至于必要的印数，第一版至少要印10万部。他将出版下一期的计划，同时收录一位知名作家在梦中仔细考察了那座有十二道门的都城后撰写的样书、绘制的精细地图。作者希望，考虑到他为此付出了艰辛努力，同时此书又具有很大的用处，所有人都能从自己和他的利益出发，欣然做出自己的贡献，不要妒忌他可能获得的利润，尤其是如果他还要出第三版或第四版的话——照他的想法，这是近在眼前的事情。

他毫不怀疑，大多数欧洲、亚洲、非洲国家将译介此书，因为它对这些国家像对他的祖国一样大有益处。为此他打算设法搞到专利和特权，确保从这些不同的君主和国家手中获得全部收益，并希望在有生之年看到这一巨著在不同国家以不同文字出版数百万部。

他已经答应一位朋友，在这一工作尘埃落定后，帮他实施一项几乎与此同样伟大的计划。他们将在各地设立保险部门，保护人们在来我国旅行途中不会遇到海难，也不会发生各种意外事故。这些部门将以一定的价格提供领航员，他们对路途情况了如指掌，熟知朝圣者和旅客所有将遇到的岩石、暗礁、流沙。据他所知，许多国家已经培训了大量的有关人员。不过，他还要详细地草拟完整的计划，交给朋友传阅。

[d] 荒谬王国记

在荒谬王国中。玻璃的钟声，铁制的钟舌。火药的房屋。因为他们容易喝醉，就让蜡烛一直点燃着，因此常常失火。孩子总是在父母之前死去。在他们的厕所里有一种飞虫，牙齿锋利，喜食睾丸。40个人去如厕，只有一人能带着那玩意儿离开。要摧毁它们易如反掌，但为什么他们不这么做呢？他们说，这是老祖宗留下的风俗。

关于心理官能的陈词滥调①

致……

（1707年）

先生：

鉴于您对古老事物的热爱发自肺腑，我们可以合理地推测，您对任何新生事物也都会衷心喜爱。近来，有许多随笔和道德论文，沉湎于陈旧的话题和老掉牙的引语，对文章主旨的处理粗枝大叶②，让我大倒胃口。下文小心地避免了上述错误，建议作为年轻作家模仿的范文。该文思想新颖、引文独特、主题重大、层次分明、行文流畅。写作此文花了我不少时间，希望您能接受这份礼物，并视其为最能展示我才华之作。

---

① 标题原文为 *A Tritical Essay upon the Faculties of the Mind*。"Tritical"是斯威夫特自造的词语，一语双关，既有陈腐又有批判的意思。据 Ehrenpreis Centre for Swift Studies（http://www.anglistik.uni-muenster.de/Swift/）的详注本译出。

② 一句话概况了本文的特点。译者也读到过这种文章。某些较有水平的荒腔走板具有很高的欺骗性，读者反复阅读，不解其义，只恨自己读书太少。

关于心理官能的陈词滥调

哲学家们说，人是一个小宇宙或者说小世界，一个具体而微的宇宙。依我之见，不如把自然之身（body natural）比作政治之身（body politic）。如果这种说法成立的话，伊壁鸠鲁的观点怎么可能是正确的呢？宇宙怎么可能是原子偶然结合的产物呢？我不相信此说，就像不相信字母的随机组合可以形成一篇独具匠心、顶顶渊博的哲学论文，Risum teneatis amici？ Hor.（朋友们，你能不捧腹大笑吗？——贺拉斯）。这一谬论还会滚雪球似地派生更多的谬论，就好比开头就错了，接下去还会是错。基础不牢固，无论怎样的建筑都会轰然倒地。人们就这样从一个错误走向另一个错误，直至与伊克西翁一起拥抱云彩[1]而不是拥抱朱诺，抑或是像寓言中的狗一样，呆看着影子，丢掉了实物[2]。这样的观点无法自圆其说，就像尼布甲尼撒像半铁半泥的脚趾被砸得粉碎。我在书中读到，亚历山大大帝因为征服完了世界而痛哭流涕；如果原子的偶然聚合就可以创造出一个世界，他大可不必如此。但是，这种观点更适合多头野兽[3]——民众的智商，而不应在伊壁鸠鲁这样的智者口中道出。伊壁鸠鲁学派的末流只是借用了他的名字，就像猴子用猫爪火中取栗。

然而，判明病情为治病之首，虽然真相幽眇难知，因为正如

---

[1] 伊克西翁迷上了朱诺，一心想得到她。朱庇特把一片云彩化作朱诺，诱骗伊克西翁与其结合。为了惩罚伊克西翁，朱庇特把他绑在燃烧的车轮上，永远旋转不停。

[2] 出自《伊索寓言》，说的是狗在过河时看到了自己的倒影，吐了口中衔着的肉，跳入水中去抢水中的肉，结果竹篮打水一场空，两块肉都没有得到。

[3] 在古典著作中喻指欲望或民众。

哲学家所云，她住在井底深处①，但是我们不必像盲人一样在光天化日下摸索。我希望能允许我发表拙见，虽然比我有学问的人比比皆是，但是有时候当局者迷、旁观者清。我不认为哲学家一定要对一切自然现象说出个道道来，因为不能解释大海的潮起潮落，就和亚里士多德一起投海②，判处自己的死刑，Quia te non capio, tu capies me（既然我拿不下你，你就把我拿下）。

在这里他既是法官，又是罪犯；既是起诉人，又是刽子手。另一方面，苏格拉底说自己一无所知，神谕却宣布他是世界上最聪明的人。

言归正传，我认为大自然做任何事情都有一个目的③，这个道理像欧几里得的证明一样彰明较著。如果我们能潜入其隐秘幽深之处，就会发现，最微不足道的小草、最令人不齿的野草，都有其特定的用途。大自然最微小的作品反而最让人赞叹，最令人不齿的昆虫最能展现自然的艺术，虽然喜欢百花齐放的自然总会战胜艺术，正如诗人所言：

Naturam expellas furca licet, usque recurret. Hor.④

正如潘多拉的盒子把肉体的疾病传遍了世界，哲学家的众说纷纭把精神的疾病传遍了世界。唯一的区别是，他们没有在盒底

---

① 贺拉斯、塞内卡、培根等人都引用过这一说法。
② 传说亚里士多德因无法解释潮水起落的问题而投水自尽。
③ 中世纪哲学的信念：Natura nihil agit frustra（大自然不会无缘无故做一件事情）。
④ 你就是用干草叉把自然赶走，她也会马上回来。——贺拉斯

留下希望①。如果真理没有随阿斯特莉亚②一起逃逸,她肯定会像尼罗河的源头一样隐匿起来③,只有在乌托邦④才能找到她。我不想对那些智者说三道四,这可有点儿忘恩负义,而说一个人忘恩负义,道出了他所能犯下的全部罪恶。

> Ingratum si dixeris, omnia dicis.⑤

我要批评哲学家的(虽然有人认为这是一个悖论),主要在于他们的骄傲。只不过是一家之言(Ipse dixit⑥),却要你把信任别在他们的袖口上。第欧根尼虽说是住在木桶里,据我所知,在他破烂衣裳下面的傲慢,和神圣的柏拉图所穿华服里的傲慢一样多⑦。据说,有一次亚历山大大帝来看望他,答应他要什么就给什么,这位犬儒答道:"不要拿走你不能给我的东西,不要挡住我的阳光。"这番话和那个把钱扔入大海的哲学家⑧的惊人之语几乎一样夸张……

这个人和放高利贷者多么不同啊!有人告诉他,他的儿子会把钱都花光,他答道:"他在花钱上得到的快乐,不及我在赚钱上

---

① 潘多拉的盒子中盛满了一切罪恶,只在盒底留有希望。
② 希腊神话中的正义女神,她是最后一个逃离人间的神明,因为世间充满罪恶。
③ 古人认为尼罗河的源头是不可知的。
④ 斯威夫特很钦佩托马斯·莫尔。
⑤ 说一个人忘恩负义,说出了一切。
⑥ 意思是"这是老师亲口说的",亚里士多德主义者引用亚里士多德语录时说的话,后来转指自封的权威。
⑦ 据说第欧根尼曾当面把柏拉图的长袍踩在脚下,并说:"我把柏拉图的傲慢踩在脚下。""但是第欧根尼,"柏拉图答道,"你在自以为蔑视傲慢的同时是多么骄傲啊!"
⑧ 犬儒派哲人克拉特(Crates)自愿散尽万贯家财,以乞讨为生。

得到的快乐。"这些人看到了别人身上的缺点，却对自己的缺点视而不见，并将它们扔到背包里，Non videmus id manticœ quod in tergo est（我们看不到背上的包）。那些吹毛求疵的莫墨斯们也许会批评我与众不同的观点；作家们出于恐惧，对他们顶礼膜拜，就像印第安人崇拜魔鬼一样。他们试图对我的名誉造成像对年历中的人物①一样多的伤害，不过我无所谓，他们也许会像苍蝇一样围着蜡烛嗡嗡直叫，直至烧焦了翅膀。他们必须原谅我提出的如下建议：不要责骂他们不理解的东西。这只说明他们心存妒忌，这是一种折磨自己的激情，再凶恶的暴君也没有发明比这更残酷的刑罚。

Invidia Siculi non invenere Tyranni
Tormentum majus.—Juven②

我要大胆地对批评家和文人说，你们在此担当裁判，比一个天生的盲人能对色彩产生正确的观念更为荒唐。我一直认为，空瓶发出的声音最响。我对他们的指责无动于衷，正如大海对薛西斯的鞭笞毫无反应一样。他们能给予你的帮助，顶多像波吕斐摩斯一样，答应尤利西斯最后一个吃他③，对此我们不要有更高的期待。在他们看来，征服一位作者就像恺撒征服敌人一样：我来了，我看见了，我征服了。我承认，我看重雷默、丹尼斯、沃尔

---

① 伊丽莎白时代的年历大多刊出了人体解剖图，就动手术的时机提供建议。
② 没有一位西西里暴君发明出比妒忌更残酷的刑罚。——尤维纳利斯。应为贺拉斯。
③ 独眼巨人波吕斐摩斯在尤利西斯报出自己名字后答应最后一个吃他。

什①等少数明哲之士的意见，至于其余的人，我现在的评价是：长期以来哲学家们在真空问题上争执不下，对此我认为应该做出肯定的答复，即真空存在于批评家的脑袋里。他们顶多是学术界的雄蜂，不事生产，却吞噬蜂蜜。作家们对他们大可不必在意，就像月亮对无知蠢犬的吠叫毫不在意一样。虽然它们叫得很凶，但是一眼就能看出它们是披着狮皮的骡子。

言归正传，有人问德摩斯梯尼，演说家的第一要素是什么，德摩斯梯尼的回答是"表达"。"那么第二呢？""表达。""第三呢？""表达。"②如此以至无穷。演说也许是这样，但是在其他方面，沉思胜过行动③。因此，一个聪明的人在孤单的时候最不孤单。

Nunquam minus solus quam cum solus. ④

著名数学家阿基米德专心致志地研究学问，连敌兵闯进来杀他都没有察觉。演说家们不要自贬身价，他们应该看到，自然给了我们两只眼睛来看、两只耳朵来听，却只给了我们一张嘴说话，然而有的人实在是口若悬河，学者们准能在他们那里找到长期苦苦寻觅的永动机。

有人赞美共和国，因为那里涌现的演说家最多，最是暴政的

---

① 威廉·沃尔什（William Walsh, 1663-1708年），诗人，蒲柏的好友。
② "有人问德冒斯尼斯，一位演说家最主要的才能是什么？他说，表情；其次呢？表情；又其次呢？表情。"——培根，《随笔》，"论勇"，水天同译
③ 译文中的"表达"和"行动"在英文中是同一个词：action。
④ 在孤单的时候最不孤单。

大敌。不过,在我看来,一个暴君好过一百个暴君。此外,演说家煽动民众的怒火,究其实,这种愤怒不过是短暂发作的疯狂。

  Ira furor brevis est.——Hor.①

法律像是蛛网,捉得住苍蝇,却让黄蜂扬长而去。但是,最高的演说艺术是深藏不露的。

  Artis est celare Artem.②

但这需要时间,我们要抓住所有机遇,不要错过任何机会,否则我们就不得不编织珀涅罗珀之网,白天纺织,夜晚拆线。因此,我注意到,在时间的前额画着一绺头发,而后脑勺却没有头发,这说明我们必须抓住时间的刘海,否则一旦错过,不能挽回③。

恕我冒昧,人类的大脑首先像是白板或蜡,在其柔软的时候,任何东西都印得上去,随着时间的流逝,慢慢变硬。最终死亡这个冷酷的暴君在我们事业的中途挡住了我们的脚步。最伟大的征服者最终为死亡所征服,从帝王至黔首,它一个也不放过。

  Mors omnibus communis.④

---

① 愤怒是一种短暂的疯狂。——贺拉斯
② 艺高者不露其艺。
③ 英国谚语。"因为(如常谚所说),机会先把前额的头发给你捉而你不捉之后,就要把秃头给你捉了。"——培根,《随笔》,"论迟延"
④ 死亡面前人人平等。

185

百川归海，无水回流。薛西斯看着自己的百万大军痛哭流涕，因为他想到，他们都将在百年内化为尘土。阿那克里翁①被葡萄核噎死了，强烈的快乐和强烈的痛苦一样能杀人。这个世界只有变化是不变的，但是柏拉图认为，如果美德穿上自己的衣服抛头露面，所有的男人都会爱上她。但是，既然如今利益统治着整个世界，人们把中庸之道弃置一边，朱庇特自己到地球上来也会受人鄙视，除非他像对待达那厄一样化作金雨。因为人们现在崇拜朝阳而非落日②。

Donec eris fœlix multos numerabis amicos.③

以上，我根据您的指示不揣冒昧，将自己暴露在这个批判时代的炮火之下。至于我是否忠于题旨，有待博学的读者诸君明鉴。但愿此举能抛砖引玉，引出高手再接再厉，更上层楼。

---

① 古希腊诗人。
② "因为拜朝日的人多过拜夕阳的人。"——培根，《随笔》，"论友谊"
③ 只要你还走运，身边就不缺朋友。

别克斯达夫文集

1708 年预言
（1708 年）

本文载明了具体的月份和日期，点出了人物的姓名，
尤其是描述了来年即将发生的大事要事。
为让英格兰人民免受粗鄙无文的年历作者之欺而作
伊萨克·别克斯达夫先生

长期以来，我一直在思考这么一个问题：占星术为何会在我国泛滥成灾。我反复琢磨，最后觉得责任不在于这门行当本身，而在于那些冒充行家的骗子们。据我所知，有几位学者认为，占星术整个是一场骗局，说什么星星能对人类的行为、思想和动机产生影响，实在是荒唐可笑。一个对此没有专门研究的人有这样的看法也不足为奇，因为他看到这么一幅景象：一小撮无耻的文

盲充当了我们和星辰之间的掮客，把这门高贵的技艺糟蹋得不成样子。他们每年都要输入一批昏话、谎话、蠢话和离题话，他们说这是从其他星球上原装进口的，其实其产地不超过他们脑袋的高度。

由于我打算在不久的将来发表长文，为这门技艺做有力的辩护，所以现在只提出这么一点，那就是古往今来许多博学之士都力挺过它，包括苏格拉底这位在我看来毫无疑问是所有异教徒中最聪明的人。那些否定这门技艺的人尽管也很有学问，但是，要么他们对此没有进行专门的研究，要么他们的研究与实际脱节，并不实用，可以说他们是犯了"安其所习，毁所不见"的通病，所以他们的证词没有多大分量。

当我看到智者们如何对这一行中的普通掮客、占星术学生、数学爱好者等人极尽嘲讽鄙视之能事的时候，我一点儿也没有感到愤怒，也不认为这是对该行当的一种伤害。我只是觉得奇怪，国内有足够财力进入议会为国效力的绅士们居然要在帕特里奇的年历中寻找当年国内外即将发生的事件，竟然不敢在他和盖布瑞①没有说明天气状况的情况下筹办打猎比赛。

如果我不能在上述两人及其同行的年历中找出一百个例子，让任何有头脑的人相信：他们连一般的语法和句法都不懂，连普通的词汇都拼不出，甚至连用简洁明了的英文写一篇序言都做不到，那么我承认，他们不仅是占星术家，还是魔术师。他们的观测和预言适合一切时代、一切国家。"本月有一位大人物将受到死亡或疾病的威胁。"这用不着看年历，读读报纸就行，年底回顾，每一个月都有那么几位重要人物撒手人寰，如果不这样倒奇怪

---

① 约翰·盖布瑞（John Gadbury，1627-1704年），英国占星家，帕特里奇的老师。

了；在这个王国里，至少有2000名重要人物，许多人已经垂垂老矣，年历作者大可以选择一年中疾病最流行的季节作为预言的日期。其次，"本月一位杰出的教士将蒙主宠召。"这样的人物大概有几百个，其中半数已经把一只脚踏到棺材里去了。再次，"某某行星出现在某某星座，说明有重大的阴谋可能会在合适的时机被揭穿。"以后要是有什么发现，占星家就获得了荣誉；如果没有，他的预言仍然屹立不倒。最后看这一条，"上帝保佑威廉王不受所有公开和秘密敌人的伤害，阿门。"如果国王正好驾崩，占星家的预言就是正确的；如果国王安然无恙，那不过是一位臣民的一片忠心。不过，不幸的是，在有的年历中，那位可怜的威廉王在死后还被祈祷了好几个月，而事实上他是在年初驾崩的。

更不消说他们那些离题万里的预言了。他们那些有关性病药物的广告与我们又有何关？他们用韵文和散文写成的关于辉格党和托利党的论争与我们又有何关？与恒星又有何关？

多年来，我目睹了千奇百怪的旁门左道，雅不欲在此一一赘述，我打算换一种表达方式，让国人一新耳目。我在过去几年中对未来做出了预测，并且把自己大部分的时间都用来进行修改和完善——在没有达到如今的满意程度之前，我是不会公开我的成果的——现在我打算将其公诸于世、垂范世人。在过去的两年里，我最多只失手了一两次，而且都是不太重要的场合。我准确无误地预言了土伦之败，所有细节分毫不差；我也预言了肖维尔元帅的死亡[①]，只是没有说对具体日期，提前了36个小时，不过，在重新检视我的体系后，很快找到了问题所在。我同样预言

[①] 1707年10月22日，英国海军元帅克劳兹利·肖维尔（Cloudesley Shovell，1650-1707年）在率领舰队回国途中，于西西里附近触礁，肖维尔及近两千名船员葬身海底，这是英国历史上最大的海难之一。

了阿尔曼萨战役①，准确到是几日几时、双方的损失以及后续的影响。我把这些预测写在纸上，打好封条，在几个月前就交给朋友保管，让他们到约定日期后拆开阅看，结果发现我的预言几乎在所有的细节上都和事实吻合，最多只有一两个极其微不足道的误差。

以下的几条预言，我原先是不打算公开的，但是在拜读若干年历后，我改变了主意。我发现这些年历都是一个套路，在此恳请读者将我们的作品进行比较。我不惮将这批预言的真伪视为衡量自己造诣高低的试金石，只要我在具体的时间上稍有一点儿闪失，帕特里奇及其同伙可以把我斥为骗子，我毫无怨言。我相信，任何人在读完本文后，至少会认为一般的年历作者不会比我更老实、更聪明。我不在黑暗中躲躲藏藏，我多少还算是个人物，我行不更名，坐不改姓，如果欺骗了大家，愿意受到世人唾骂。

有件事情不得不提，那就是我对国内的事情会谈得比较少一点儿，希望大家见谅。公开国家机密是一种很不明智的举动，可能会给自己招灾惹祸。相反，那些与政治无涉的小事，我会畅所欲言，无论是哪一方面的猜测，都会同样地精准。对于法国、佛兰德、意大利和西班牙发生的重大事件，我会毫不迟疑地用简洁明快的语言进行预测。有的事件十分重要，因为我不想自己多次算错日期，所以有必要提醒读者，我用的是英国旧历②，读者在阅

---

① 西班牙王位继承战争中的一场重要战役。1707年8月，法国和西班牙军队在阿尔曼萨战胜了英国、荷兰等国的盟军。

② 英国从1752年开始改用格里高利历，也就是如今国际通用的历法，新历和旧历差11天。

读报纸报道时要注意鉴别。

我必须多说一句。据我所知，有几位对真正的占星术持同情态度的学者认为，对于人类的行动和意愿，星星能施加影响，而不能进行强制，因此，无论我怎么按照正确的方法行事，如此信誓旦旦地宣称事件将完全按照我的预言演变，绝非明智之举。

我审慎地考虑了这一反驳，在某些场合它还是颇有几分分量的。比如，在一颗行星的影响下，人们也许会陷溺于色欲、嗔怒或贪婪，但是理性的力量可以克服这种恶劣的影响，苏格拉底正是这样的例子。但是，由于世上的大事通常植根于众人之力，很难想象他们会团结起来共同反对自己一致同意的总体规划。此外，受星星影响的许多活动和事件都不在理性所及的范围之内，比如疾病、死亡和我们通常所谓的意外，还有许多许多，就不一一细表了。

现在来说说我的预言吧，我从太阳进入白羊座开始算起（我认为这正好是一个自然年度的开始①），直到它进入天秤座或稍微往后一点儿的位置为止②（这是一年之中最繁忙的时节）。由于遇上了一些不足为外人道的困难，其余部分还没有整理完毕。不过，要再次提醒读者的是，这里只是一个示范，他日若是有暇，大家又肯捧场的话，我还会浓墨重彩地铺展开去。

我的第一条预言是件微不足道的小事，但是我还是要提一下，好让大家看看那些打着占星术旗号招摇撞骗的酒囊饭袋们对于自己的事情是何等的一无所知。此事涉及年历作者帕特里奇。

---

① 在诺曼征服后，英国的元旦是 3 月 25 日，直到 1752 年才改为 1 月 1 日。
② 旧历 3 月 10 日，太阳进入白羊座，9 月 12 日进入天秤座。

我用自己的方法考察了他天宫图中的星辰，发现他将于 3 月 29 日晚约 11 时发高烧而死，此事千真万确，建议他未雨绸缪，尽早安排后事。

4 月，许多大人物纷纷谢世。4 日，巴黎大主教、枢机主教诺阿耶逝世。11 日，安茹公爵①之子、年轻的阿斯图里亚斯王子。14 日，我国的一位大贵族将在乡间宅邸内逝世。19 日，一位在学术界享有盛誉的年迈的平信徒。23 日，伦巴第人街上的一位杰出的首饰商。要不是考虑到对读者和公众的用处不大、教益很少，我还可以说出很多国内外的噩耗。

在公共事务方面，本月 7 日，多菲内②人民不堪忍受压榨，终于揭竿而起，此事在几个月内不会平息下来。

15 日，法国东南部海岸将受到暴风雨的袭击，许多船只被毁，其中有一些还是停泊在港口里的。

19 日将成为一个著名的日子，在这一天，有一省或一国，除了一个城市以外，其余的地方都造反了，盟国一位君主的处境将因此大为改观。

和一般人的看法相左，5 月不会成为欧洲一个特别繁忙的月份，但却是十分重要的月份，因为法国皇太子③将暴得大病，在饱受尿急痛折磨后，于是月 7 日逝世。对于他的死，民间比宫廷更为悲痛。

---

① 安茹公爵腓力（1683-1746 年），路易十四之孙。1700 年，西班牙国王卡洛斯二世死后，将王位传给腓力，是为腓力五世。奥地利的查理大公不服，西班牙王位继承战争由此爆发。

② 多菲内是法国东南部的一个地区，由于路易十四对当地的新教徒进行迫害，这里的局势一直动荡不安。

③ 法国王储路易（1661-1711 年）是路易十四之子，路易十五和腓力五世之父。

9日，一位法国元帅从马上掉下来，摔断了一条腿。我还没有观测到他是否会当场毙命。

11日爆发了一场极其重要的围城战，令整个欧洲为之瞩目，此役和盟国与我国息息相关，由于众所周知的原因，我不可能说得十分详细。

15日传出一条让人大吃一惊的消息，世上再没有比这更出人意外的事情了。

19日，我国的三位贵妇人被证实怀孕，这出乎所有人的意料之外，她们的丈夫为此而欢天喜地。

23日，一位著名的剧坛小丑逝世，他死亡的方式滑稽可笑，和他的职业很相称。

6月。 本月国内发生的大事是：那帮自欺欺人、荒唐可笑的狂热分子（他们通常被叫作先知①）将作鸟兽散。他们盼来了自己预言兑现的日子，却发现与事实截然相反。一个骗子居然愚蠢得去预言近在咫尺之事，而这种西洋镜是只消等上几个月就可拆穿的，对此我们实在是惊讶不置。在这方面，一般的年历作者就比较聪明了，他们在宏观问题上打转，谈话模棱两可，让读者自己去寻思其中的含义。

1日，一名法国将军被大炮发射的流弹击中身亡。

6日，巴黎郊区发生火灾，一千多幢房屋被大火焚毁，这似乎预示着下月底将要发生的震惊整个欧洲的事情。

10日，一场重大的战役爆发，从下午4点开始，一直延续到

---

① 法国塞文山区的新教徒不堪忍受政府迫害，流亡至英国。他们自诩有特殊的能力，能够预言未来。

晚上9点，双方打得难解难分，没有一方占据明显上风。由于上文所述的原因，我不会说出战场的位置，不过双方左翼的指挥官都将阵亡。我看到了营营的火光，听到了胜利的枪声。

14日将传出法国国王驾崩的假消息。

20日，波托卡雷罗枢机主教①死于痢疾，人们非常怀疑他是中毒而亡，但是有关他不忠于卡洛斯二世并试图谋反的传言将被证明是谣言。

7月。本月6日，某位将军将光荣地洗雪前耻。

12日，一位伟大的将领在敌人的圈圈中死去。

14日，一名法国耶稣会教士给一名伟大的外国将军投毒，这一可耻的事件今日将大白于天下。在对此人严刑拷打后，人们将有惊奇的发现。

简言之，如果我可以随心所欲地描述有关细节的话，大家会明白，本月是多事之秋。

国内方面，15日，一位著名的上议院议员死于乡间的寓所，他在生前已经是风烛残年，百病缠身。

但是，让这一个月永垂不朽的还是法国国王路易十四之死，他在缠绵病榻一周后，29日晚6时许逝世于马尔里。死因似乎是胃痛风引发肚泻。三天后，夏弥拉先生中风后猝死，追随其主人而去。

本月有位大使将以同样的方式死于伦敦，不过我不能说明具体日期。

---

① 据说，卡洛斯二世之所以传位给腓力五世，是因为听取了波托卡雷罗（1635-1709年）的意见。

8月。在勃艮第公爵①的统治下，法国的局势暂时似乎没有什么变动。但是，随着那个推动整个国家机器的天才的逝去，来年必将发生天翻地覆的变化。迄今为止，新国王还没有动军队和内阁，但是有关其祖父的流言蜚语已经传遍宫廷，让他坐立不安。

我看到一名信差水陆兼程，在经历了三天的艰难旅行后，带着喜悦和惊讶的表情，于本月26日拂晓抵达目的地。晚上，我听到了钟声和枪声，看到了无数篝火。

一名贵族出身的海军元帅将于本月建立丰功伟绩，垂名竹帛。

波兰的局势在月内终于尘埃落定，奥古斯都放弃了他一段时间以来一直秉持的继承王位的要求，斯坦尼斯瓦夫和平地登基为王，瑞典国王公开表态支持皇帝②。

在这里我必须对国内发生的一件事情提上一笔：靠近月末的时候，巴肖罗缪市场一个摊位的崩塌酿成了一场大祸。

9月。月初，霜降天气不期而至，持续将近12天。

教皇腿上的肿块破裂，肌肉坏死，自上月起抱病不起，于11日逝世；在经过三周激烈的斗争后，一位帝党的主教成为继承人，他是托斯卡纳人，现年约61岁③。

法国军队此时完全处于守势，倚仗着坚固的战壕负隅顽抗，年轻的法国国王通过曼图亚公爵做出愿意缔结和约的表示，由于这是关乎我国利益的国家大事，这里就不详述了。

---

① 勃艮第公爵（1682-1712年），法国王储路易的长子。
② 1697年，萨克森选帝侯奥古斯都二世当选为波兰国王。1706年，瑞典国王查理十二世战胜波兰，迫使奥古斯都退位。这里的皇帝当指神圣罗马帝国皇帝。
③ 克雷芒十一世（1649-1721年），在西班牙王位继承战争中，起初支持腓力五世，后来又倒向查理大公即神圣罗马帝国的一边。

下面我公布最后一条预言,其神秘含义蕴藏在维吉尔的一首诗中:

Alter erit jam Tethys, & altera quœ vehat Argo Delectos Heroas.①

本月25日,这条预言的真相将大白于天下。

我对今年运势的推算到此为止。我不愿吹嘘以上就是在这一时间段内发生的所有大事,但是,凡是我记下来的都万无一失地必定会实现。也许还会有人质疑,为什么我对国内事务和我军在海外的一路凯歌语焉不详,我原本可以在这些方面大书特书、不惜笔墨的。但是执政者们英明地让民众置身于公共事务之外,我对此坚决响应,无意有半点儿冒犯。我敢冒昧地说,盟国将取得辉煌胜利,英国的海军和陆军将收获所有应得的荣誉,安妮女王陛下将身体健康、万事如意,内阁大臣们全部无病无灾。

至于我提到的具体事件,读者诸君可以自行验证,我是否与一般的占星家处于同一水平线,他们满嘴陈旧空洞的行话,歪歪扭扭地画上几笔行星,取悦庸众、祸害天下,在我看来,他们被纵容得实在是太久了。但是,一名诚实的医生不该因为有江湖郎中这种东西的存在而遭人鄙视。我还是想给自己留几分面子的,不愿因为一个玩笑而败坏自己的名声。我相信,没有哪位绅士在读完本文后会将其与天天在四处招揽生意的蹩脚文人等量齐观。

---

① "还要有提菲斯,还要有阿戈的巨舟载去英雄的精锐。"维吉尔:《牧歌》,4.34-35,杨宪益译。

我衣食无忧，不需要为了几个便士而涂鸦。所以，明智的人们，请不要急于否定这篇文章，作者怀抱着良好的目的，旨在将一项因陷入无能庸人之手而长期蒙羞的古老技艺推陈出新、发扬光大。要判定我是在欺人还是自欺，短时间内自有分晓，到时候人们再做出判断也不迟，我觉得这不是一个非常不合理的要求。我一度和别人一样，鄙夷一切星相之说，直到 1686 年，我看到一位有身份的人在本子上写到，最博学的天文学家哈雷上尉[①]向他打保票，如果 1688 年英国不发生大革命的话，他再也不相信星相可以干预人事了。从那时起，我就改变了看法，经过 18 年的勤奋研究与实践，我觉得没有理由为自己的付出而感到后悔。最后还要叨扰读者的是，我编写的来年大事记囊括了欧洲即将发生的重大事件，如果不能在国内自由出版的话，我将用拉丁文出版，在荷兰印刷，诉诸学界公断。

别克斯达夫第一号预言的实现

（1708 年）

对年历作者帕特里奇 29 日逝世情况的报道

给某位大人物的一封信

大人：

根据阁下的指示，同时也是为了满足自己的好奇心，最近几天我一直在追踪年历作者帕特里奇的情况，因为别克斯达夫先生

[①] 著名天文学家哈雷。

在大约一个月前发表的预言中说,帕特里奇将于29日晚11时许死于高烧。我在财政部供职的时候,对此人有所了解,他每年都要把他的年历送给我和别的一些绅士,以回馈我们给他的一点儿赏钱。在他过世前十天,我们邂逅过一两次,虽然听说他的朋友没有发觉他有何异常,不过我倒是注意到,他已经是形销骨立、神情憔悴。大约两三天前他生病了,一开始出不了房门,几个小时后就卧床不起,接着就打发人去请凯斯医生和柯柳斯太太[①],上门给他治病。得知这一消息后,我一天三次派仆人去打探他的身体情况,昨天下午大约4点钟的样子,消息传来,已经回天乏术了。我决心去看他,一方面是出于怜悯,另一方面,坦白说,是出于好奇。他一眼就把我认出来了,对于我的屈尊造访显得十分惊讶,他拖着病体,勉强挣扎着要向我表达谢意。他身边的人说他已经神志昏迷了一段时间,不过在我看到他的时候,他的神智一如既往地清醒,声音响亮,谈吐热忱,看上去没有丝毫拘束或压抑之感。我告诉他,我在这个悲伤的场合下来看他,心里十分难过,又说了一些场面上的话。我希望他坦率地告诉我,别克斯达夫先生发表的有关他生死的预言对他产生了多大影响,是否搅动了他的脑海波澜。他坦言,这个念头常常在他心头萦绕,但是他一直不怎么感到担心,直到大约两周前,他的心神完全为其所控制,他确信这是导致他患病的自然原因。"因为,"他说道,"我完全相信,而且完全有理由认为,别克斯达夫先生是在瞎蒙,他对今年将要发生的事情知道得不会比我多。"我对他讲,他的这番话让我很吃惊,希望他在恢复健康后能够告诉我,他是基于何种

---

① 当时伦敦的两位著名庸医。——1735年《作品集》注

理由认定别克斯达夫先生无知的。他答道:"我是一个愚昧无知的穷人,从事一个卑贱的行当,耳熏目染了它的风气,但是我有足够的智商认清,占星术的预言通通是骗人的东西,原因是显而易见的,那些有智慧、有学问的人都无一例外地嘲笑和鄙视它,而只有他们才知道这门技艺是否拥有真理;另一方面,只有那些又穷又笨的粗人才会对我们这帮几乎目不识丁的蠢材深信不疑。"我接着问他,为什么不算算自己的天宫图,看看结果是否与别克斯达夫先生的预测相符。他摇摇头说:"唉,先生,现在都什么时候了,我哪还有心思开玩笑,我是发自内心地为那些愚蠢行为感到后悔。""你这些话给我的印象是,"我说道,"你在年历上登的预言纯粹是骗人的把戏。"他答道:"如果情况不是这样的话,我担的责任要小点儿。在这些事情上我们有一个通用的模式,比如预测天气,我们自己不动手,由印刷商随意找一部老皇历,摘抄他认为合适的部分,其余的东西都是我自己编造的,为的是能有个好销路;我家里有一个老婆要养活,自己没有别的谋生本领,靠补鞋又赚不了多少钱,"他边叹气边说,"虽然奶奶留给我几贴良方,我认为,我自己配的药起码是对人无害的,但是我还是不愿从医,以免造成比占星术更大的祸害。"

我还同他谈了别的一些事情,现在记不起来了,恐怕大人您已经感到厌烦了。我只提这么一点儿,他在弥留之际说自己是一个不信国教者,有一个狂热的传道士做他的精神导师。谈了半小时的话后,我起身告辞,在一个密不通风的房间里待了这么长时间,我快要窒息了。我看他已经命在旦夕,就在附近的一家小咖啡馆里坐下,同时留下一名仆人,一旦帕特里奇有个三长两短,第一时间报我知道。不到两个小时,死讯传来,我看了看表,此时是七点零五分。显然别克斯达夫先生算错了差不多有四个小时。其他方面他都算得分毫不差。不过，他是不是这个可怜人的死因，他的预测究竟准不准，对此还可以进行讨论。不过，我们必须承认，这事十分离奇，不知是偶然的巧合，还是心理因素作用的结果。虽然没有谁比我更不相信这些东西了，但是我还是有一点儿迫不及待，同时抱有一定期待地等待别克斯达夫先生第二条预言的实现，看看诺阿耶枢机主教是否死于4月4日，如果这事再度得到验证，我必须承认，我将大吃一惊，茫然不知所措，从此一心一意期待其余预言的实现。

挽　歌
——悼传言中的帕特里奇之死
（1708年）

别克斯达夫早已经料到，
虽然人人认为这是玩笑；
还没有戳穿别氏的谎言，
帕特里奇已经彻底玩儿完。
真是奇怪，竟然没有奇观，
在占星家死后天上显现；
群星中竟没一个老相识，
在他的灵车前致以敬意？
流星日食一个也没出现？

没有彗星那燃烧的须髯?
太阳已升起又落下西山,
好像帕特里奇还在人间;
他没有躲藏在月亮后面,
把中午化作恐怖的夜晚。
他定期要从白羊座经行①,
无论如何改变地球运行;
他一年两次把赤道穿行,
仿佛没有发生此类事情。

有些才子感到疑惑不解,
占星怎么能联系上补鞋②;
帕特里奇双眼如何抬起,
离开鞋洞径直飞向天际。

补鞋匠在额头绑上衣带,
防止头发将其视线遮盖;
君主们纷纷把王冠佩戴,
显然是从这里演变而来。
因为这原因,如今的王冠,
要用金色的星光来装扮,
补鞋占星其实息息相关,

---

① 太阳在春分时穿越白羊座。
② 帕特里奇是一名补鞋匠。——原注

由此难道还不清晰可鉴?

牧夫座的脚步实在迟缓,
名不副实着实让人犯难;
帕特里奇平息所有争端,
取名靴子①与其职业相关。

从前罗马人在自己皮靴,
镶嵌着一轮弯弯的明月②,
让他们的脚趾不生鸡眼,
这正是鞋拔名字的出典;
补鞋的技艺和星空之间
何其相似乃尔由此可见。

用几何学将羊皮纸悬挂,
测气压的改进意义重大,
能像星星一样预测天气,
说到底只是一层皮而已。
在占星家的手中,羊皮纸,
做年历做鞋子全都可以。

帕特里奇以其聪明才智,

---
① 参见其年历。——原注
牧夫座(Bootes)与靴子(boots)在英文中读音相同。
② 罗马元老的鞋上镶嵌了新月形的装饰物。

一人同时身兼两种技艺；
猫头鹰与蝙蝠哪个更像，
还是后者以皮革为翅膀，
她晚上悄悄从巢穴离去，
在蜡烛的周围飞来飞去；
博学的老帕也同样这般，
趁天黑离开皮质的房间，
在幻想的天空展翅飞翔，
偷偷窥探星星闪烁光芒。

他让天上星座乱成一团，
在行星中制造争吵混乱；
为了展示他的高超手段，
他能让火星和金星翻脸；
接着叫来水星①帮忙救援，
把火星的伤口治疗复原。

伟大的学者都读过琉善，
希腊国王腓力人死气散②，
精神魂魄从此殊途异路，
每一部分踏上不同旅途；
一半化作星星飞到天界，

---

① 水星和水银在英语中是同一个词，据 Ross & Woolley，后者在当时用作治性病。
② 在琉善的对话录《梅尼普》中，腓力变成了一名鞋匠。

一半落入地狱为人补鞋。

补鞋和观星这两个行当,
帕特里奇全都闪闪放光,
他的星星当得有板有眼,
比哪一个恺撒风采有减?

你高高悬挂在天空之上,
在那里继续干你的本行。
金牛座把牛皮借了给你,
由太阳神鞣制晾干完毕;
向阿尔戈[①]旧船征收税款,
把石蜡刮下沥青的船舷;
阿里阿德涅十分地客气,
把辫发作为蜡线借给你;
人马座手中标枪的枪尖,
鬼斧神工地变成了鞋钻;
火神武尔坎受妻子哄骗,
专门为你将削皮刀锤炼。
处女座把身边空间腾挪,
为你破例分开两脚跨坐,
温柔地请你在中间落座[②],

---

① 伊阿宋寻找金羊毛时乘坐的船。
② Tibi brachia contrahet Ingens Seorpius, &c. ——原注
"熊熊燃烧的天蝎座合拢双臂,为你留出一片足够的天空。"——维吉尔,《农事诗》,1. 34—35

从此天上出现十三星座。

俯视着下界的补鞋群英,
胜利的星星他心存怜悯,
顽童撒尿在风雨的夜晚,
熄灭烛光他们有意捣乱,
透过缝隙往里吹烟吐气,
呛得工匠几乎无法呼吸。

但是休要将你的影响力
下泻于圣詹姆斯宫①那里②;
想一想对待月亮和星辰,
哪里的崇拜者最是虔诚,
占星家和傻乎乎的疯子,
穆尔菲尔兹有固定位置,
在这里表情温顺地俯首,
不敢瞟一眼一位老朋友③。

墓志铭

在五英尺深的地下,面朝上空

---

① 附近的穆尔菲尔兹有家疯人院。
② Sed nec in Arctoo sedem tibi legeris Orbe, &c. ——原注
"但是,不要在北方的天空下选择你的座位。"——卢坎,《法萨利亚》,1.53
③ Neve tuam videas obliquo sidere Romam. ——原注
"不要往下斜视你的罗马城。"——卢坎,《法萨利亚》,1.55

躺着一位补鞋匠、算命先生和江湖郎中；
他对满天的繁星充满热诚，
仰望天象，他竭尽自己所能。
哭吧，你们这些顾客，
他的药品、年历和鞋子你们曾经选择；
还有你们，到处寻求发迹的机会，
一个星期却只在他坟头踏足一回；
这片土地承载了他身体的印迹，
在这里你能找到太多的神奇，
我敢用自己的耳朵担保，
你们关心的事情它全都洞晓，
无论是疾病、被盗的物品还是爱情，
就像他在上面时一样诉说分明。

自　辩

（1709年）

驳帕特里奇先生在1709年年历中提出的反对意见

伊萨克·别克斯达夫先生

近日，帕特里奇先生在所谓的今年年历中对我的态度十分粗暴。这种举止出现在绅士之间并不体面，也无助于发现真理，而这应该成为所有学术争论的最终目的。仅仅因为一个人在哲学的观点上有分歧，就称其为傻瓜、混蛋、无耻之徒，依笔者拙见，对于一个受过教育的人来说是非常有失身份的。我吁请学术界做出公断，我在去年所做的预言是否只是一种最无关痛痒的冒犯，完全不值得如此大张旗鼓地进行还击。在任何一个时代，哲学家之间都有争论，但是，最审慎的哲学家在争论中永远保持哲人风度。在学者的争鸣中，谩骂和激情完全于事无补，充其量不过是默认自己理亏。我所关心的，与其说是我自己的名誉，不如说是文坛的名誉，帕特里奇先生打击我是假，打击文坛才是真。如果一个具有公共精神的人要为自己的聪明才智而受到无礼的对待，那么真正有用的知识怎么还会涌现出来呢？希望帕特里奇先生能够明白，外国大学对于他的狭隘行为很有看法，我担心对他的名誉会有所妨碍，所以不愿将其公诸于众。妒忌和傲慢，毁掉了国内多少天才的大好前程，而国外的教授却对它们一无所知。为了给自己申辩，请原谅我虚荣地告诉读者，我收到了来自欧洲各地的贺信（有的来自莫斯科公国这样遥远的地方），对我的成绩交口称赞。据我获得的可靠消息，有几封信在邮局被拆开，再也不会到我手中。葡萄牙宗教裁判所要焚烧我的预言，谴责其作者和读者[1]；但是我想我能借此表明，学术当下在那个王国沦落到何等凄惨的境地。怀着对国王们的崇高敬意，我要冒昧地说，这事和葡萄牙国王陛下有那么一点儿关系，他插手保护了一位学者和一位绅士，他们俩人所属的那个国家已经与他结成了紧密的同盟关系[2]。不过，其他欧洲国家对我更加坦率、更加大度。国外寄给我的拉丁文信函能出一本书——如果允许我出版的话，让帕特里

---

[1] 时任葡萄牙大使的保罗·梅休因爵士告诉作者，这是事实。——1735年《作品集》注
[2] 英国和葡萄牙在西班牙王位继承战争中是盟国。

奇先生及其在葡萄牙宗教裁判所的同伙望尘兴叹、无计可施；顺便说一句，他们是我的预言书在国内外唯一的敌人。我希望自己能更好地了解，在这样微妙的场合，怎样才能维护学术信件的尊严于不坠。不过，其中的一些杰出人士也许会原谅我为了给自己辩护而在此引用其中的一两个段落[①]。最有学问的莱布尼兹先生在写给我的第三封信中说"Illustrissimo Bickerstaffio Astrologioe Instauratori（致最杰出的别克斯达夫，占星术的复兴者）"等等。勒·克莱尔[②]先生在去年发表的一篇文章中引用了我的预言，他高兴地说："Ità nuperimè Bickerstaffius, magnum illud Angliœ sidus.（英格兰巨星别克斯达夫最近这样写道）"另一位大教授写下了这些话：

"Bickerstaffius, nobilis Anglus, Astrologorum hujusce Seculi facilè Princeps.（伟大的英国人别克斯达夫，当今占星术第一人）"马利亚贝基[③]先生（那位大公著名的图书管理员）的信，几乎通篇都是赞美和颂扬的文字。诚然，那位著名的乌特勒支天文学教授似乎在某一个条目上和我有分歧，但是他的谦和态度符合哲学家的身份，正如"Pace tanti viri dixerim"（尽管那位伟人不同意，我还是要说）：在第 55 页上，他似乎将那个错误归咎于印刷商（事实如此），他还说"Vel forsan error Typographi, cum alioquin Bickerstaffius vir doctissimus（也许这是印刷商的错误，否则别克斯达夫，那位最渊博的人）"，云云。

---

① 这里插入的引文是在模仿本特利博士和查尔斯·波义耳先生（后来的奥雷里伯爵）之间的著名争论。——1735 年《作品集》注

② 让·勒·克莱尔（Jean Le Clerc，1657-1736 年），瑞士神学家。

③ 马利亚贝基（Antonio Magliabechi，1633-1714 年），佛罗伦萨藏书家，学者，曾任托斯卡纳大公科西莫三世的图书管理员。

如果帕特里奇先生在我们这场争论中仿效这种做法，可能我就不需要以这样的方式来公开为自己辩护了。我相信，没有几个人比我更愿意承认自己的错误，也没有什么人比我更感激那些当面指出我错误的人。看来这位绅士对于自己行业的发展非但不予以鼓励，反而视其为对自己领地的入侵。除了有关他自己的一条外，他对我的预言并没有提出任何异议，这一手确实高明。为了说明人们在多大程度上为自己的偏见所欺，我在这里郑重地告诉读者，他是唯一向我提出反对意见的人，光凭这一点就足以消解其论点的分量。

我竭尽全力，只发现两条意见认为我去年的预言有误。第一条是一个法国人提出来的，他向世人宣告，诺阿耶枢机主教还活着，别克斯达夫先生的预言纯属胡扯。可是，一方面是一个法国人，一个天主教徒，一个敌人，另一方面是一位对政府忠心耿耿的英国新教徒，前者的话在多大程度上是可信的，这个问题留给公正无私的读者来回答。

另一条反对意见就是本文涉及的这桩不愉快的事情了，因为在我的预言中有这么一条，说的是帕特里奇将于1708年3月29日逝世。对此他在今年的年历中断然予以否定，其态度诚然如我上文所述，是很不绅士的（请原谅我使用这一表述）。他斩钉截铁地说，他不但现在还活着，在我预言他已经一命呜呼的3月29日同样还活着。这就是目前我们争论的主题，我要用最简洁明了、中正平和的方式来处理这一问题。我感到，这场争论不但吸引了英国人的目光，整个欧洲的目光都投注了过来；我毫不怀疑，各国的学者觉得哪一方最合乎理性、最接近真相，就会选择加入哪一方的阵营。

我唯一的任务是证明帕特里奇先生已经不在人世，至于他的死亡时刻这里就不做考证了。第一，有一千多位绅士购买了他的年历，结果发现他老是针对我喋喋不休；每读完一行，他们就抬起眼睛，又好气又好笑地高声叫道：他们确信，没有一个活人写得出这样拙劣的东西。我从来没有发现这一观点受到过质疑。所以帕特里奇陷入一个两难的境地，要么否认此年历系自己所作，要么承认自己不是"活人"。但是，如果有一具行尸走肉在四处走动，并自称是帕特里奇，别克斯达夫先生并不认为自己对此应负任何责任。而这具行尸走肉也没有权利殴打那个碰巧路过，口喊"帕特里奇医生死亡真相全记录"的可怜男孩。

第二，帕特里奇先生自称能算命，能找回被窃的物品。教区的所有居民都说，他一定跟妖魔鬼怪说过话，而没有一位聪明人会承认自己能与它们单独交谈，除非死后。

第三，我将证明他已经死了，依据是他今年的年历以及他企图让我们相信他还活着的那个段落。他说，他不仅现在活着，就是在我预言他将死亡的3月29日也还活着。他在此表明了自己的观点：一个在一年前已经死去的人现在还可以活着。这确实是诡辩。他不敢断言，自从3月29日以来他一直活着，而只是说他现在活着，在那一天也活着。我姑且承认后者，因为从公开出版的写给一位贵族的信中叙述的情况来看，他直到晚上才咽了气，至于后来他有没有复活，世人自有公断。这确实是一次完美的挑剔，我羞于在此再作纠缠。

第四，我要问帕特里奇先生自己，我会粗枝大叶到把预言中唯一所谓的错误放在篇首的地步吗？况且此事发生在国内，我有很多机会确保自己准确无误。此外，这必定便宜了一个具有帕特里奇先生这般才智与学识之人，而把自己置于不利的境地；如果他还能指出我预言中的一个不实之处，一定不会心慈手软的。

我在这里顺便要批评一下上文提到的那位给某贵族写信的人，他在信中描述了帕特里奇先生死亡的情况，指责我弄错了四个小时。必须承认，这一批评的口气是那么的有把握，涉及的事情与我有那样的密切关系，又是出自于那样严肃而睿智的作者之手，对我的震动委实不小。尽管那时我不在城中，但有几位好奇心重的朋友对事情经过了如指掌（我自己对此毫不怀疑，所以从来没有想过这事），他们说我的误差在半小时之内；这不是什么大不了的错误，对此人们不应大惊小怪（这是我个人的看法）。我只说这么一点：如果那位作者以后对于别人以及自己的名誉更爱护一点，那可不是什么坏事。最好以后没有这种错误，如果有，他可以同样毫不客气地向我指出来。

还有一种反对意见指出，帕特里奇先生仍然在写年历，虽然这种声音不大，但我有时也能听到。不过，这是这一行的惯例，盖布瑞、可怜的罗宾、达夫、温[1]等人年年都出新年历，尽管其中有几位在革命前就已经逝世了。我认为其自然的原因是，其他的作家都拥有不朽的特权，年历作家却唯独被排斥在外，因为他们的文章只讲今时今日之事，时过境迁就没有用处了。有鉴于此，"时间"（他们是它的记录人）授予他们继承权，让他们在死后还能继续出版作品。

如果不是因为有那么几个人擅自使用了我的名字，我本来不

---

[1] 出版年历要有书商行会成员的王室特许状，所以常常借用已故占星家的名义，盖布瑞、可怜的罗宾都是这类例子。

会写这篇《自辩》打扰公众、麻烦自己。有一个人在几天前以我的名义发表了一批新的预言[①]。我认为这是十分严肃的事情，可不能随便闹着玩儿的。为了这些研究成果，我焚膏继晷，夜观天象，初衷是要献给高层，供其决策参考，如今却被小商小贩们沿街叫卖，此情此景真让我痛彻心肺。这使得世人一开始就形成了莫大的偏见，有几位朋友竟然问我是不是在开玩笑。我冷冷地回答，让事实说话吧。把最重要的东西变成笑话，这是我们的时代、我们的国家所具有的一种天赋。到了年底，我所有的预言都得到了验证，这时帕特里奇先生的年历出现了，在他死亡的问题上纠缠不清；我只好像一位将军，面对着被巫师施法复活的敌人，无奈地将其再次杀死。如果帕特里奇先生在自己身上进行同样的实验，然后又活了过来，他可以一直这么做下去，这与我的预言毫无抵触。不过我想，我已经无可辩驳地证明了，他死亡的时间与我的预言最多只差半个小时，而不是前述的那位作者在给一位贵族的信中所说的提前了四个小时，此人居心不良，将这么一个大错归咎于我，意在破坏我的名誉。

[①]《1708年预言续篇》，署名也是别克斯达夫。

论在当前形势下在英格兰废除基督教将带来一些不便，可能不会产生拟议中的诸多好处

（1708年）

我非常明白，与世间的主流观点进行辩论，实属螳臂当车、自不量力。我还记得，曾几何时，不管是在文章里、讲话中还是打赌时，人们都不能说联合王国的坏话，否则将受到重罚；此举虽然尚未经国会授权确认①，但是天经地义，旨在维护公众与出版的自由。因为这被看作是企图与人民作对，不但十分愚蠢，更公然违反了那条基本法：多数人的意见就是上帝的声音。同理，如今各派势力似乎都一致同意废除基督教——关于这一点我们可以从他们的行动、语言、著作中看出端详，在这个节骨眼上论证废除基督教之不可行，也许既不安全，也不明智。不过，我也不明白为什么，不知是假装清高，还是人格变态，反正就是这样糟糕：我不能完全同意这种看法。尽管我确信检察总长已下令立即对我进行起诉，我仍要坦言相告，在当前的国内外形势下，我看

---

① 1708年，英国制定法律，禁止国民拿英格兰与苏格兰的合并来打赌。

不出有消灭基督教的必要。

这一吊诡着实厉害,连我们这个智慧而吊诡的时代恐怕都要为之舌挢不下。因此我在处理这一问题时将十二万分的小心,对于持不同态度的博大精深的多数致以最高的敬意。

然而,好奇的人们也许会注意到,一个国家的天才会轻易地在时代的中途改弦更张。有怪人以肯定的语气告诉我,一个观点还在他们脑海中挥之不去,相反的观点已经甚嚣尘上、风行一时了。到某个时候,废除基督教的计划将显得标新立异、荒谬绝伦,就好像此刻撰文为其辩护一样。

坦白地说,所有表面的情况都对我不利。福音书重演了其他体系的命运,基本上已经过时和废弃,最后还信奉它的普罗大众,现在也和精英们一样以它为耻了。观念和时尚一样,总是从上流社会下降到中层,再降到底层,最后在那里被抛弃,从此销声匿迹。

为了避免误会,我在这里要冒昧地借用对方的作家做的一个区分,即名义上信仰三位一体的人和真正信仰三位一体的人。但愿没有读者把我想象成一个不着边际的人,竟然要为真正的基督教辩护,幻想古代的精神(如果我们可以相信那时的作者的话)能影响到人们的信念和行动。恢复古代的教会,着实是一项荒唐的工程,它意味着动摇国本,一举消灭国内所有的才子和一半的学者,彻底打乱社会秩序,废弃贸易,消灭艺术、科学及其教授们;总之,要把宫廷、交易所和商店变成荒漠,其荒谬程度和贺拉斯的建议不相上下:为了改造腐化奢靡的民风,他建议罗马人集体离开自己的城市,在某个遥远的地方择址定都。

因此,我认为这种小心谨慎完全是不必要的(我是为了防止有人吹毛求疵才插上这么一笔），我撰文的唯一目的是保护名义上的基督教，另外一种基督教因为完全不适应于如今的财富和权力制度而被公意束之高阁，每一位公正的读者对此都应当一目了然。

但是，为什么我们要抛弃基督徒的名头呢，虽然主流的观点和态度对此十分积极，我还是要承认，恕我才疏学浅，看不出此举有何必要。不过，既然该计划的支持者提出它对国家有那么大的好处，对于基督教制度提出了那么多似乎言之成理的批评，我就对这二者做一个简要的评估，尽量肯定其合理之处，接着做出我认为最合理的回答，然后说明在当前形势下这一创新可能带来的不便。

首先，据说废除基督教的一大好处是，它将极其有力地扩大和巩固信仰自由，这是我民族的一大堡垒，也是新教的一大堡垒，只是目前仍然在很大程度上受制于教士的权术，更不用说所有良好的立法意图了，正如最近的一个残酷的例子所示。据可靠消息，两位前程远大、才智过人、见解深刻的年轻绅士，毫不假借于学问，全凭自己天生的才具，彻底考察了事情的来龙去脉，发现世上原来没有上帝。他们为了公众的福祉，慷慨地公布了这个观点。前些日子，他们因为渎神而遭到革职的处分，根据的是某部不知为何物的法律[①]，判决之严厉前所未见。正如人们观察的那样，一旦迫害开始运作，没有人知道它会走多远，哪里才是它的尽头。

[①] 这里指的是1698年的《反渎神法》，严厉惩罚那些公开反对三位一体学说、质疑基督教和《圣经》权威的人士。

下面我就班门弄斧地回答这个问题。在我看来，这恰恰说明名义上的宗教不可一日或缺。大才子喜欢在最高级的话题上畅所欲言，如果不给他们一个神明，供其谩骂或摒弃，他们会斥贵人、骂政府，对内阁品头论足。没人会否认这样的害处更大，正如提贝里乌斯所言，Deorum offensa Diis curœ（对神的伤害是神的事情[①]）。至于上文所述的具体事件，我觉得只举一个例子是不公正的，也许就找不到第二个例子了。然而（让所有对迫害可能比较敏感的人感到安慰的是）我们知道，在大大小小的咖啡馆、酒馆，以及所有高朋满座的场合，渎神的言论随处可闻。必须承认，诚然，仅仅因为渎神而将一位生来自由的英格兰军官革职，这种行为最客气地说也是大有专制之嫌。为这位将军没什么好辩护的，也许他担心此举会冒犯盟国[②]，因为我们知道，信仰上帝是该国的风俗。但是，如果他像有些人那样，依据一个错误的原则辩称，一个发表了渎神言论的军官，也许有朝一日会叛变，这一推论无论如何是不可接受的。因为英国的指挥官多半是指挥不动军队的，士兵对自己的长官并无畏惧和敬意，就像他们对待上帝一样。

另一条针对福音制度的反对意见是，自由思想家和那些摆脱了通常攀附在优质教育上的偏见的人实在难于接受这种强制的信仰。我的回答是，人们在质疑民族智慧时要小心谨慎。难道不是人人都有权相信任何他愿意相信的东西，在任何他觉得合适的时候将其公之于世（尤其是在可以加强正派力量的时候）？哪个中

[①] 塔西陀：《编年史》，1.73。意思是说神自己会进行报复的。
[②] 西班牙王位继承战争中的反法联盟。

立的外国人在读到阿斯吉、廷德尔、托兰德、考尔德[①]以及其他四十人近来写的华而不实的东西后，会以为福音书是我们信仰的指南并且得到议会确认了呢？有谁相信或者说他相信，或者希望被人认为他说他相信，其中的只言片语呢？谁因此而受到歧视，在谋求文职或军职时，因为没有名义的信仰，而遇到了麻烦呢？即使有一两条针对他的沉睡的旧法条[②]，现在不也已经废弃不用，如果恩普森和达德利[③]复生将毫无砍头之虞了吗？

同样，有人极力主张，据计算在这个王国里有一万多名牧师，他们和主教大人的收入加在一起，足够供养起码两百名青年绅士。他们是思想自由的风流才子，反对教士弄权、偏狭的原则、卖弄学问和各种偏见，他们将为朝廷和城市增光添彩。而且，大批身体健壮的神职人员大可以去充实海陆军的力量。这个意见看上去颇有几分分量，但是，另一方面，还有几个问题值得深思。首先，是否有必要在某些地方（类似于我们所谓的教区）至少安排一个具有读写能力的人。这个计算似乎是错误的，按照目前这样讲究的生活方式，让他们靠租金过上——用现在的说法是——舒服的生活，岛内教会的总收入养不起两百名青年绅士，甚至这个数的一半都不行。在这个计划的背后还有一个更大的麻烦，我们要当心女人的愚蠢，她们杀死了每天早晨下一个金蛋的母鸡。我们的风流才子们在挥霍完自己的精力、健康和财产后，

[①] 约翰·阿斯吉（1659—1738 年）、马修·廷德尔（1657—1733 年）、约翰·托兰德（1670—1722 年）、威廉·考尔德（1657—1725 年）都是异端思想家、自然神论者。

[②]《宣誓法》等。

[③] 1510 年，亨利八世上台后为了收买人心，用过时的法条将前朝的两位大臣理查德·恩普森和埃德蒙·达德利判处死刑。企鹅版的注解认为，恩普森和达德利利用旧法条为国家敛财。

被迫通过不如意的婚姻来弥补自己的财政赤字,将腐朽和文雅传给后代。如果我们别无选择地只能接受他们花天酒地后的成果,在这种情况下,试问下一代的人种会变成什么样子呢?在亨利八世的英明统治下,一万人被迫节制饮食、适当锻炼,他们是唯一能再造我们这个种族的人,要是没有他们,再过一两代人,这个国家要变成一所大医院了①。

废除基督教的另外一个好处据说是一周能多出一天,这一天现在是完全浪费了,并由此减少了我国七分之一的贸易、商业和娱乐。此外,还有落入僧侣手中的许多庄严雄伟的建筑,它们原本是可以改建成剧场、交易所、市场、集体宿舍及其他公共建筑。

请原谅我说一句重话:这是十足的挑剔。我承认,不知从何时开始形成了一种古老的风俗,每个星期天人们都聚集在教堂里,商店常常打烊,据说是为了保存古代实践的记忆,但是我难以想象,这怎么就妨碍了商业或娱乐。如果那些浪荡子们每周有一天被迫在家中而不是在巧克力屋②里赌博,情况又会如何?酒馆和咖啡屋不还在正常营业吗?还有比这更方便吃药的时候吗?在星期天患上的淋病难道比平常日子少吗?商人们算账、律师们准备辩护状,大体不都在这一天吗?我想知道,怎么能说教堂没有发挥作用呢?哪里的男女幽会比这里还多?在哪里的包厢抛头露面要比在这里更需要精心打扮,更要在服饰上胜人一筹呢?哪里的商业会议比这里还多?哪里做成的生意超过这里?还有哪个地方比这里更方便睡觉,更让人想睡觉?

① 亨利八世没收天主教的财产,转赠俗人。斯威夫特对此颇为不满。
② 当时的赌场。

迄今为止，废除基督教这个建议最大的好处是：它将彻底消灭党派，一举捣毁高教会和低教会、辉格党和托利党、长老派和国教之间的区分，他们在公共活动中互相掣肘，把损人利己放在了最重要的国家利益之前。

我承认，如果这一办法确实能给国家带来这么巨大的利益，我也无话可说，只好同意。但是，难道有人认为，如果议会通过法案，把卖淫、饮酒、欺骗、撒谎、偷窃之类的词语从英语会话和词典中通通清除出去，第二天早上我们醒来，就会变得贞洁、节制、诚实、正直和热爱真理了吗？这样的结果难道是可能的吗？如果医生禁止我们讲瘟疫、痛风、风湿、结石，这一招数能和俯拾皆是的护符一样消灭疾病吗？党同伐异植根人心之深、建立原则之坚，难道不如那些袭自宗教的词汇吗？我们的语言竟然如此贫乏，以至于我们没有其他方式来表述同样的意思吗？难道忌妒、傲慢、贪婪和野心不会给它们的主人起别的称呼吗？黑盗客和马穆鲁克，满清官吏和帕夏①等词语造出来的目的，难道不是为了把那些已经进入内阁的同那些想进内阁而进不了的人区分开来吗？打个比方，不管那个纪念碑②是否有危险，不用教会一词，改变一下语气，照样成为政治问题，难道还有比这更容易的事情吗？一切只是因为我们离宗教很近，相关词汇可以随手拈来，难道我们的创造力就贫乏到非此不可的地步了吗？为了论证方便，让我们假定托利党爱玛格丽特，辉格党爱托夫茨夫人，骑

---

① 黑盗客原指奥斯曼帝国时代的土匪，转指匈牙利等国贵族的卫士或侍从。马穆鲁克原来是高加索的奴隶，后来成为中世纪埃及的军事贵族。帕夏是奥斯曼帝国的高官。

② 英国建筑师克里斯托弗·雷恩设计的1666年伦敦大火纪念碑，碑文将大火归咎于天主教徒。1831年这段文字被抹去。

墙派爱瓦伦蒂尼①，玛格丽特派、托夫茨派、瓦伦蒂尼派不就成为区分它们的标志吗？绿党和蓝党②是意大利最彪悍好斗的两派人马——如果我没记错的话——起初是用丝带的颜色来区分敌我的，我们也可以非常优雅地使用蓝、绿两色，将宫廷、议会与王国一分为二，和从宗教搬来的任何绝妙好辞一样有效。因此，我认为这一条反对意见站不住脚，或者说该建议的这一巨大好处几乎不可能实现。

还有一种反对意见认为，允许一帮人（更不用说雇佣他们）在七天之中用一天的时间，斥责人们常用的追求伟大、财富、快乐（它们是所有活人在其余六天的永恒实践）的手段的合法性，这一风俗极其荒唐可笑。不过，我觉得这种批评有点儿配不上我们这个有教养的时代。让我们平心静气地讨论这个问题。请所有文明的自由思想家扪心自问，在努力满足横亘于胸中的激情时，如果有触及禁区之感，是否给他以很大的刺激。我们看到，为了培养这种品味，我国的有识之士特地给女士安排了被禁的绸缎③，给男士被禁的美酒。真心希望再禁点儿别的什么东西，从而给市民增加快乐。据说，由于没有这种娱乐措施，他们垂头丧气，日渐消沉，越发戾气乖张了。

又有人提出，此举对公众还有一大好处：一旦我们抛弃了福音制度，当然也就永远地驱逐了所有的宗教，同时也带走了教育

---

① 玛格丽特、托夫茨夫人、瓦伦蒂尼都是著名歌手，前两位是女歌手，最后一位是阉人歌手。

② 罗马以及后来的拜占庭都流行赛车运动，市民因为支持的选手不同而形成绿党和蓝党之分，后来演变成两个政治派别，经常发生流血冲突，甚至升级成内战。

③ 由于战争的原因，英国禁止从法国进口丝绸。

灌输的可怕偏见；这些偏见以美德、良心、荣誉、正义之类的名义打扰了人心的宁静，我们单凭理性和自由思想，有时候穷尽一生的光阴也难以祛除之。

我发现，一旦世人喜欢上了一个词，即使最初产生那个词的场合已经消逝不见，也很难让它走入历史。多年前，如果一个人的鼻子不招人待见，那个时代高深莫测的思想家会用这样那样的办法将其归咎为教育灌输的偏见。据说由此衍生出我们所有有关正义、虔诚、爱国的愚蠢概念，我们所有有关上帝、末世、天堂、地狱等的观点。这一指责在过去或许还有点儿道理。但是，从那以来，随着教育方式的彻底变革，那些偏见已经被有效地清除了，（我荣幸地向我们有教养的创新者们指出）现在登上历史舞台的年轻绅士们似乎丝毫未受这种灌输，全然没有这类羁绊，因此以这个借口来废除名义上的基督教可以休矣。

这里可能有一处争议，即一概禁绝宗教的概念是否会给底层百姓造成不便。有人曾经认为宗教是政客们的发明，旨在利用看不见的力量威吓底层百姓。除非人类发生了根本改变，否则我完全不能同意这种观点。在我看来，我们英格兰人大部分是自由思想家，也就是说，是坚定的不信教者，这一点和任何高层人士一般无二。不过，我认为个别关于某种超级力量的概念在普通人那里可以派上特定的用场，比如在小孩子发脾气的时候，它可以提供让他们保持安静的好材料。还有，在无聊的冬季夜晚，它可以提供有趣的话题。

最后，人们提出，废除基督教有一个独一无二的好处：它将大大地推动新教徒之间的团结，放宽教派的范围，将各类不信国教的人士兼收并蓄，现在他们仅仅由于几项各方都承认无关宏旨的仪式而被排除在外。单凭这一点就足以达成兼收并蓄的伟大目标，即打开高贵的大门，让所有的人都能进来；相比之下，与不信国教者的讨价还价，在这个那个仪式上躲躲闪闪，则好比是打开旁边的小门，让他们彼此倾轧，一次只能进来一人，而且还得俯下身子，侧着身子往里挤。

对此，我的回答是：人类有一种可爱的心灵取向，常常冒充宗教的支持者，尽管她既不是它的母亲，也不是它的祖母，更不是它的朋友。我指的是斗争精神，它的历史比基督教古老得多，没有它也能毫不费力地独立存在。比如，看看宗派斗争包含哪些方面，我们会发现，其中根本就没基督教什么事。福音书在哪里规定了古板呆滞的表情，僵硬刻板的步态，乖僻陆离的风俗习惯，以及矫揉造作、有悖常人的语言方式？在要紧关头，要不是基督教挺身而出，打出它的旗号，转移这些性情的话，它们必将触犯国家法律，破坏公共和平。每个国家都分到了一部分热情，如果没有合适的对象供其发泄，会把一切付之一炬。如果只要扔出去几样仪式供人们吞噬，就能换来国家的安宁，任何一个明智之人都不会拒绝这样的买卖。让恶狗们去和装满干草的羊皮玩耍吧，只要这能让它们不去打扰羊群。国外的修道院制度看来是有一点大智慧的，在人类的激情中，极少有不能通过这些地方得到排遣的畸形之处，沉思的、忧郁的、骄傲的、沉默的、精明的、乖僻的，都可以在这里消磨时光、挥发毒素。为了让他们保持安静，我们这座岛屿要给他们每一个人提供一个宗教派别。一旦基督教遭到废除，立法机构必须想出其他的招数，不让他们闲着。因为，不管你开的门有多大，如果总有一批人以不进门为荣，那又有什么意义呢？

我们就这样探讨了反对基督教的最重要的理由和废除基督教的最主要的好处，现在我将像以前一样，不揣浅陋，谈谈废除福音后可能产生的几条不便之处，提出计划的人也许对此没有引起足够的重视。

首先，我非常明白，看着大量不堪入目的教区牧师拖着又脏又湿的裤子，挡住了自己的道路，那些风流才子们是多么的埋怨和震惊。可是这些英明的改革家们并没有想到，这同时也给大才子们源源不断地提供了嘲笑和蔑视的对象，锤炼和改进他们的才华，不至于把脾气撒在别人或者自己身上，这是多大的好处和福气啊，尤其是此举对他们不会造成任何危险。

再讲一个同样性质的论点：在废除了基督教以后，自由的思想家、口若悬河的辩手和学富五车的学者，到哪里去找像这样各方面都是为他们量身打造的主题，又怎样一展他们的才华呢？我们将失去何等精彩的作品（这些才子通过不断的实践，将其天赋完全贯注于对宗教的戏弄和抨击，换作其他任何一个主题，他们都没了用武之地）？我们每天都在抱怨才情的衰落，现在还要拿走最大的，也许是唯一剩下的话题吗？要不是基督教提供了近在手边、用之不竭的材料，谁会猜测阿斯吉是一名才子，托兰德是一位哲学家呢？放眼一切技艺和自然，还有哪个主题能让廷德尔变成一位深刻的作家，给他带来读者呢？成就作家的唯有精心选择主题这一条而已。即使有一百个这样的文人站在宗教一边写文章，也会立即遭到冷落，被人遗忘。

废除基督教也许会使教会陷入险境，或者至少让议会面临再次举行信任投票的麻烦①,我既不认为这完全是无稽之谈,也不认为我的担心纯粹是臆想。我希望自己没有被误解,我绝不敢主张或认为教会目前或者说在现在的形势下还处于险境。但是我们不知道,在废除基督教后,危险多久就会来到。这个计划表面上看颇有几分道理,在其背后也许隐匿着一个凶险的图谋。无神论者、自然神论者、苏西尼派②、反三位一体论者以及其他各派自由思想者,这些最臭名昭著的家伙对当前的基督教体制都兴味索然;他们公开鼓吹废止《宣誓法》,他们对于仪式满不在乎,他们也不认为主教制是神法。因此,这也许是一个狡猾的步骤,目的是改变国教的原则,用长老会取而代之,这个问题留给执政者去深思吧。

最后,我认为最彰明较著的莫过于:这一措施将使我们迎头撞上我们最想避免的恶果,废除基督教将是引入天主教最快捷的方式。我更加倾向于这个观点,因为我们知道,耶稣会一直在派遣间谍,冒充几大主流宗派的成员,打入我们内部。根据记载,他们在不同的时期,曾经伪装成长老会教徒、再洗礼派教徒、独立派教徒、贵格会教徒,哪个的声势大就扮哪个。既然风尚已经转到了揭批宗教,不会没有教皇的间谍混入自由思想家之中的。在这些自由思想家中,反基督教大预言家托兰德是一位爱尔兰教士,一位爱尔兰教士的儿子,一位顶顶博学、最最机智的作者,《教会的权利》一书的作者,在一个适当的时机与罗马的信仰实现了和解,书中有上百个段落表明他仍然是其真正的成员。也许

---

① 1701年的《王位继承法》规定,只有新教徒才能继承英格兰王位。
② 苏西尼派(Socinian),起源于16世纪的意大利的教派,否定三位一体和基督的神性。

我应该再举几个例子，不过，事实真相不容置疑，他们演绎的逻辑是正确的：假定基督教覆灭了，除非人们找到新的信仰，否则他们会坐立不安，这必定会产生迷信，以天主教复活收场。

虽然我苦口婆心地说了这么多，如果人们仍然认为必须立法驱逐基督教，请允许我提出一项修正案，我们不用基督教这个词，改用比较笼统的宗教一词代替之，我觉得它能更好地实现计划者怀抱的所有良好目的。因为只要我们还保留上帝与天意，自有好事者会从这些约定中推导出全部的必然结论。在这种情况下，我们虽然非常成功地消灭了当今的基督教，但是我们没有斩草除根、永绝后患。如果思想自由不能产生行动自由，它还有什么用呢？所有针对基督教的异议，不管在表面上多么千差万别，最后的目的不都是为了实现行动自由吗？自由思想者把它视为一座大厦，所有的部分互相依存，只要抽出一根钉子，整个建筑就会轰然倒地。有人曾经做了一个有趣的表述，他听说有一篇证明三位一体的文本，此文在古代抄本中另有一个版本，立即心领神会，电光石火间完成了一长串的复合三段论，非常合乎逻辑地得出结论：要是像你说的那样，我可以花天酒地，牧师其奈我何？这样的例子信手拈来，不胜枚举，事情的真相至为明显，这场争论针对的不是基督教任何具体的难点问题，而是宗教的整体，由于后者对人性施加了约束，被认为是思想自由和行动自由的大敌。

总之，如果人们依然认为，从教会和国家利益出发要废除基督教，我认为此事宜拖至和平时期施行，不要在这一关口开罪盟国，他们都是基督徒，其中有很多人受教育灌输的偏见的影响，头脑顽固，竟然对这个称号还抱有几分骄傲。如果他们抛弃了我们，我们就要去找土耳其结盟，那我们就大错特错了。因为土耳

225

其地域辽远，一直在和波斯皇帝作战，所以其人民对于我们不信奉宗教这件事会比我们的基督教邻邦更加反感。土耳其人不仅严格遵守宗教规范，更糟的是，他们信仰一神教，这个要求实在太高，我们够不上，即使我们还保留基督教的名义也还不行。

总之，不管有些人认为这一心爱的计划会给商业带来什么好处，我非常担心，在通过废除基督教的法案六个月后，英格兰银行和东印度公司的股价会下跌至少一个百分点。因为只需要这个数字的五十分之一，就足以让我们这个时代的智者认为值得把基督教保存下来，所以我们没有理由仅仅为了消灭它而承担这么巨大的损失。

布商的信

第一封信
致爱尔兰的商人、店主、农民和普通民众

（1724年）

兄弟们、朋友们、乡亲们、同胞们：

  我现在要同你们讲的事情，仅次于你们对上帝负有的义务以及对自身拯救的关切，与你们及你们的子女有着最切身的关系，你们的衣食以及一切生活必需品都完全取决于此。所以我抱着最诚恳的态度劝告你们，作为人、作为基督徒、作为父母、作为爱国者，你们要极其认真地读这篇文章，或者让别人读给你听。为了降低你们的费用，我已经让印刷商以最低的价格来出售①。

  你们很多人会犯一个很大的错误：当一个人只是为了你们的

---

① 2先令可买36份，斯威夫特承担了印刷成本。

利益而从事写作的时候,你们却不肯花力气阅读他的建议。一册书可供十二个人使用,每人需承担的费用算下来还不到四分之一便士。你们中即使是最聪明的人也不考虑共同的或者普遍的利益,你们既不知道,也不追究,更不关心谁是你们的朋友,谁是你们的敌人——你们这样做是愚蠢的。

大约四年前,有人写了一本小书,建议所有人都穿我们亲爱祖国的产品。该书没有别的企图,没有说半句对国王、议会或任何人不敬的话,然而可怜的印刷商却被穷追猛打地起诉了两年,连陪审团里的几位纺织工人——该书正是为他们而写的——也认定他有罪[①]。这足以让任何想为你们谋福利的人望而却步,你们不是对他漠不关心,就是在他的伤口上撒盐,而他能得到的只是危险、罚款、囹圄,也许还会蒙受灭顶之灾。

然而,我还是要再一次地提醒你们,如果你们不做自己该做的事,马上将大难临头。

我将首先告诉你们事情的简单经过,然后告诉你们,如何凭着普通的智慧,根据国家的法律,采取行动。

事实是这样的:我国已经多年未铸造半便士和四分之一便士的铜币,一段时间以来它们极其稀缺,许多假币以雷比(raps)的名称在市面上流通。人们几度向英格兰申请像以往一样铸造新币,可是都没有获得成功[②]。最终,一个名叫伍德的市井小人、五金商人,获得了一份盖有国王陛下国玺的特许状,获准在我国铸

[①] 1720年,斯威夫特写了《关于广泛使用爱尔兰产品的建议》,印刷商爱德华·沃特斯遭遇了囹圄之灾。

[②] 1680年查理二世在位时,曾把特许权授予一个名叫罗杰·摩尔的上校,1705年摩尔的展期申请遭到驳回。

造108 000镑铜币,不过,这份特许状没有强迫任何人在不愿意的情况下接受它们。要知道,英格兰的半便士和四分之一便士并不比其实际价值高多少。把一先令打碎了卖给铜匠,损失不超过1便士。但是伍德先生的半便士是用十分劣质的金属铸造的,比英格兰的半便士少得多,你用1先令向铜匠换回的良币不会超过1便士。因此108 000镑的优质金银币只能换回实际价值不超过八九千镑的劣币。不过最糟的还在后头,只要伍德先生愿意,可以偷偷一次次地运来108 000镑,以十二分之一的价格把我们的商品购买一空。比如,帽商以5先令的单价卖出12顶帽子,总价为3镑,以伍德先生的铜币支付,他实际只收到了5先令。

你们也许会感到奇怪,像伍德先生这样名不见经传的家伙,怎么会有这么大的能量,竟能获得国王陛下许可,把这么一大笔劣币送到这个可怜的国家,而此地所有的贵族绅士,却不能像往常那样,蒙国王恩准,自主铸造半便士。让我用通俗易懂的话把这件事来说个明白。我们和国王的宫廷相距很远,没有人为我们说话,虽然许多贵族和乡绅在这里有产业,是我们的同胞,在那里生活和消费。但是这个伍德先生却可以一直为自己的利益活动。他是一个英国人,人脉很广,对于要疏通哪些环节了如指掌[①],他把这些人打点好,再让他们传话给那些可以在国王面前为其美言的人。国王陛下——也许是向其建言的贵族或贵族们——可能认为这是为了我们国家好,正如律师们说的那样:"国王在授权时受到了蒙蔽。"在任何一个朝代,这种情况都屡见不鲜[②]。我确信,

---

① 伍德向乔治一世的情妇肯德尔公爵夫人贿赂了1万英镑。
② 英国普通法假定国王是不会犯错的,如果决策失误,一定是其代理人所为。

如果国王陛下知道这份特许状——如果它按照伍德先生的意愿生效的话——将给这个王国带来灭顶之灾,而这个国家已经充分证明了对他的忠诚,他会立即收回成命,而且也许会向某些人表示不悦。可是对智者无须多言。你们大多一定听说过,我们尊敬的下议院在收到伍德的特许状后是何等的愤怒。议员们做了几个精彩的发言,有确凿的证据表明这是彻头彻尾的欺诈,好几本《国会会议纪要》已经出版,而这个伍德竟然也大言不惭地同样出版了他的答复,仿佛他比我们整个国会加起来还要高明[①]。

这个伍德在获得特许状的同时(或稍后不久),把大量的这种半便士运到了科克等海滨城镇,开出了用七八十镑银币换他一百镑铜币的条件。但是皇家海关的收税人员非常正直地拒绝接受,其他人几乎人人如此。由于国会谴责它们,希望国王废止之,所以举国上下都对它们深恶痛绝。

可是伍德仍在秘密活动,要把他的半便士强加于我们。他觉得,如果他能在英国朋友的帮助下,强令税务人员接受之,军队用其来发饷,那他就大功告成了。在这种情况下你们就进退两难了。一位普通士兵到市场或酒馆里去用这种钱,如果遭到拒收,他也许会张牙舞爪,威胁要揍屠夫或老板娘一顿,或者强行把货物带走,把劣质的半便士扔下来。在类似的情况下,店主、酒馆老板或者任何别的商人没有别的选择,如果要收伍德的钱,只能将货物的售价提高十倍。比如,1夸脱啤酒卖20便士,其他依此类推,概莫例外,在收到钱款之前绝不让货物脱手。

假定你带着这种劣币到酒馆去,店主收了四个这样的半便

[①] 爱尔兰上、下两院都谴责伍德欺诈,恳请国王为民纾困。

士，给了你 1 夸脱，那么这个老板该怎么做呢？他不可能用这种铜币去向酿酒商进货；如果酿酒商这么笨，农民也不会用这种钱把大麦卖给他，按照租约他们必须以英格兰的法定良币支付租金，而这既不是良币，也不是英格兰的货币，他们的地主——乡绅永远不会昏了头来收这种租金。所以它一定会停顿在这里或那里，而不管它停在哪里都一样，我们都完蛋了。

这些半便士的重量一般是四至五个为 1 盎司，假定是 5 个，那么 3 先令 4 便士重 1 磅①，20 先令重 6 磅。现在有成千上万的农民一年要缴纳 200 镑②地租。因此，一个农民半年的租金，也就是 100 镑，至少重 600 磅，要用三匹马来拉。

如果一位乡绅打算进城为自己和家人买衣服、美酒和香料，或许要在那里过冬。他要用五六匹马驮着麻袋，就像农民运粮一样，他的夫人坐马车来逛我们商店的时候，后面必须跟一辆车，载着伍德先生的钱，我希望我们有幸依其价值接受之。

人们说康诺利③先生的年收入是 16 000 镑，如果他要求把地租送到城里来——他可能就是这么做的——运半年的地租，必须用 250 匹马，家里要准备两三个巨大的地窖储藏它们。至于银行会怎么做就不好说了。可以肯定，有些大银行为了应付各种支付需求，准备了 40 000 镑现金。如果用伍德先生的钱，要用 1200

---

① 1 先令等于 12 便士，3 先令 4 便士等于 40 便士，按照 5 个半便士重 1 盎司的换算标准，80 个半便士重 16 盎司。1 磅等于 16 盎司。

② 1 镑是 20 先令，重量为 6 磅。

③ 威廉·康诺利（1662-1729 年），爱尔兰下议院议长，靠土地投机发家，公认是爱尔兰数一数二的大富翁。意大利建筑师 Alesssandro Galilei 为他设计了帕拉第奥风格的卡斯尔敦别墅（Castletown house），现为爱尔兰重要的文化遗产。

匹马来拉。

至于我自己该怎么办,我已经下定了决心。我有一个很好的商店,专卖爱尔兰呢绒和丝绸,我不会接受伍德先生的劣币,恰恰相反,我打算和屠夫、面包师、酿酒师以及所有的邻居以物易物,我那一点点儿金子和银子,我会像心脏里的血液一样倍加爱惜,一直保存到云开雾散的那一天。除非我饿得奄奄一息,才会去买伍德先生的铜币,就像我的父亲对待詹姆斯王时代的铜钱一样①,他用1基尼买10镑的铜币,我希望能用同样的钱买一把手枪,从那些愿意卖面包给我的蠢人那里购买面包。

这些半便士一旦进入流通,很快会被人仿造,因为它们的成本太低,材料太贱。荷兰人也许会做同样的东西,送到我们这里来买我们的商品②。而伍德先生会永远不知疲倦地铸造下去。因此在几年后,我们至少会有五倍于108 000镑的这种垃圾。据计算,我国现有的货币总量不超过40万镑,只要还有1个六便士银币,这帮吸血鬼就永不消停。

一旦这个王国落入这步田地,结局必然是:所有拥有地产的绅士都将把他们的佃户通通解雇,因为他们缴不起地租。正如我上文所说,根据租约,佃户们必须支付英国的法定流通货币。他们将亲自种田,许多人已经这样做了:把土地尽可能都用来养羊③,只保留必要的家畜。下一步他们还要亲自销售,把呢绒、黄油、皮革和亚麻送到海外,换回现金、美酒、香料和丝绸。他们只保

---

① 詹姆斯二世把大炮熔铸成劣币作为军饷。
② 荷兰人曾经伪造爱尔兰的劣币,用来购买爱尔兰产品。
③ 在经济利益的驱动下,地主宁愿把土地变作牧场,而不愿种植农作物。

留少数可怜的佃农①。农民们走投无路,只好去抢劫、乞讨或者背井离乡。所有城镇的店主都会破产和挨饿。因为是地主养活了商人、店主和工匠。

不过,随着乡绅自己当起了农夫和商人,所有海外的良币都会囤积起来,运到英格兰去,家里只留下几个可怜的裁缝或者织布工之类的人——给他们多少面包,他们都称心乐意。

如果我们竟然如此愚蠢而邪恶,以至于接受了这受诅咒的铜币,那么,我们将要经历的苦难,三天三夜也说不完。如果把全体爱尔兰人放在天平的一侧,把伍德这个跳梁小丑放在另一侧,那么伍德先生很难以一人之力压倒一国。英格兰每年从这个王国获取上百万的良币,超过了它在世界其他地方收入的总和。

但是,让你们感到很大安慰的是,国王陛下的特许状并没有强迫你们接受这种钱币,法律没有授予君主强迫臣民接受任意货币的权力。如果那样的话,我们也许只得用鹅卵石、鸟蛤壳和印花皮革当钱花了。如果我们碰巧生活在一个坏君主的治下,他也许会用同样的权力把1基尼当10镑,1先令当20先令,依此类推,通过这种手段在短时间内把全国的**金银**席卷一空,只给我们留下黄铜、皮革或其他由他选择的任何东西。法国政府常常收回所有大幅贬值的货币,重新铸造成新币,并大幅提高其价格,人们认为这已经是无比残酷和专制了,可是,论邪恶程度,还不及伍德先生计划之万一。因为法国人和臣民以银换银,以金换金,而这个家伙收了我们的金币和银币,却连优良的铜币都不给我

---

① 佃农(cottier)一般租住在小木屋里,耕种一小块土地。他们一无所有,生活没有任何保障,只有依靠耕地为生。由于爱尔兰人多地少,竞争激烈,所以租金很高,他们只能勉强糊口。

们，甚至十二分之一价值的东西都舍不得拿出来。

这里就说这么多，我现在要告诉你们几位大律师对于此事的判断，为了你们的缘故，我出钱请他们发表意见，有了他们的意见，我就更有底气了。

有一本叫作《司法宝鉴》①的法学名著，论述古代君主颁布的法律条款，书中记载了如下法律："未经所有各郡同意，任何国王不得改变或损坏货币，亦不得设立除金币、银币以外的其他货币。"所谓"未经所有各郡同意"，照柯克勋爵②的说法，就是未经国会同意。

这是一本十分古老的书，在其成书的年代享有极大的权威，因此伟大的法学家柯克勋爵常常引用它。根据英格兰法律，金属被分成两类，一类是法定的或者说真金属，另一类是非法定的或者说伪金属，前者包括银和金，后者包括所有的贱金属。爱德华一世在位第二十年，国会通过《有关便士流通的法令》，规定只能使用前者作为支付手段，我让人把它译成了如下的英文（因为据我所知，那时候有些法律是用拉丁文写成的）："在买卖交易中拒绝使用盖有应有印章的半便士或四分之一便士法定货币，将以藐视国王罪被捕入狱。"

根据这部法律，一个人除非拒绝接受国王用法定金属铸造的货币——正如我上文所述，这里所指的只是银币和金币——否则不会被判藐视国王，锒铛入狱。

这就是该法案的原意，这不仅从简明易晓的文义上一望可

---

① 13世纪末的普通法案例汇编。
② 爱德华·柯克（1552-1634年），著名法学家，普通法的捍卫者。

知,而且有柯克勋爵的论述为证。他说,该法案表明,不能强迫任何臣民在买卖及其他交易中接受不用法定金属铸造的货币,即金币和银币。

英格兰的法律授予国王所有的金矿和银矿,而不是其他金属矿藏,柯克勋爵给出的理由是,因为金银可以铸造货币,其他金属则不能。

按照这一观点,古代的半便士和四分之一便士是银币,亨利四世时国会通过了一部法案,法案第四章对此做出了明确规定:"又,鉴于目前半便士和四分之一便士银币在英格兰极为匮乏,特此规定,将第三部分铸造银条的镀银,用于铸造半便士和四分之一便士。"这表明,在那部有关便士流通的法令中,"半便士"和"四分之一便士"法定货币指的是半便士和四分之一便士的小额银币。

《爱德华三世九年法》第三章进一步明确了这一点,它规定:"不得将半便士或四分之一便士的银币熔化,供金匠等制作器皿等物,违者罚没熔化的货币。"

根据这位国王颁布的另一部法案,黑色货币不得在英格兰流通。根据他在位第十一年制定的法案的第五章,加利半便士不得流通,我不知道这是什么铸币,不过我猜它们都是用贱金属铸造的。这些法案不是新法,而是有关铸币的旧法的重申。

以上是有关铸币的法律。相反的例子只有一个,戴维斯[①]报告说,在泰隆发生叛乱[②]的时候,伊丽莎白女王下令在伦敦塔用

---

① 约翰·戴维斯(John Davies, 1569-1626年),诗人,法学家,曾任爱尔兰检察长。
② 1594年,泰隆伯爵Hugh O'Neill领导爱尔兰人起义,被英国镇压了下去。

混合金属铸造钱币，用来支付此地的军饷，所有人都必须接受，而且所有的银币只能当作银条使用，也就是说，依其重量兑换。戴维斯告诉我们有关此事的一些细节，由于篇幅过大，这里就割爱了；他还说我国枢密院迫使一名英格兰商人在运送货物来爱尔兰后，接受了这种混合货币。

但是，所有一流的法学家都反对这一记载，因为这种做法不合法，这里的枢密院没有这个权力。此外，由于这场叛乱得到了西班牙的支持，当时女王处于极大的困境之中。在危急时刻采取的任何行动永远不足为和平年代所效法。

亲爱的朋友们，为了你们的方便，我将简要地罗列，什么是法律要求你们做的，什么是法律不要求你们做的。

首先，你们必须接受所有国王铸造的符合英格兰标准或重量相同的货币，只要它是金币或银币。

其次，你们不必接受金银以外的其他货币，不仅是英格兰的半便士和四分之一便士，其他国家的都不必接受。你们只是为了自己的方便才接受它们，因为铸造半便士和四分之一便士银币的习惯已经中止了很长一段时间，我猜是由于它们容易遗失的缘故。

再次，我们更加不必接受伍德卑劣的半便士，它让你们每先令损失几乎十一便士。

朋友们，让我们万众一心，拒斥这肮脏的垃圾。反抗伍德先生并不是叛国。国王陛下在其特许状中没有强迫任何人接受这些半便士，在我们仁慈的君主身边没有这样恶毒的谋士；如果有，法律也没有授予国王强迫我们接受任何货币的权力，除非是合乎法定标准的金银币。因此你们没有什么要害怕的。

接下来让我专门和可怜的商人谈谈。也许你们认为，如果这些半便士付诸流通，自己不会像富人那样输得惨不忍睹，因为你们几乎见不到什么银币，顾客只带铜钱来你们的商店或者货摊，你们觉得自己不大容易中招。但是请相信我的话，一旦它在你们中间站稳脚跟，你们就彻底玩儿完。如果你们拿着这些半便士去商店买香烟、白兰地或其他你们想要的东西，店主会相应地抬高价格，否则他们一定会破产，关门大吉。你们认为我会以20个伍德的半便士的价格卖给你们10便士的东西吗？错，起码要200个，而且我不会费力地一个个去数，而是并在一起称重量。我还要告诉你们一件事，如果伍德先生的计划得逞，连我们的乞丐也要遭殃。我给乞丐一个半便士，他可以一解酒瘾，或者美美地饱餐一顿，但是半便士的十二分之一就像从袖口抽三根别针一样对他毫无帮助。

总之，这些半便士正如《圣经》所说，是"以色列的孩子"不许接触的"当灭的物"①。它们像瘟疫一样传播，谁沾上了就要灭亡。我听学者们说过，有一个人告诉国王，他发明了一种折磨人的办法，把人放在铜牛中，底下架起火堆。不过那位君主首先把这个策士投入铜牛中进行试验。这和伍德先生的计划十分相似，或许这也将是伍德先生的命运，他设计折磨我国的铜币最终可能见证他自己的苦难和毁灭。

注：对这些半便士的真实价值进行了一丝不苟的研究的人告诉笔者，用36个半便士可以换取2便士的1夸脱啤酒。

我希望所有家庭都能认真保管这篇文章，以后再见到伍德先生的半便士以及类似的骗局，可以拿出来温故而知新。

---

① 《约书亚记》，6：18。

第四封信
致全体爱尔兰人民
（1724年）

亲爱的同胞们：

我已经就伍德先生及其半便士这个烦人题目写了三封信，我感觉我的任务已经基本完成了。但是我发现，体质孱弱的人必须经常服用兴奋剂，生理上如此，政治上亦然。一个长久以来习惯了苦难的民族，一步步地遗忘了自由的概念，他们觉得自己是任人宰割的奴隶，强权施加给他们的所有负担——用报告[1]中的话来说——都是合法的，是必须履行的。于是一个国家要像一个人那样承受那种精神的贫瘠和低劣。当以扫拖着虚弱的身子奄奄一息地从田野里回来时，无怪乎要用自己的长子名分买一碗汤。

我想我已经向所有可能需要指导的人们充分说明，一旦这一硬币付诸流通，应当采取何种措施安然应对。我相信，很多年以来没有一个国家出现过像我们现在这样的例子，在一个至关重要的问题上如此同仇敌忾地反对欺诈。但是，有些软弱的人听到一些流言蜚语，又开始害怕了。伦敦新闻贩子们写的那些东西都出自伍德的授意。一位小印刷商（肯定不安好心）在此地出版的一篇文章中告诉我们，爱尔兰的天主教徒结社反对伍德的硬币——尽人皆知，他们从来没有掺和此事。于是，上下议院、枢密院、大批的自治机关、都柏林市长和议员、大陪审团、几个郡的大绅士，一起被诬蔑成了"天主教徒"。

---

[1] 8月6日，英国枢密院发布报告，为伍德推卸责任。

这个骗子及其手下同样还宣扬，由于拒绝接受他的劣币，我们"挑战王权，叛乱之势万事俱备，准备摆脱爱尔兰对英格兰国王的从属关系"。为了证明这一报道，他在另一份报纸上发表了一篇短讯，告诉我们，"总督大人奉命立即平定半便士风波"。

亲爱的同胞们，对于诸如此类的谣言，请不要丝毫萦怀，它们不过是一只被活活宰割的小狗发出的最后一声嚎叫——我想他现在就是这个状态。这些诽谤是他仅存的预备队。因为我们持久而（几乎）空前的忠诚不容置疑，不容一个名不见经传的小五金贩子夺走我们的一切。

至于挑战王权，请让我向那些无知的人解释"王权"这个词的意思。

我们的国王享有几项未受法律干预的权力。他可以不经国会同意就决定战争与和平，这是一项很大的特权。但是如果国会不同意进行战争，国王必须自掏腰包，支付军费开支，这对于君主同样是一项很大的制约。所以国王拥有不经国会同意铸造货币的特权；但是他不能强迫臣民接受，除非是金币和银币，因为在此他受到了法律的限制。有些君主确实将其特权延伸到了法律允许的范围之外。不过，后代的法学家对它虽然像对判例一样，却不敢使之合法化。说实话，直到很晚以后这项王权才被固定下来。展卷阅读英国史，我们会发现有些前代的君王——他们都不是最坏的君主——有时候会毫不客气、无所顾忌地试图支配法律，甚至在伊丽莎白女王之后也有这样的情况。女王在位期间，将劣币运来爱尔兰的坏点子几乎丢掉了这个国家，总督、枢密院、此地所有的英格兰人都怨声载道。因此，女王驾崩后，继位者立即将其收回，用法定货币与之交换。

以上是在一般认为一个商人有能力解释的范围之内，让大家对何谓"王权"有了一点儿认识。除此之外，我只补充一条，那就是伟大的培根勋爵的观点："正如上帝依据他制定的自然法统治世界，除非极其重要的场合，否则绝不凌驾于这些法律之上；同样，人世间最英明最优秀的君主们，根据众所周知的法律治理国家，极少使用他们的特权。"

现在你们想必明白了，伍德及其同伙因为我们拒斥其铜币而指责我们"挑战王权"的无耻谰言是完全站不住脚的，因为强迫国民接受非法定铸币不属于王权的范围。如果国王确实拥有这项权力，我可以非常有把握地说，我们将是陛下最后一批对此提出质疑的臣民，这既是因为，一直以来我们对国王陛下葆有不容亵渎的忠诚，也是因为，在这种情况下，我们预料到了那些似乎认为我们既无常识也无感觉的人会如何对待我们。不过，感谢上帝，其中最优秀的不过是我们的同胞，而不是我们的主人。我确信我们有一个那些在英格兰出生的人所不具备的优点，那就是：我们的祖先把这个国家置于英格兰的管辖之下。我们得到的奖励是恶劣的气候，受未经自己同意的法律统治的特权，凋零的商业，没有司法权的上议院，几乎不能提供任何就业机会，以及对伍德半便士的恐惧。

但是我们绝不是在质疑国王的铸币权，我们承认，他有权授予任何人特许状，在任何材料上刻上他的御像和尊号，在从英格兰到日本的任何国家出售，只要满足一个小小的条件：不能强迫任何活人接受它们。

考虑到这些问题，我一直反对为了解决迫在眉睫的灾难而向英格兰求援，尤其是我注意到，上、下两院在千呼万唤之后只拿出了一份有利于伍德的报告，我在上一封信中已经对此做了一些评论，而且起码还能写那么多篇幅。这是我生平见过的一大奇文。

但是我错了。在这篇报告炮制出炉前，国王陛下对上议院的批复已经印发，其中有这样的字句，"依据先王的前例，授予铸造半便士和四分之一便士的特许状"，云云。查理二世和詹姆斯二世为此而授予特许状是无可争议的事实，我已经详细地做了说明。他们的特许状盖的是爱尔兰国玺，指明是爱尔兰，铜币在爱尔兰境内铸造，特许状持有人必须在爱尔兰回收其铜币，用银币和金币与之交换。伍德的特许状盖的是英格兰国玺，其铜币是在英格兰境内铸造的，压根儿也没提到爱尔兰，其数量巨大，特许状持有人没有任何使用良币回收的义务。我只提这一点，因为我在私下里思考时，有时会产生一个疑问，御批中"依据先王的前例"等词句的起草人是否慎重地考虑了这些问题，依笔者拙见，这是会造成不同的。

接下来我谈谈造成一些人恐慌的另外一大原因，正如伍德授意伦敦记者所说："总督阁下正赶来敉平伍德的半便士风波。"

我们都很清楚，多年来，除非王事缠身，否则总督大人们从不愿在这个王国多待一天，因此他们是不会急急赶来赴任的。所以大多数人很自然地想到，一位新任总督在一个非常时刻赴任，这一定预示了将要发生一些非常之事，尤其是如果那个众所周知的消息是真的，在他到任后，原本不知要休会至何时的国会将立即重新召开会议①（休会令被撤销）。彼岸的律师非常幸运地为这一非常之举找到了两个先例。

---

① 事实上是在一年后才重新开会的，此时伍德的专利权已经被撤销。

就算这些都是对的，我打破脑袋也想不出，像伍德这样渺小的人物怎么能获得国王和大臣的充分信任，急忙把爱尔兰总督派来为他效劳。

让我们去掉那些不需要的人为粉饰，让整个事情不加修饰、原原本本地展现在我们面前。这里有一份盖上了英格兰国玺的特许状，它根据错误的建议授权一个叫作威廉·伍德的人为爱尔兰铸造半便士铜币。这里的国会担心由此产生的恶果，要求国王撤销成命。这一要求遭到拒绝，枢密院的一个委员会禀报国王陛下，说伍德履行了特许状规定的条件。于是他可以自主地处理半便士事宜；没有人有接受它们的义务；这里的人们万众一心，他们同样自主地做出了决定：不与伍德的半便士发生任何瓜葛。通过这样简明的叙述，事实真相昭然若揭，国王和内阁与此事毫无关系，这完全是我们和伍德之间的争端。因此，难道还会有人试图说服我，总督大人奉命匆匆忙忙地提前赶来，国会抢在休会前召开会议，凡此种种只是为了毁灭一个最忠诚的王国，从而把十万英镑塞进一个骗子的腰包？

假定所有这些都是真的。总督用什么理由才能说服激烈决绝地反对这一祸害的国会通过这一法律呢？我相信，自从上次休会期以来，他们没有改变对于伍德及其计划的看法，即使贬损者所说的为了拉票有时要采取的一些手段都已经被用上了。众所周知，这个王国提供的职位寥寥无几，大家也都知道，如果有一些工作机会，它们一定会落入何人手中。

但是，由于你们有许多人对于国事一无所知，我就来说说这个王国之所以就业机会稀少的几条原因。这里所有重要的终身职位都被拥有继承权①的个人占据着，他们一般是高层领导的追随者，或者在英格兰宫廷有关系。所以斯特拉顿的伯克利勋爵②担任卷宗主事官③这一要职，帕尔姆斯顿勋爵④任首席债务官，年收入近2000英镑。彭布罗克伯爵⑤的秘书多丁顿⑥要求获得年收入2500英镑的财政部记账员的继承权，如今终于在纽顿勋爵死后享有了这一权利。索思威尔先生和伯灵顿伯爵⑦分别靠继承当上了爱尔兰国务大臣和财政大臣。这里提到的只是一小部分，我还听到很多其他的例子，不过都记不起来了。甚至国王陛下都以同样方式授予了几个职位的继承权。这是爱尔兰王国不同于世界上其他国家的特点之一，也正因为如此，得到一个文官职位是那么的困难，阿狄生先生被迫买了一个叫作伯明翰塔⑧档案保管员的古老而不起眼的工作，年入10英镑以及400英镑的额外薪水，虽然那里所有的档案——无论是为了猎奇还是实际使用——都不值两个半先令。近来我们看到一位受宠的秘书⑨屈尊担任了王室宴会

---

① 拥有某一职位的继承权（reversion），意味着在现任退休或逝世后有权继承这一职位。

② 威廉·伯克利（？-1741年），坦普尔的女婿，先后曾任爱尔兰和英格兰的枢密院顾问官等职，1696-1731年间任爱尔兰卷宗主事官。

③ 即上诉法院民事庭庭长。

④ 亨利·坦普尔（约1673-1757年），坦普尔的侄子，1680年任爱尔兰财政部的首席债务官，1723年受封帕尔姆斯顿子爵。

⑤ 托马斯·赫伯特（1656-1733年），彭布罗克伯爵，曾任爱尔兰总督。

⑥ 乔治·多丁顿已于四年前身故，其侄子乔治·巴布·多丁顿（1691-1762年）继承了他在爱尔兰的产业。斯威夫特把叔侄两人混淆了。

⑦ 爱德华·索思威尔（1671-1730年），1702年任爱尔兰国务大臣。理查德·波义耳（1695-1753年），第三代伯灵顿伯爵，1715年任爱尔兰财政大臣。

⑧ 伯明翰塔是都柏林城堡内存放档案的地方。

⑨ 格拉夫顿公爵的秘书爱德华·霍普金斯。

主持人，靠着赊账和勒索，狠狠地赚了一笔。我不说副财务大臣大约年入9000英镑，也不说有四名税务局长常居英格兰。因为我认为他们都没有获得继承权。但是，可笑的是，我偶然得知，在这些不驻岛的官员中，有一些人是强烈反对爱尔兰的利益的，仿佛他们没有从她这里得到一点儿好处。

我承认，有时候我不禁希望伍德的计划能获得成功，到时候贵族和乡绅们，领取养老金的男男女女们、文官武将们，都将和我们一起生活，像乞丐一样快活和睦。想到这里我悠然神往，这是多么快乐的集体啊，只有一点美中不足：我们既没有肉吃，也没有衣穿，除非愿意穿着锁甲招摇过市，并且以铜为食，就像鸵鸟以铁为食一样。

言归正传，我相信你们已经信服，如果爱尔兰国会像周边的议会一样经不起诱惑（但愿不发生此事），经手人也一定由于缺少诱惑的手段而无功而返。让我们进一步设想，即使为了满足追随者的要求，专门设立了100个新职位，他们仍然面临一个无法克服的困难。不知何故，钱既不属于辉格党也不属于托利党，即不属于城市党也不属于乡村党，可能会出现下面这种情况：一位绅士宁愿依靠自己的地产为生，也不愿画蛇添足地谋一个职位，前者给他带来金币和银币，而在后一种情况下，地租和薪水都必须打二折，以伍德的铜币支付。

因为这些以及其他的许多原因，我相信你们会继续保持自己的热情，对总督大人的突然到来没有任何顾虑。没有合适的诱惑可以改变这一点。如果法律没有授予君主强迫国民使用非法定货币的权力（我已经引用最可靠的权威多次做出这样的断言），君主就更不能将这一权力授予他人了。

我在讲这些话时对加特利勋爵①充满敬意。最近有一位从其降生之日起就认识他的绅士向我介绍了他的性格。这位绅士说，他是一位才华横溢、学识渊博、起居有常、精神饱满、活力四射的贵族。我听说，他一直在海外工作，是首席国务大臣，在人生的大约第37个年头被任命为爱尔兰总督。可以合理地期待，这位总督将给这个历经磨难的国家带来最大程度的繁荣。

诚然，在人们的记忆中，有过非常聪明的总督，凭借他们对于官员们的权力，凭借他们用誓言、友善甚至在觥筹交错中操纵和欺骗他人的手段，给这个王国造成了危害。如果伍德的铜币在那些年代里摆上了议事日程，他们将使用哪些手段已经呼之欲出了。对容易相信别人的人，他们会简洁明了地说，这是一项"他们应尽的义务，如果他们不配合，这一公共事务会交给更配合的人去做"。其他人则受到诺言的诱惑。对于乡村的绅士，除了甜言蜜语、勃艮第葡萄酒和密室商谈以外，也许会暗示他们，"服从一项非强制性的皇家特许状会被认为是十分友好的举动"，如果由此产生任何不便，他们也会得到"日后的恩典或恩惠"作为补偿。"绅士们必须想一想，让英格兰不高兴是否明智，是否安全。"他们要"想一些促进贸易和穷人就业的好法案，想一些进一步打击天主教、团结新教徒的法令"。这是一个庄严的约定，我们将"接受不超过4万镑这种硬币，都是最好最重的硬币，我们只需拿产品与之交换，把我们的金银留在家里"。也许，"一条有关外敌入侵的消息已经在最合适的时机传播开来"，这十分有利

---

① 加特利是斯威夫特的老朋友，在他被任命为爱尔兰总督后，斯威夫特曾经写信给他，希望他主持正义。

于缓和国内矛盾。应该对我们这么讲,"不应在国家处于危难之际制造分歧"。

在腐朽堕落的时代,诸如此类的措施将一一推出,好让这些铜币在我们中间泛滥成灾。我确信,即使在那时它们也不会成功,更不用说在加特利勋爵这样杰出人物的治下了。在这个国家,所有的人们,不分阶层、党派、派别,全都坚信:那个可恶的硬币一旦获得认可,他们和后世子孙将永远沉沦、万劫不复;一旦它进入国门,就不会限于少量的或者有节制的规模,正如这场灾难不会限于少数几个家庭一样,任何尘世间的力量都不足以与之抗衡,正如任何药物都不能使死人复生一样。

在这举国上下反抗伍德的时候,有一个情况十分可喜,那就是英格兰派来填补宗教、政治、军事空缺的人们都站在我们的一边。金钱原本是分裂世人的伟大力量,在经历了一场古怪的革命后,变成了把一个最分裂的民族团结起来的伟大力量。谁愿意放弃英格兰(一个自由的国度)一年100镑的收入,到爱尔兰来拿伍德的1000镑呢?那位刚刚成为大主教的绅士①永远不会放弃上议院的席位以及在牛津、布里斯托尔年收入1200镑的肥缺,到这里来拿四倍的金钱,然而连一半的价值都没有。我期望,他至少能在这件事上,像所有的同胞,甚至像我们这些不幸生在这座岛屿上的人一样,做一个爱尔兰人。因为那些(通俗地讲)不是"来这里学语言"的人,永远不会弃乐土投穷乡,弃黄金取黄铜。

伍德及其信使传播的另一则谰言是:我们反对他,表明我们

---

① 休·博尔特(1672–1742年),布里斯托尔主教,乔治一世的牧师,1724年任爱尔兰大主教,忠诚的辉格党人,积极维护英格兰在爱尔兰的利益,斯威夫特十分讨厌他。

有"摆脱与英格兰君主从属关系"的意图。请看，这个威廉·伍德是多么重要的人物啊，两个王国的福祉竟然系于他一人的私利。首先，所有拒绝其硬币的人都是天主教徒，因为他告诉我们，"只有天主教徒才联合起来反对他"。其次，他们"挑战王权"。再次，他们"叛乱之势万事俱备"。最后，他们"准备摆脱爱尔兰对英格兰君主的从属关系"，也就是说，"他们将要另择新君"，因为这一表述不可能还有别的意思，不管有些人怎么曲解。

这就给了我机会，向那些无知者解释另一个在我心头郁积了许久的问题。那些来自英格兰的人以及我们当中的一些弱者，每当在交谈中听到我们提及自由和产权，都会大摇其头，对我们说爱尔兰是一个"附属国"；他们似乎用这一短语表达了这么一个意思：爱尔兰人民处于某种与英格兰人民不同的奴役或隶属状态。"附属国"是一个现代的高级术语，据我所知，所有古代的法学家和政治学家对此都一无所知。相反，在有的法令里，爱尔兰被称作承自上天的"帝国"，这是对一个国家的最高称呼。亨利八世治下第33年制定的一部法案对"附属国"这一表述做了最清晰的表述："国王及其继任者将是这片和英格兰帝国结成一体的国土的帝王。"①我查遍了英格兰和爱尔兰的法律，没有找到哪条法律使爱尔兰从属于英格兰，正如没有法律使英格兰从属于爱尔兰一样。事实上我们迫使自己和他们拥有同一个国王，因而他们也被迫和我们拥有同一个国王。因为法律是由我们自己的国会制定的，而我们那时的祖先不会愚蠢到（不管他们在之前的朝代如何）让自己处于一种不知所云的附属状态，现在谈论这一点是罔

---

① 1541年通过的这部法案将亨利八世的头衔从爱尔兰领主提升为爱尔兰国王。

顾法律、理性或常识的。

不管谁还有别的什么想法，我，布商M.B.是不在此列的。我要大声宣布，除了上帝之外，我只"从属于"国王和我国的法律，我绝非"从属于"英格兰人民，如果他们一旦反叛我的君主（但愿不发生此事），我将随时听从陛下号令，拿起武器抵抗他们，正如我的同胞在普雷斯顿[1]抵抗他们的同胞一样。如果这一叛乱成功地把觊觎王位者推上了英格兰国王的宝座，我会把法律踩在脚下，为了阻止他登上爱尔兰王位，不惜流尽最后一滴鲜血[2]。

诚然，人们还记得，英格兰国会有时会认为它们制定的法律对我国也有约束力，率先公开反对它们（在真理、理性和正义的范围内）的是一位诞生于此地的英格兰绅士，著名的莫林纽可斯[3]先生，以及英格兰几位最伟大的爱国者，最优秀的辉格党人。但是狂热和权力的澎湃激流占了上风。事实上双方的论证都无懈可击。因为从理性上来说，未经被统治者同意的统治就是奴役。但是事实上，十一个全副武装的一定会制伏一个赤手空拳的。可是我受够了。那些用权力束缚自由的人实在太过分了，他们甚至憎恨抱怨的自由。我从来没有听说，一个人在经受严刑拷打时，不可以大声嚎叫。

正如我们易于被不合情理的恐惧所吓倒，我们也很轻易被空穴来风的希望所扶起（这是我们这些肺结核患者的特征）。几天前传出消息，英格兰的甲授权乙，写信给爱尔兰的丙，让我们相信，我们"将不再受这些半便士之扰"。据说，正是这个人在几

---

[1] 1715年，詹姆斯二世党人发动叛乱，在普雷斯顿遭遇挫败。
[2] 英国统治者根据这一句话认定此文有害。
[3] 威廉·莫林纽可斯（William Molyneux, 1656-1698年），爱尔兰哲学家、数学家。

个月前发誓,"把它们塞到他们的喉咙里"①(不过我怀疑它们会赖在我们的胃里不走)。但是,不管这些消息是真是假,都和我们无关。因为在这个问题上我们和英格兰的大臣们没有任何瓜葛,他们若是有权革除或施行这一弊害,我会感到难过,因为"委员会报告"已经让我吃撑着了。解药全部在你们手中,为此我讲了一点儿题外话,为的是给大家提提神,维系昂扬的斗志于不坠(这股斗志来得正是时候);大家要明白,根据神法、自然法、万民法和你们自己的国法,你们是而且应该是同英格兰同胞一样自由的民族。

如果伍德一伙在此地重印他们在伦敦出版的为自己辩护的小册子,又说服我们的同胞去阅读,他们会让你们更加相信其意图之恶劣,远远超过我笔端所能形容。总之,与其雇佣的吹鼓手在笔下呈现的形象相比,我把他写成了一位完美的圣人。但是他控制住了局面(让别人去猜原因吧),没有一位伦敦印刷商敢出版任何为爱尔兰说话的文章,在爱尔兰也没有人敢出版任何为他说话的东西。

几天前,我收到一本为伍德及其硬币说话的小册子②,该文是在伦敦印刷的,有近50页。此文不值得我们回应,因为它也许永远不会在此地出版。但是它让我想起我们面临着的一个困局:英格兰人对我们的境遇一无所知。这并不奇怪,因为他们对此毫不在意,最多只在咖啡馆里无甚可聊的时候把它当作一项谈资。因为我有理由相信,没有哪位大臣读过为我们辩护的任何文章,因

---

① 据说是英国首相沃波尔的话。
② 标题为《关于爱尔兰四分之一便士和半便士争论的几点解释——与一名都柏林贵格会教徒的对话》。

为我猜想他们已经拿定了主意，而且其主张完全建立在伍德及其同伙的报告的基础之上，否则不可能有人厚颜无耻地撰写刚才提到的这本小册子。

我们的邻居在智力上和我们处于同一个水平（也许都不是最聪明的），对大多数国家（尤其是爱尔兰）有着强烈的憎恨。他们把我们视为我们的祖先在几百年前征服的某种爱尔兰野人。如果我把不列颠人描述成恺撒时的模样，文着身子，披着兽皮，那我是仿效他们的做法，一点儿也没有夸大。但是，他们在当前这个问题上是无论如何不能被原谅的，他们只听一面之词，既没有机会也没有兴趣对照另一方的说法，仅仅为了自己的方便而相信一条谎言，并得出结论：因为伍德先生自称拥有权力，所以道理也在他那一边。

为了让你们了解伍德一伙是怎么在英格兰描述这件事情的，我觉得有必要在那本小册子里摘抄几条臭名昭著的事实和论证上的错误。通过比较，人们会了解敌人荒谬到何种地步，自己的义愤又是多么的正当。

首先，作者肯定地说，伍德的半便士已经在我们这里流通了好几个月，除了一人反对以外，其他人一致拥护，而且我们万众一心地认为半便士给我们带来了幸福。

第二，他断言，我们之所以讨厌这些半便士，只是由于有些用心不良的人在我们中间兴风作浪，想撤销伍德的特许状，自己取而代之。

第三，那些最早反对伍德的人自己也打算搞一张特许状。

第四，我们的国会、枢密院、都柏林市长、市议员、大审判团和商人，一言以蔽之，除了狗以外（他的用语），全国上下原本是喜欢半便士的，直到上述一小撮别有用心的人煽风点火，改变了他们的主意。

第五，他直接说，"所有反对半便士的人都是天主教徒，乔治王的敌人"。

行文至此，我相信，再愚昧无知的人也可以理直气壮地发誓，这一条条都是弥天大谎。事实恰恰相反，举国上下对此都洞若观火，如果有必要，50万人会站出来为此作证。

第六，他劝我们说，如果我们把价值5先令的货物或产品交换价值2先令4便士的铜币，尽管是经过熔化的铜，尽管我们可以用该货物交换5先令的金子或银子，然而接受这2先令4便士的铜币仍然对我们大有好处。

最后，伍德授权他提出一项非常公平的提议，如果我们用自己的货物交换他的20万英镑半便士，由于向他借了12万英镑（他所计算的超出铜币内在价值的部分），所以要向他支付3%的利息，为期30年，期满后他会用优质的货币来兑换那时剩下的半便士。

我将尽力澄清这项提议的真义，让大家看清这个不可救药的卑鄙小人的卑劣和无耻。首先（他说），"我将把20万英镑的硬币送到你们国家，据我计算，其中含有的铜的真实价值为8万英镑，我向你们收了12万英镑的铸币费。所以你看，我借给你们12万英镑，借期30年，你们付我3%的利息，也就是说3600英镑一年，30年共计10.8万英镑。30年后，你们把铜币还给我，我给你们良币"。

这就是伍德在其代理人执笔的小册子中向我们提出的建议。据推测，执笔人就是那个声名狼藉的科尔比，伍德在枢密院的低级证人之一，此人因为抢劫爱尔兰财政部而受到审判——他在财政部任低级职员。

按照这项建议，他首先拿出估价为8万英镑实际不值3万英镑的铜币，换取20万英镑货物或英币。其次，他将获得10.8万英镑利息。当我们的孩子在30年后将半便士还给他的遗嘱执行人（因为在此之前他也许已经蹬腿去世了）的时候，他们将把它们当作雷比和伪币，理直气壮地加以拒绝，这就是它们的归宿，他铸造了无数的这类货色。

我喜欢这种每天都修改我们账单的商人，就像是荷兰式结账，如果你质疑账单不合情理、收费过高，他会一次次地增加金额。

尽管爱尔兰对于诸如此类由伍德在伦敦出版的小册子（任何人在展卷阅读后都会愤怒和鄙视到极点）一无所知，我觉得有必要让你们看一个片段，了解此人是如何打发时间的。他在那里一往无前，无人可与争锋，我们在英格兰的少数几个朋友对于我们的沉默感到诧异，而英格兰民众如果还能想到这件事情，将指责我们固执己见、胸怀异志，正如伍德及其雇佣军指责的那样。

不过，虽然我们的辩词不能在英格兰发表，然而结果不会发生任何改变。让伍德去卖力地说服那里的人们：我们应该接受他的铸币；让我来劝说这里的人们：他们应将其拒之门外，否则将有灭顶之灾。让他尽最大的努力，使最狠的手段吧。

在我做出结论之前，请允许我对伍德先生说，他犯了疏忽大意之罪，竟然让沃尔波尔先生这样尊贵的名字一再地出现，而且是以这样的方式，为了他的事情。据在布里斯托尔印刷、在此地重印的一篇短文报道，伍德先生说他"为爱尔兰人在抵制他的硬币时所表现出的无耻和傲慢而感到疑惑，不知沃尔波尔先生进城后该怎么办才好"。顺便说一句，他弄错了，事实上是在爱尔兰的英格兰人在抵制他，尽管我们理所当然地认为，爱尔兰人在这个问题上也会这么做。他在另一篇文章中严厉地说，沃尔波尔先生要把铜币塞进我们的喉咙里。有时候说是我们"要么收下半便士，要么把我们的布洛克鞋①吃进去"。我们在昨天的一篇新闻上读到，这位伟人发誓要把他的铸币做成火球，让我们吞下去。

这让我们想起一个苏格兰人的著名故事，他被判处死刑，要一一接受绞刑、斩首、肢解、开膛破肚等各种刑罚，他喊道："要这么多烹调方式干吗？"我想我们有理由问一个同样的问题：如果我们相信伍德所言，人家已经为我们准备好了一顿美餐；你们看到了菜单，遗憾的是没有酒水，也许可以很方便地用熔化的铅汁和燃烧的沥青来代替。

一位深得国王信任，被视为当今首相的枢密院顾问怎么说得出这么肮脏的话呢？要是我当上了大人物②，如果伍德先生没有更好的方式来描绘其保护人，我不会让他出席我的招待会。这不是一位大臣应有的风格，带有一股子浓重的水壶和炉子的味道，完全出自伍德先生的铁匠店。

至于威胁说要让我们吃布洛克鞋，我们不会感到痛苦。因为如果他的铸币付诸流通，那个遮掩双脚的不雅之物将不再成为一项国耻，因为到时候我国既不会有鞋，也不会有布洛克鞋。但是，伍德先生在这里犯了一个明显的错误，我确信沃尔波尔先生生平从未听说过布洛克鞋这回事。

---

① 一种粗革皮鞋。
② 大人物（a Great Man）是反对党挖苦沃尔波尔的称呼。

至于把这些半便士的火球吞下去，这同样是不可能的。为了实施这一计划，要用野火将伍德先生库存的硬币和金属全部熔化，铸成空球，让一个一般大小的喉咙正好吞得下去。他预备的和已经铸成的金属至少有5000万半便士，供150万人吞食。假定做一个球要用2个半便士，每个人就要吞咽大约17个火球。要控制好这个量，需要不少于5万名操作员，每30个人配备一名操作员，鉴于有些人对食物太挑剔，儿童又性情顽劣，这样的配备只能说刚好合适。经过慎重的推敲，我认为这一实验耗费的精力和财力超过利润，所以我怀疑这个消息是假的，起码只是伍德先生自己的新图谋，为了在爱尔兰更有胜算，故假托出自一位大臣之口。

但是，我将用无可辩驳的理由证明沃尔波尔先生是反对伍德先生此一计划的，并且是爱尔兰的真朋友。我只要一条理由足矣，那就是：众所周知，他是一位智者，一位能干的大臣，一举一动服务于他的主人——国王的真正利益；正如他的道德水准高高在上，不会受到腐化，他的财产也高高在上，不会禁不起诱惑。所以我认为我们是绝对安全的，不会落到那般田地，也永远不会被迫与如此强大的力量抗衡，我们会带着自己的布洛克鞋和马铃薯，安享太平，就像远离朱庇特一样远离霹雳[①]。

  亲爱的乡亲们，我是你们忠实的同胞、难友和谦卑的

仆人，
M. B.
1724 年 10 月 13 日

[①] 化用了拉丁谚语"Procul a Jove, procul a fulmine"。

致托马斯·谢立丹[①]

（1725年）

基尔卡[②]，1725年9月11日

如果你确实是一名被遗弃的廷臣，那么你有理由抱怨，却没有任何理由疑惑。诚然，你年纪轻轻[③]，经历的世事还不够多，但是你读了很多书，这足够让你认清人性了。在个人利益方面，哪怕是亵渎上帝也比置身于一个失势的党派——或者只是被人这么认为——更加安全。鉴于你是后面这种情况[④]，当你在某种意义

[①] 托马斯·谢立丹（Thomas Sheridan, 1687–1738年），教士，《造谣学校》作者谢立丹的祖父。他是斯威夫特的好友兼文友，两人经常诗文唱和，互相调侃。1725年8月1日，谢立丹以《马太福音》中的"一天的难处一天当就够了（Sufficient unto the day is the evil thereof）"为题布道，这一天正好是乔治一世的登基纪念日，辉格党人把这篇布道词解读成对国王的诽谤，毁了他的大好前程。

[②] 谢立丹在卡文郡基尔卡村有一处住所，斯威夫特在此住过一段时间。

[③] 谢立丹时年38岁，比斯威夫特年轻20岁。

[④] 也就是说，谢立丹被人们划入了托利党的阵营。

上受到政府青睐时——尽管是以一种糟糕的方式——怎么能设想所有人都闭口无言？在爱尔兰这个地方，几乎没有一个辉格党人允许一位有名气的托利党人拥有一只土豆、一杯酸奶。在这一点上，你的同胞和其他国家的人民是一样的，不同的只是多和少的区别（quoad magis & minus）。过多的谨慎小心不是你的天赋，否则你会像躲避岩石一样避开那段文字了。正如堂吉诃德对桑丘所说，在有人被吊死的家庭，干吗要提到绳子呢①？智者们不屑于用你的天真（更甚于不屑用上帝）为自己辩护。你居然选择在获得爱尔兰总督垂青、前途一片光明之际，在讲坛上表现你的不忠诚，这着实有悖常理、匪夷所思。如今又有什么办法呢？还是安安静静地坐下来，想一想自己的事情，少和一些朋友来往，对人这种动物的期望不要超出其能力范围之外，你会越来越发现我对野胡的描述惟妙惟肖②。不管遇上什么人，你都要把他当成坏人对待，但是不要当面说出来，不逃避他，也不轻视他。这是一个古老而深刻的教训。你以为，人人都相信你对世俗利益是不屑一顾的，可是你怎么把自己当作例外，不算作人类中的一员呢？我相信，你和其他任何人一样，都是看重世俗利益的，只是你无术觅取而已。你错了。每个人内心的恶是一样多的，一个人第一次没扛住，第二次就会垮下来，凭良心说，你就是这个情况。手无缚鸡之力，工作不稳定，令人厌倦，儿女成行，cum uxore neque leni neque commoda（妻子既不温柔也不宜人）③，耽于抽象思维，沉迷于

---

① 西班牙谚语。参见《堂吉诃德》，第2部，第28章。
② 斯威夫特在基尔卡居住期间正在撰写《格列佛游记》，谢立丹很可能读到了斯威夫特的手稿。
③ 斯威夫特多次批评过谢立丹夫人。

数学，愤世嫉俗，再来一点儿党同伐异的分量就把你压垮了，就像一片羽毛落在已不堪重负的马背上。你要把使徒的话改成：我将努力学会，无论在什么境况云云①。

我可受不了你那些幻想。年内你只要在基尔卡住上一个月再加六个星期——也许没必要那么多。你只可从事自己确实喜好的娱乐活动。真正的朋友一个季度只携一块肉、一壶酒来看你一次。让别人为你的快乐买单吧。保重身体，早点儿休息，不要在夜半读书。别人笑，你也笑，别相信任何人，不要理会那些蓄意整你的人，他们也许自己晋升无望——除非我发挥失常、看走了眼——于是一心一意要阻止你进步的脚步。si mihi credis（如果你相信我），以上诸条你要一一做到，别痴心妄想着要出版你那布道词了，其中无法自圆其说的漏洞比比皆是。你只字未提你曾经在总督面前布道，也没有说他是否改变了对你的态度，你只是泛泛而谈。你以为世人除了把谢立丹先生拉下马，就没有别的事情好干了，其实你是时乖命蹇，恰好挨了人家一巴掌而已。有一次牛津伯爵曾对我说，这些傻瓜听到自己制造的噪音，就认为全世界都是这种声音。我进城后会全盘改变这一切，像世人一样行事。努力发财吧，发了财就没有敌人了。有空去城堡②走走，和提克尔、巴拉盖尔③搞好关系。常去看看那些站对了立场的人，那些现任领导的朋友们，不要和那些在错误的派别中大喊大叫的人交往——因为他们知道自己不会因此失去任何东西。

---

① 《腓立比书》，4：11："我无论在什么景况，都可以知足，这是我已经学会了。"
② 都柏林城堡，即爱尔兰总督府。
③ 爱尔兰总督加特利的秘书。

致亚历山大·蒲柏

（1725年）

1725年9月29日

先生，

我猜不出斯道福德①先生此举的原因，只能胡乱将其归咎为匆忙或者害羞，后者已成为他的一个缺点，尽管他已经踏上了意大利和法国之旅，去磨炼自己的心志。这是他的第二次旅行，时间较上次为长，也许此行能改变他的个性。我把他推荐给了加特利勋爵，他对你就像对他一样。

你已经看到了我写给博林布鲁克勋爵②的信，如果我没有忘记其中的部分内容的话，信里说明了我身处的环境和身边的朋友。但是为了使自己的才华不致埋没，如今我要返回都柏林的高

---

① 詹姆斯·斯道福德（约1697-1759年），斯威夫特的学生和遗嘱执行人之一。斯威夫特专门为他写了封引荐信，但是他没有交给蒲柏。

② 亨利·圣·约翰（1678-1751年），博林布鲁克子爵，托利党领袖之一。

贵舞台，投身于大千世界，纠正辖区①内有关生计的所有弊端，在一帮副牧师和教区牧师中放一异彩。除了开沟之外，我把时间全用于《游记》的完稿、校正、修改和抄写；全书分四部分，最近在篇幅上有所扩充，将在其适合与世人见面的时候交付出版——更准确地说，在找到一位敢拿自己耳朵来冒险的印刷商的时候。我很欣赏你的提议，我们在经历了那么多困顿别离后，确实有必要重新聚首，但是我一切工作的首要目的是惹恼而不是娱乐世人②。如果我能实现那个计划，又不伤及人身和财产安全，我将是你所见到的笔耕最勤——并且不读书③——的作家，没人阅读也不打紧。听说你完成了翻译工作④，我十分高兴。财政大臣牛津伯爵常常哀叹世人无赖，竟委屈如此槃槃大才明珠暗投如是之久。既然现在你有了可以施展长才的用武之地，那么，听我的，给这个世界多一点儿鞭笞吧。我一向憎恨所有的国家、职业和共同体，我把所有的爱都倾注到了个人身上。比如，我恨律师界，但是我爱律师张三、法官李四、医生（我就不说自己的职业了）、士兵、英格兰人、苏格兰人、法国人等等，同样如此。但是我首先憎恨和厌恶那种叫作人的动物，尽管我从心底里喜欢约翰、彼得、托马斯等等。我信奉这套理论多年，但一直没有告诉别人，而且我将继续奉行之直到厌烦为止。我已经搜齐资料，打算撰文证明，把人定义成"animal rationale"（理性的动物）是错误的，它只是"rationis capax"（能够使用理性的动物）而已。《游

---

① 圣帕特里克大教堂周围5英亩的土地是归斯威夫特管辖的。
② 蒲柏希望"我们两三个人聚在一起……娱乐自己，娱乐世人——如果他们愿意"。
③ 斯威夫特的谦词。
④ 蒲柏翻译了《伊利亚特》（1715-1720年）和《奥德赛》（1725-1726年）。

记》的大厦正是建立在这一厌世思想（尽管不是泰门①的风格）的宏伟基础之上的。除非所有诚信君子都赞同我的观点，否则我永远不会获得心灵的安宁。所以你要立刻支持它，还要设法让所有值得我尊重的人都这样做。这个问题彰明较著、不容置疑，我以 100 镑打赌，赌你我在此心意相通。

我还要在乡下待三天，所以不知道你已译完了《奥德赛》。惠赠大著，在此谨申谢忱，但是你说其中还有旁人的功劳，我对它的喜爱减少了四分之三。不过，很高兴你少干了这么多苦活②。福特先生早就跟我说过，你在建筑和园艺上成就非凡，特别是通往花园的地下通道，你把一处错误变成一处美景③，简直如诗如画（ars poetica）。

我和凶恶的老妇们已无来往，不久将老得爱上十四岁的女孩。你描述的那位住在宫廷、两耳失聪、不喜交际的女士④，我觉得是一个神话，但不知如何解释其寓意。她不可能是怜悯女神，因为怜悯女神耳朵不聋，也不住在宫中。正义女神是个盲人，也许还是个聋子，但是她也不是宫廷仕女。命运女神又聋又瞎，也是宫廷仕女，但她最不擅交际，永远不会像你承诺的那样让我感到舒心。那么，她一定是财富了，她符合你所有的描述。很高兴她拜访了你，但是我讲话的声音太轻，恐怕她永远也听不到。

---

① 泰门，古希腊著名厌世者，琉善对话录《厌世者泰门》和莎士比亚《雅典的泰门》的主人公。
② 蒲柏与 William Broome、Elijah Fenton 合作完成了荷马史诗的翻译。
③ 蒲柏位于特威克南的别墅在公路的一侧，花园在另一侧，两者以地洞相连。
④ 霍华德夫人，她提出要利用其在宫中的人脉帮助斯威夫特。

刘易斯先生向我描述了阿巴思诺特[1]医生的病情，我心中十分难受，长期以来离群索居的生活让我失去了那种由岁月和闲聊磨炼成的铁石心肠。我每天都在失去朋友，又没有寻找和获得新知。唉！如果这世界有一打阿巴思诺特，我愿将我的《游记》付之一炬！不过他也不是没有缺点。比德在其书中的一个段落里高度赞扬了彼时爱尔兰人的虔敬与学识，接着话锋一转，哀叹"唉，他们过复活节的时间不对"[2]，将前面的溢美之辞悉数推翻。同样，我们的医生拥有一切使人和蔼可亲、有益世人的美德，但是，唉，他走路时有点儿懒洋洋的。我祈祷上帝保佑他，他虽然不是一名天主教徒，却是一位优秀的基督徒，无愧于生，亦无愧于死。

我没有我们的朋友盖依[3]的消息，不过我发现朝廷待他十分冷淡。我建议他和总督大人[4]一起过来。提克尔先生谋到了一个很好的职位。我没有看到菲利普[5]，虽然我们以前过从密切。他写了些关于加特利小姐等人的昏话（莱斯特勋爵对这类诗的称呼），但是目前一无所获，而且，据我所知，未来也将一无所获。有件奇事值得记上一笔，都柏林的一名铁匠，同时也是一位大诗人，模仿他的风格同样给这位小姐写了首诗。菲利普爱怨天尤人，就此我和加特利勋爵说过，怨天尤人者永远不会在宫廷中

---

[1] 阿巴思诺特（John Arbuthnot，1667-1735 年），涂鸦社成员，蒲柏与斯威夫特的好友，"约翰牛"的发明者。
[2] 《英吉利教会史》，3.3。
[3] 《乞丐的歌剧》的作者。
[4] 加特利。
[5] 安布罗斯·菲利普（Ambrose Philips，1674-1749 年），诗人，其诗风受到蒲柏的嘲笑。

取得成功，而吹毛求疵者则不然。

你毕竟是乡绅，我必须冒着你收不到信的危险，把这封珍贵的信函寄到伦敦以外的地区。我要搁笔了，虽然信纸上还有好大一片空白。我的名声不好，就不签名了，不过你猜得出它出自何人之手，此人对你的敬爱之心达到了你应得的一半——我的意思是说，他已经尽力而为了。

我刚才在读报纸时得知，博林布鲁克勋爵在打猎时严重摔伤，对此十分关切。我很高兴看到他还有那么多的青春活力可供挥洒（他在这方面并没有多少本钱[1]），不过我担心他连最起码的谨慎之心都没有了。

---

[1] 放荡的生活损害了博林布鲁克的健康。

各种题目随想[1]

（1727年）

我们有太多的宗教让我们互相憎恨，却没有太多的宗教让我们彼此相爱。

历数过去岁月的战争、谈判、内讧以及诸如此类的事情，我们对其得失利害漠不关心，因此无法理解人们怎么会汲汲于这种转瞬即逝的事情；审视当今的时代，我们看到了同样的精神，然而不以为忤。

聪明人会考虑所有可能的情况，再做出判断，得出结论，但是半路上插进来的一件微不足道的小事（此类事岂能一一预见）常常改变了事件的进程，最终使其与最无知稚嫩的新手一样理不出头绪。

---

[1] 斯威夫特受蒙田、拉罗什富科、培根、坦普尔等人启发，写了一批格言警句，曾经命名为《道德与娱乐随想录》（依贺拉斯，道德与娱乐是诗歌的两大功能），初版于1711年，其后陆续有所增删，这里据1727年版译出，注释参考了 Ehrenpreis Centre for Swift Studies（http://www.anglistik.uni-muenster.de/Swift/）。

对于传教士和演说家来说，自信是一种优秀的品质，因为他们要把自己的想法灌输给大众，首先就要说服自己，只有这样才能对别人更有说服力。

人类既然不会接受警告，又怎么能指望他们听取建议呢？

在阿里奥斯托①所说的在月球上找到的遗失之物中，我不记得有没有"建议"的一席之地。它和"时间"应该待在那里的。

时间是最好的传教士，同样的道理，从前长者讲的时候，我们不听，现在由时间来讲，我们就接受了。

在我们渴望得到一样东西的时候，只想到它好的一面，在我们得手之后，则只想到它坏的一面。

工人们常把少量新出炉的煤块扔到暖房里，此举看似减弱了火苗，实则使火势更旺。它暗示我们，轻轻地煽动一下情绪，能让心灵之火不致熄灭。

随着岁月的流逝，宗教似乎长成了婴儿，需要奇迹来呵护，正如其在襁褓时一样。

所有的快乐都会被同等程度的痛苦或沉郁所抵消，就好像寅吃卯粮一样。

智者在下半生致力于修正自己在上半生形成的愚蠢、偏执和错误的观点。

如果一名作家要想知道怎么才能得到后世读者的肯定，不妨想一想，在古书中哪些是他喜闻乐见的，哪些东西的缺失最让他扼腕叹息。

---

① 阿里奥斯托（1474—1533年），意大利文学家，《疯狂的罗兰》的作者。书中的人物在月亮上找到了"时间"，却没有找到"建议"。

不管诗人们说得如何天花乱坠，显然他们只能让自己而不是别人永生。我们尊敬和赞美的是荷马和维吉尔，而不是阿喀琉斯或埃涅阿斯。历史学家的情况与此截然相反，我们的注意力集中于书中记述的行动、人物与事件，对于作者则很少留意。

天才出世时有一个百试不爽的标志，那就是所有的笨蛋都联合起来与他为敌①。

对于那些享尽了人世繁华的人而言，有许多意外可能对其造成伤害，意外的惊喜却寥寥无几。

用羞辱来惩罚懦夫颇为不智，如果他们在乎这个就不做懦夫了。死亡是对他们最好的惩罚，因为他们对此最为畏惧。

最伟大的发明如指南针、火药、印刷术诞生于蒙昧的时代，出自最木讷的民族，如日耳曼人之手。

我们也许这样可以证明通常的妖魔鬼怪之说多属虚妄，那就是从来没有两个人同时看到过鬼魂，换言之，伤心失意之人难得聚首。

我倾向于认为，上帝在最后的审判日不大可能宽容智者的不道德，也不会允许愚者的无信仰，因为两者都不可原谅。无知和知识在这里打了个平手。但是，智者的某些顾忌和愚者的某些罪愆也许会得到原谅，因为他们受到的诱惑实在太大。

一些历史事件的价值随着时间的流逝大为逊色，虽然个别事件还很有价值，这就对作者的判断力提出了很高的要求。

"这个批评的时代"成为了作家们的口头禅，就像牧师们说"这个罪恶的时代"一样。

---

① 斯威夫特的名言。

看着当代人那么随意地向下一代征税，真让人忍俊不禁。"未来的时代会谈到它；它将流芳百世。"他们的时间和思想将被当代事物所占据，就像我们现在一样。

传说中只吃空气的变色龙①拥有动物中最灵活的舌头。

一个人当上精神贵族后丢掉了自己的姓，当上世俗贵族后丢掉了自己的名②。

辩论和打仗一样，弱势的一方火光四起，杀声震天，试图让敌人高估自己的人数和实力。

有人以破除偏见的名义铲除了宗教、美德与诚实。

在一个体制健全的共和国，人民的财产会受到限制。原因很多，其中有一条人们或许不常想到的理由是：一旦划清了欲望的界限，人们在法律允许的范围内能得到的都得到了，对个人利益的追求走到了尽头，没有别的事情可做，就只能去关心公共利益了。

对于世人的责难，有三种报复的办法：鄙夷不屑、以牙还牙、惹不起躲得起。人们通常假装使用第一种办法，第三种办法几乎不可能实现，普遍采用的是第二种办法。

希罗多德告诉我们，在寒冷的国度，野兽大多不长角，然而炎热地方的野兽却有一双大角③。由此引申出来的寓意饶有兴味。

我听到的对律师的最佳讽刺来自占星家，他们假装身怀绝技，能预言案子何时宣判，是对原告有利还是对被告有利。整个事情完全取决于星星的作用，而将是非曲直彻底撇在一边。

---

① 这是一个奥维德和普林尼都提到过的传说，直到文艺复兴时代仍很流行。
② 精神贵族如坎特伯雷大主教、约克大主教，世俗贵族如牛津伯爵、博林布鲁克子爵。
③ "在利比亚西部有一种长角的驴子"，参见《桶的故事》，第三节。

次经中的托比特及其小狗常遭人嘲笑，但是荷马针对忒勒马科斯说过不止一次同样的话，维吉尔针对厄凡德尔也说过类似的话。我认为，《多俾亚传》是有一点儿诗意的。

我认识一些人，他们有着良好的品行，这对别人而言大有裨益，对自己却毫无用处，就好像屋前的日晷向邻居和路人而不是主人指示时间。

一个人如果记录下自己自少至老在爱情、政治、宗教、学术等方面发表的所有观点，那将是怎样的一笔糊涂账啊！

人们在天堂中做什么，我们对此一无所知；至于他们不做什么，我们一清二楚：他们男不娶女不嫁。

你若去观察今日女士们对恋爱对象的选择，不禁要对色诺芬提到的那些母马的记性肃然起敬①。只要它们的鬃毛还在，换言之，只要它们美丽依旧，就不会接受驴子的拥抱。

在悬念中生活是件痛苦的事情，这是蜘蛛的生活。Vive quidem, pende tamen, improba dixit.（她说："坏女孩，你还是活下去吧，不过要一直悬在空中。"②）

斯多葛派用消灭欲望的方法来满足我们的渴求，这就像是在没有鞋穿的时候砍掉自己的双脚。

医生不该对宗教说三道四③，同理，屠夫不能担当攸关生死的陪审员④。

---

① De re equestri（《论骑术》）。——原注
② 语出奥维德《变形记》，6.136。阿剌克涅和雅典娜比赛纺织，雅典娜见她织得好，气得把它撕了。阿剌克涅想不开，上吊自杀。接着雅典娜说了这番话，把她变成了蜘蛛。
③ 在伊丽莎白时代，医生常被看作是无神论者。
④ 因为屠夫见惯了流血的场面，在审判中可能会冷酷无情。

幸福的婚姻之所以寥寥无几，是因为年轻的女士们把更多的时间花在了织网而不是造笼上。

一个人在街上行走时如果注意观察的话，我相信他会在出殡的马车上找到最开心的面孔①。

没有什么比一桩带来耻辱和羞愧的不幸更让人手足无措、失其故智了。

只有日子过得不好的人才肯承认命运的力量，成功人士将其成功归结为自己的智慧或美德。

野心常常迫使人们从事最卑贱的工作，所以攀登要采取与爬行相同的姿势。

损友就像是一条狗，越是喜欢谁，就把谁弄得越脏。

众人的非议是一个人因为其卓越而向公众纳的税。

虽然人们常被指责不了解自身的短处，不过也许同样很少有人了解自己的长处。人和土地一样，有时下面埋藏了金矿，但是主人并不知情。

讽刺被认为是最容易的文体，但是在艰难的时世，情况恰恰相反。要把一个大恶人讽刺得入木三分和把一个大好人赞颂得恰到好处同样困难。对个性平庸的人，无论是褒是贬，都轻而易举、手到擒来。

年轻人长于发明，老年人长于判断。因此，在我们拿不出什么新东西来的时候，我们的判断就变得更为苛刻了。我们的一生都是如此。当我们步入老年后，朋友们发现很难讨我们开心，而且也不大在乎我们是否开心。

---

① 继承人。

没有一位智者希望自己变年轻。

一个不着边际的观点减弱了之前真知灼见的分量。

就其动机而言,最好的行为是经不起推敲的。大多数的行为,无论好坏,都可以归结为自爱。但是,有的自爱使人去取悦他人,还有的则使人完全沉浸于取悦自己。这就造成了善恶的巨大差别。宗教是一切行为的最好动机,然而宗教也被认为是自爱的最高要求。

一旦生活开始虐待我们,它就会一直这样肆无忌惮地对待我们,就像男人对待妓女一样。

老年人适宜在远处看东西,无论是理性之眼还是肉眼都是如此。

有的人花更多的力气来隐藏自己的智慧而不是无知[1]。

独断专行对君主有着天然的诱惑力,正如醇酒妇人之于青年,贿赂之于法官,贪婪之于老年,虚荣之于妇女。

安东尼·亨利的农夫死于气喘,他说:"如果我能呼出这口气,会小心不再把它吸进来。"[2]

那种把许多东西斥之为琐碎、浮华与臆造的脾气,完全不是智慧或高尚的标志,而是德行的巨大障碍。就拿名声来说,大多数人不愿意遭到遗忘。即使贩夫走卒也很想拥有自己的墓志铭。稍微运用一点儿哲学就会发现,其中毫无内在价值可言,但是如果它植根于我们的本性之中,激励我们去砥砺德行,就不该遭到耻笑。

---

[1] 比如苏格拉底。

[2] 1708年11月2日,安东尼·亨利在致斯威夫特的信中讲述了这件事,原文是"如果我能把这口气呼出体外,我再把它吸进来时一定会小心"。

抱怨是上天收到的最多的贡品,也是我们的献祭中最真诚的部分。

许多男人以及大多数女人的伶牙俐齿来源于思想与语言的贫乏。一位才思泉涌的语言大师,在词句和理念的选择上将大费踌躇。一般的人只有一套理念和一套包装这些理念的词句,不假思索就可以脱口而出。因此,从几乎空无一人的教堂里走出来,要比门口挤满了人时快得多。

有资格在社交聚会中大放异彩的人屈指可数,但是做一个容易相处的人,大多数人却是力所能及。因此,当下谈话艺术衰落的原因不在于理解能力不足,而在于傲慢、虚荣、恶意、做作、怪癖、独断等缺陷,而这又是不良教育的产物。

与其说虚荣是傲慢的标志,不如说是谦卑的标志。虚荣的人乐于谈论他们获得的荣誉、结交的大人物,以及诸如此类的话题,这样做其实是承认这些荣誉不是他们应得的,朋友们如果不是亲耳听见,是不会相信的。真正骄傲的人认为至高的荣誉都配不上自己,所以不屑于吹嘘。所以我提出如下格言:要想成为一个骄傲的人,必须隐藏自己的虚荣心。

在一个自由的国度,法律是或者应该是大部分拥有地产者的决定[①]。

在我看来,有一个反对上帝存在的论证其实有力地证明了其存在。它是这样驳斥的:暴风骤雨,荒年,毒蛇,蜘蛛,苍蝇,各种有毒或有害的动物,以及诸如此类的东西,证实了大自然的

[①] 斯威夫特在《布商的信》(第七封信,"致爱尔兰国会")中表述过同样的观点。这也是哈林顿在《大洋国》中表述的看法。

不完善，因为没有了它们，人类生活会变得更为美好。然而，这恰恰是明明白白地显示了上天的意旨。就哲学家发现和观测的范围而言，日月——大而言之，整个宇宙——的运行，遵循高度的规律性，达到了尽善尽美的程度；但是上帝也留下了不完善的东西，并赋予人类力量，通过知与行来改变现状，目的是激发人类的活力，否则人生会变成一潭死水，甚至难以维系——Curis acuens mortalia Corda[①]（小心地刺激人心）。

赞美是当今权力的女儿。

人是多么的前后矛盾、反复无常啊。

有的人在公共事务中足智多谋、享有盛誉，却被愚蠢的仆人所支配。

有的大臣才智过人、学识渊博，却只青睐笨蛋。

有的人英勇无敌，却害怕老婆。

有的人极其狡猾，却永远被骗。

我认识三位大臣，他们能准确地计算并结清国家的账目，却对自己的财务情况一无所知[②]。

牧师的布道让善人坚持走正道，但是很少或者说从来没有让浪子回头。

君主们做出的人事决策常常比他们信任的仆人高明。我知道一位君主，不止一次地选择了一位能干的大臣，但是我从来没有发现这位大臣在某一职位上任命过一位他认为最合适的人选。当代一位最杰出的人物承认存在这种现象，他将其解释为党派间的

---

① 维吉尔，《农事诗》，1.123。
② 其中可能有博林布鲁克子爵，他花钱大手大脚，手头拮据。斯威夫特曾在信中要他"学点儿算术，懂得三加二等于五，而不是更大的一个什么数字"。

龙争虎斗和朋友们的无理要求。

在没有大问题的时候，小毛病就足可以让人吃苦头了。没有石头，就会在一根稻草上绊倒。

从某种意义上说，老人必须具备高官显位或巨额财富，从而让年轻人和他们保持距离，否则后者会针对前者的年龄来羞辱他们。

人人都想长寿，但是无人希望年老。

大多数男人之所以喜欢听奉承话，是因为他们看不起自己，女人则恰恰相反。

如果书籍和法律保持过去 50 年的增长态势的话，我有点儿担心，未来是否还有学者和律师。

人们常说国王们的手很长，但愿他们有同样长的耳朵[①]。

幼年、少年和青年时期的王子据说都是才华横溢、语出惊人的天才。奇怪的是，居然有那么多大有前途的王子，又有那么多声名狼藉的国王。如果他们英年早逝，或许就是德才兼备的天才。如果他们一直活着，他们确实常常是天才，不过是另外一种类型。

按照人们通常的理解，政治不过是腐败而已，因此，它对于好国王或好大臣来说毫无用处。也正因为如此，宫廷中充斥着政治。

酒神巴克斯的养父西勒诺斯一直骑驴而行，头上长着一双角。这件事的寓意是：酒鬼被傻子牵着鼻子走，而且戴绿帽子的几率很高。

---

① 前半句是谚语。

爱情女神维纳斯是一位美丽善良的女士,婚姻女神朱诺则是一名凶悍的泼妇,她们永远是冤家对头。

反对宗教的人一定是一帮愚人[1]。所以我们读到,在所有的动物中,上帝拒绝享用头生的驴子[2]。

女人稍有一点儿才华即可,正如鹦鹉能说几句话我们就心满意足了。

好人就是一个满脑子都是肮脏念头的人。

阿波罗据说是医学之神、疾病之使。两者原本是一个行当,现在依然如此。

老人和彗星因为同样的理由受到尊重:他们都有长长的胡须,都假装能预测未来。

我在朝堂上被问及对法国大使及其随从的看法。他们都衣着华丽,一个劲儿地点头哈腰,行礼如仪。要我说,这是所罗门进口的金子和猿猴[3]。

保桑尼亚斯的书中讲到,驴子的叫声戳穿了颠覆一座城市的阴谋[4],白鹅的叫声挽救了卡匹托尔,一名妓女揭露了喀提林的阴谋[5]。这是我所记得的三个在历史上因为告密而出名的动物。

---

[1]《诗篇》,14:1:"愚顽人心里说,没有神。"
[2]《出埃及记》,13:12-13:"那时你要将一切头生的,并牲畜中头生的,归给耶和华,公的都要属耶和华。凡头生的驴,你要用羊羔代赎,若不代赎,就要打折它的颈项。"
[3]《列王记上》,10:22:"因为王有他施船只与希兰的船只一同航海,三年一次,装载金银、象牙、猿猴、孔雀回来。"
[4] 保桑尼亚斯疑为希罗多德之误,斯威夫特在《桶的故事》第三节中使用过这个典故。
[5] 喀提林的同伙克温图斯·库里乌斯长期和一个出身贵族、名叫富尔维娅的女人私通,并向她泄露了口风,富尔维娅"根本不想隐瞒对她的国家的这样一项危险的举动,而是把她从不同的来源听到的有关喀提林的阴谋的情况告诉了许多人,只是没有提到把这事告诉她的人的名字而已"(《喀提林阴谋》第23节,王以铸译)。

男人、小孩及其他动物的娱乐消遣大多是在模仿战争。

奥古斯都遇见了一头驴,它有一个幸运的名字,预示了他的好运①。我遇见了许多驴,却无一拥有幸运的名字。

如果某人让我跟他保持距离,让人感到欣慰的是,与此同时他也跟我保持了距离。

当我们看到人们出于对真理的热爱而坚持自己的错误时,怎能否认人人都热烈地爱着真理呢,虽然他们每一天都在自相矛盾。

我在阅读某段文字的时候,如果作者的观点与我相同,就说他说得很好。如果我们观点不同,我会说他是错的。

公平地说,极少数人生活在当下,却做好了在另一个时代生活的准备。

虽然谎言无处不在,表面上似乎也很简单,但是我在与人交谈中听到的高明的谎言不超过三句,即使算上那些最精于此道的人也是如此。

---

① 阿克兴海战前,奥古斯都遇上了一头名叫尼康(意为"胜利者")的驴子和一个名叫优图霍斯(意为"幸运者")的赶驴人,于是把营地移到了这里。战役胜利之后,奥古斯都把这个地方圈为圣地,建立了驴子和赶驴人的青铜雕像。参见《罗马十二帝王传》,第2卷,第96节。

一个小小的建议[1]

关于防止爱尔兰穷人子女沦为父母和国家的负担，
并让他们对公众有所裨益的小小的建议

（1729年）

    无论是在这个大城市[2]中行走，还是在乡间旅行，都可以看到街头巷尾、陋室门口挤满了女乞丐，带着几个衣衫褴褛的小孩，向每一位路过的行人乞求施舍。此情此景真是让人黯然神伤。这些母亲不能依靠劳动维持正当的生计，被迫一天到晚沿街乞讨，给自己无助的孩子讨一口饭吃。这些孩子长大成人后，要么由于找不到工作，只好以偷盗为生；要么背井离乡，去西班牙为"觊

---

[1] 周作人译为《育婴刍议》。《一个小小的建议》提出了一条骇人听闻的建议，不但反映了爱尔兰的悲惨状况，更是对爱尔兰政治庸医的讽刺，也是对所有的政治小册子的否定，从某种意义上说也是对自己的否定。斯威夫特对爱出馊主意、把国家当实验室的现代策士们（projectors，斯威夫特主要的讽刺对象之一）进行了无情的抨击。他道出一条真理：越是在国家风雨飘摇之际，越要戒慎恐惧，在貌似走投无路的时候，不能病急乱投医，一头扎进激进派的怀抱，采取疯狂的政策，实施祸国殃民的社会工程。

[2] 都柏林。

觊觎王位者"①作战；要么自愿卖身，到巴巴多斯②去讨生活。

我想，各派人士都同意，在当前国家所处的可悲局面下，这成千上万父母们抱在手上、背在肩上、拖在身后的孩子，是一个非常沉重的负担，因此，如果有人能想出一个公道、经济而又简单易行的方法，让他们成为健全而有用的共和国成员，公众一定会为他竖起雕像，纪念其重整山河之功。

按照我的设想，受益对象不仅包括职业乞丐的子女，除了这些在街头乞求我们大发慈悲的孩子之外，还应包括所有达到一定年龄段、父母没有实际赡养能力的儿童。

我自己对这个重大课题思考多年，也审慎斟酌了其他策士提出的方案，发现它们存在重大的计算错误。孩子从出生到一岁大，除了吮吸母乳外，最多只需要2先令的食物，孩子的母亲完全可以通过乞丐这一合法的职业获得这笔钱或同等价值的残羹剩饭。我的方案只针对一岁大的孩子，与其让他们成为父母、教区的负担，终生受缺衣少食之苦，不如让他们供人们食用——有的也可以做衣服。

这个方案还有一大好处，即杜绝堕胎，防止妇女们扼杀私生子的可怖行为。这种情况屡见不鲜，即使是铁石心肠的人看到这种情形也会悯然落泪。我怀疑，人们之所以杀害这些可怜的无辜婴儿，更多的是图省钱，而不是怕出丑③。

---

① 觊觎王位者，詹姆斯·爱德华·斯图亚特，詹姆斯二世的儿子。
② 加勒比岛国，西印度群岛中的岛屿之一。这里点出了爱尔兰穷人的两条出路：当雇佣军与移民美洲。
③ 杀婴是当时爱尔兰一个严重的社会问题。

一般估计，爱尔兰有150万人口[①]。据我计算，其中大约有20万育龄妇女，减去3万有抚养能力的（鉴于国家如今的困难局面，恐怕不会有这么多），余下17万妇女，再扣除5万当年流产的、孩子因事故或疾病夭折的，每年有12万穷孩子呱呱落地。因此，现在的问题在于怎么来养育和照料这些孩子。我已经说过，在目前的局面下，使用以往人们提出的任何办法都无济于事。我们既不能让他们从事手工业，也不能让他们从事农业。我们既不盖房（我是说乡下），也不种地。除非他们天分极高，否则在六岁以前几乎不可能以偷窃为生；尽管我们承认他们很早就掌握了基本原理，但在这期间他们只能被看作是实习生。一位卡文郡的大绅士[②]告诉我，六岁以内的例子，他所知道的顶多一两个，尽管那个地方是以精通此道、技艺娴熟闻名海内的。

　　商人们告诉我，十二岁以前的孩子是卖不出去的，即使他们满了十二岁，价格也不会超过三英镑，顶多三英镑半克朗[③]，而把他们拉扯大，所需衣食至少四倍于此数，因此，无论是父母还是国家都无利可图。

　　下面我谨陈管见，但愿没什么漏洞，不会招致纠弹。

　　我在伦敦认识的一个美洲万事通告诉我，一岁大的婴儿，如果身体健康，养育得法，最为美味可口，且富于营养，有强身健体的功效。不管炖、烤、烘、煮，都十分相宜。不管是做炖重汁肉丁，还是蔬菜烤肉，它都胜任愉快，这一点毫无疑问。

[①] 1730年，爱尔兰测量总监Arthur Dobbs估计，爱尔兰人口为200万。历史学家认为这个数字还是低估了。
[②] 托马斯·谢立丹是卡文郡人。
[③] 半克朗为30便士。

因此，我恳求公众考虑如下建议：在上述12万孩子中，保留2万用来繁殖育种，其中只需四分之一的男孩。这个比例要比绵羊、黑牛、猪仔大许多，我的理由是，这些孩子大多不是婚姻（那些野蛮人顾不上这些事情）的产物，所以一个男孩足够服务四个女孩①。剩下的10万婴儿，养至一岁后，卖给国内的富贵人家，切记要交代孩子的母亲，最后一个月要给孩子喂足奶，把他们养得白白胖胖的，好摆得上台面。朋友聚会，一个婴儿可以做两道好菜；家人用餐，前腿肉或后腿肉都可以做一道佳肴；再放一点儿胡椒或食盐，在第四天上煮了吃，味道极好，冬日风味独绝。

据我测算，初生婴儿的平均重量是12磅，只要喂养得法，一年内体重增加到28磅。

我承认，这种食品略显昂贵，也正因为如此才非常适合地主们。他们已经吞噬了大多数孩子的父母，因此最有资格享用这些孩子。

婴儿肉一年四季皆应时令，三月前后货源尤其充足。因为一位严肃的作家、法国的名医②告诉我们，吃鱼有利于提高人的生殖能力，大约在大斋节③过了九个月后，天主教国家出生的孩子较其他任何时节都多④。这样算来，在距大斋节一年后，市场上将供应充足，远超平时。因为我国的天主教婴儿至少是其他教派的

---

① 这里似乎计算有误。
② 拉伯雷，参见《巨人传》第五卷，第十九节。
③ 复活节前的40天，期间基督徒禁食、忏悔，纪念耶稣在旷野禁食40天，同时为复活节做准备。
④ 法国、意大利、西班牙等信仰天主教的国家都毗邻地中海，水产品丰富。

三倍，这就带来了额外的好处，即减少了天主教徒的数量。

我计算了养活一个乞丐的孩子的费用（包括佃农、劳工和五分之四的自耕农），大约是每年2先令，包括其破烂的衣服在内。我相信没有一位绅士会拒绝为一具健壮的婴儿尸体支付10先令，因为我说过，如果他只和少数几个朋友或者自己家人进餐的话，可以做四道很有营养的肉。这样，他就学会了如何做一名受佃户欢迎的好地主。孩子的母亲得到8先令的纯利，可以继续工作，直至生育下一胎。

至于那些节俭持家的（我必须承认这是时代的要求），大可以把皮剥下来，经过巧妙加工后，制成漂亮的女士手套、绅士的夏日凉靴。

我们可以在都柏林最合适的地方设立屠宰场，而且我们肯定不缺屠夫。不过我更推荐买活的，杀完立即下锅，就像烤乳猪一样。

一位我素所仰慕的品行高洁、忧国忧民的人士近来谈到这个话题，对我的方案提出了一项修改意见。他说，国内许多绅士近日在大肆屠鹿。他认为十二至十四岁的少年少女可以弥补鹿肉之不足。现在全国各地有那么多的男男女女失业在家，忍饥挨饿。如果他们的父母还在，就由父母处理；父母不在，由至亲代劳。我十分尊敬这位良师益友、爱国义士，可是对于他的意见却不能完全同意。我的那位美洲朋友告诉我，根据其经验，男童跟男学生一样，由于经常从事运动，通常肌肉又硬又瘦，味道不好吃，把他们养肥的成本又太高。至于女童，窃以为，失去她们是公众的一大损失，因为她们很快就可以生儿育女，况且个别人也许有些多虑，批评这种做法几近于残忍冷酷。这种说法当然是不公正的，不过我得承认，不管多么良好的计划，如果在这方面存在疏漏，那就构成了我反对它的最大理由。

不过，我要为我的朋友说几句话，他说，这个念头是著名的萨曼纳扎①灌输给他的。此人是台湾土著，大约二十年前来到伦敦。他在与我朋友交谈时说，在他的祖国，年轻人被处死后，刽子手将其尸首作为一种顶级美食卖给达官贵人。在他所处的时代，一位身材丰满的十五岁女孩因企图毒害皇帝而被绞死，尸体被一块块地切下来，以四百克朗的价格卖给了当朝宰相和朝中显贵。我必须承认，我市一些身材丰满的年轻女孩，身上一文不名，可是出门必得坐轿，穿着并非自己购置的异域华服，在剧院、会场抛头露面；如果把她们用于同样的用途，对国家来说未必是件坏事。

有些消极悲观的人对于大量穷困潦倒的老弱病残忧心忡忡，于是邀我出山，为国家建言献策、纾忧解困。不过，我对此无动于衷，因为众所周知，他们为饥寒所迫、污秽所侵、毒虫所扰，正在一天天地走向死亡，你想它有多快，实际就有多快。至于年轻的劳动力，他们的前途几乎同样美妙。因为没有工作，所以营养不良、日渐憔悴，如果有朝一日他们还有受雇佣的机会，也没有力气干活了。因此无论是国家还是他们自己，很有可能将于近日得到解脱，从而免除来日的大难。

已经离题太远了，还是言归正传吧。我认为，我的建议有许多显而易见、至关紧要的好处。

---

① 乔治·萨曼纳扎（George Psalmanazar，约1679-1763年），18世纪的法国骗子。1703年前后来到伦敦，冒充台湾人，出版了一本介绍台湾情况的书（《台湾历史地理志》，1704年），内容胡编乱造、荒诞不经，然而欧洲学者文人一度信以为真。

第一，诚如上文所论，此举将大大减少天主教徒的数量，他们是我国主要的新生人口来源，势力日益猖獗，同时也是我们最凶险的敌人。他们潜伏下来，企图颠覆国家，扶植觊觎王位者上台；看着那么多善良的新教徒宁可背井离乡，也不愿违背良心，向迷信的国教助理牧师缴纳什一税，他们觉得这是天赐良机。

第二，贫穷的佃户获得了一点儿值钱的东西，根据法律可以用作扣押，缴纳地主的地租；他们的粮食和牲畜被洗劫一空，已经不知钞票为何物了[①]。

第三，10万名儿童两岁后的抚养成本，怎么算也不会低于每人每年10先令，这样国民收入每年会增加5万镑。此外，随着这种新式菜肴摆上桌面，我国稍有品味的富人可以大快朵颐。此外，因为是彻底的国产货，钱也只在我们中间流通。

第四，常年的产妇们在卖儿鬻女之后，除了每年8先令的收入以外，不需要承担一周岁以后的抚养费用了。

第五，这还会给酒馆招来无数生意，聪明的酒馆老板们一定会利用这种食材烹制出尽善尽美的美味佳肴，引来无数风雅之士，他们是一向以其美食知识相标榜的，而一个善于取悦食客的良厨会把价格拉抬到他们不能接受的程度为止。

第六，这对于男婚女嫁是一个极大的促进，对于此项工作，一个明智的国家要么用奖励来引导，要么用立法来强制。孩子的母亲们也会更精心地照料孩子，因为她们确信，可怜的宝宝生活有了着落（从某种意义上说，这笔钱是公众支付的），她们不再需要一年年地往里面扔钱，反而有钱可赚。很快，我们将看到已

[①] 爱尔兰市面上流通的货币稀缺，原因是汇率不公及爱尔兰不能铸造货币。

婚妇女们展开一场正当的竞赛，比谁能向市场提供最壮的孩子。男人们也会更加关心怀孕中的妻子，就像关心即将分娩的母马、母牛和母猪一样。他们不再会像现在这样，动辄对妻子施以拳脚，他们担心这样会造成流产。

还可以举出许多好处。比如，在出口方面，除了桶装牛肉外又增加了数千具尸体。再比如，猪肉的推广和咸肉制作技艺的改进。这本是一道家常菜，但在经过大规模屠宰后，我们对猪肉已经是可望而不可即。无论在口味上，还是在外观上，猪肉都不能和养得白白胖胖的一岁小儿相提并论，将其整只烘烤后，将成为市长宴请或其他公务招待活动中受人瞩目的主打菜。凡此种种，我都略过不表，不再赘述。

假定都柏林有1000个家庭是婴儿肉的常客，此外一些欢庆场合（尤其是婚礼和洗礼）也有需求，这样算下来，都柏林一年的消费量大约在2万具左右，国内其余地方消费剩下的8万具（价格可能会略低一点儿）。

我想象不出有人能提出任意异议，除非说，我国的人口将因此大为减少。坦率地说，这个问题确实存在，其实这正是建议者的初衷之一。请读者注意，我这个解决方案只为爱尔兰一国设计，其他任何在地球上存在过、存在着或者将来可能存在的国家都不适用。因此，不要和我说别的什么计划①：什么向不在地主②每一英镑的收入征收5先令的税③啦，什么只使用本国生产制造的衣服、家具啦，什么杜绝助长外国奢靡之风的材料和器具啦，

---

① 下文都是斯威夫特曾经提出过的建议。
② 不在地主：在爱尔兰拥有土地，但是身在外国，不亲自经营的人。
③ 相当于25%的税率。

什么改变妇女因骄傲、虚荣、空虚、赌博造成的铺张浪费啦,什么养成节俭、审慎、节制的性情啦,什么学会爱国啦(在这方面,我们甚至和拉普兰①人、图皮南巴人②大相径庭),什么化解敌意、停止分裂啦,不要像犹太人那样在城池陷落的那一刻还在互相残杀③啦,什么稍加谨慎,不要无端出卖祖国和良心啦,什么教育地主对佃户发发善心啦。最后,什么让店家变得诚实守信、勤劳能干啦;如果我们此刻通过决议,只买国货,他们会立刻串通起来,在价格、数量和质量上玩花样,他们永远提不出一桩公平交易,尽管人们一直诚挚地这样要求。

所以,我在这里要重申:不要和我说什么类似的计划,除非真有人开始动真格的,让我们看到一线希望。

多年来我闭门造车,屡建空言、屡献臆策,已经是精疲力竭、心灰意冷,忽然灵机一动,遂有此念。因为全然是新的,所以有部分是坚实和真实的,无须投入资金,不费什么力气,完全在我们力所能及的范围之内,也没有触怒英格兰的危险。因为这种产品质地柔软,腌制后不能长期保存,所以不宜出口,尽管我也许能指出一个国家,不用吃盐也能把我们整个民族吞下去。

无论如何,我不会固执己见,对智者的高见一律闭目塞听,他们的建议也许同样清白、经济、方便、有效。但是,在否定笔者建议、揭橥更好建议之前,我希望其作者或作者们能审慎地考虑以下两点。首先,在当前的形势下,如何为 10 万百无一用的

---

① 斯堪的纳维亚半岛北部的一个地区。
② 图皮南巴人(Topinamboo),巴西的一个印第安部落,据说有吃人的风俗。
③ 公元 70 年,罗马军队包围耶路撒冷,犹太人不能团结御敌,导致城池陷落、神殿被毁。

人口解决温饱问题。其次，算上职业的乞丐以及大批的自耕农、佃农、劳工及其妻儿等实际的乞丐，全国各地约有100万拥有人类外表的生物，为了维持一个一般的生计，背负了200万英镑的债务。有些政客讨厌我的建议，希望他们在不知天高地厚地试图另辟蹊径前，问孩子们的父母一个问题：在孩子一岁大的时候，用我所说的方式把他们卖掉，从而一举摆脱他们一直以来经受的永无休止的悲惨不幸——地主的压迫；没有钱和工作，缴不起地租；家无片瓦、衣不蔽体，任由风霜雨雪消磨；而最不可避免的不幸是，同样的不幸（甚至更大的不幸）还将世世代代降落在子子孙孙的身上——是否是一种巨大的幸福。

　　说真的，我之所以勉力推动这项必要的工作，没有夹杂一点儿私心，完全是为了发展贸易，抚养孩子，为穷人解忧，给富人消遣，最后达到造福公众的目的。我最小的孩子已经九岁了，妻子也已经过了生育的年龄，因此没有孩子可卖，一个铜板也赚不到。

咏斯威夫特博士之死[①]（选段）

读拉罗什富科箴言有感

（1731年）

"Dans l'adversite de nos meilleurs amis, nous trouvons toujours

quelque chose,

qui ne nous deplait pas." [②]

[①] 本篇为斯威夫特诗歌中的代表作，作于1731年。作者从拉罗什富科（1613—1680年，法国作家，《箴言集》的作者）的一则格言获得灵感，想象自己逝世后世人的反应，诗歌回顾了他一生的历程，试图为自己的行为进行辩解。斯威夫特一方面嘲讽地说，众人将很快把他忘记，书店里都找不到他的书了；另一方面又借他人之口，对自己的一生做出了肯定和褒奖。全诗近500行，这里选译了其中的一部分。

[②] 在我们最好的朋友遭遇不幸的时候，我们总能找到一些并不让我们感到难过的事情。

序诗[1]
（1–70行）

拉罗什富科所作之箴言
取自自然，令我深以为然；
这不能证明他心灵败坏，
人类自己才是问题所在。

人们对这一条最是厌恶，
人哪会卑鄙到如此地步：
"无论朋友有何不幸遭遇，
我们先把个人利益考虑；
大自然好心地安慰我们，
指出一些情形宽慰我们。"

若你觉得此事忍无可忍，
让理性和经验为此作证。

看着昔日同辈青云直上，
每一个人都妒忌得发狂。
在拥挤的人群之中看戏，
谁不愿让别人站得更低？
我和你一样把朋友热爱，

---

[1] 此处及另外两处标题为中译者所加。

可他为何将我视线妨碍？
还是让我站在更高位置，
哪怕只有一英寸的距离。

若有一人是你世间最爱，
战场之上展现英雄气概，
万马军中诛杀敌人将领，
抑或是缴获大量战利品；
你难道不盼他桂冠失落，
反而甘心情愿被他超过？

诚实的内德患上了痛风，
床上辗转反侧痛苦万分，
听着他的哀嚎你多平静！
多么庆幸自己没有得病！

看同行和自己齐头并进，
又有哪位诗人能不伤心？
愿自己的对手都下地狱，
绝不让别人先自己一步。

竞争女神的计划落了空，
她转向忌妒、讥讽与起哄：
铁打的友情也让位傲慢，
除非我们已经稳操胜券。

虚弱的人类，疯狂的物种！
谁能将尔愚蠢一一追踪？
自爱与野心，忌妒与傲慢，
在我心中各自占据一面。
给别人财富、权力和地位，
在我看来都是谋朝篡位。
虽然我已经是升迁无望，
别人下降我就高升一档。
我每读一行蒲柏一叹气，
恨其并非出自我的手笔；
他在两行诗中说的事情，
我用十二行也不能穷尽，
我忌妒地喊着，来吧天花，
带走他，也带走他的才华。

以我这样寓讽刺之于幽默，
比不过盖伊，我十分难过。

不再与阿巴思诺特为友，
这厮竟然自命讽刺高手，
我生来就为弘扬这一行，
去芜存菁，将其用处弘扬。

圣约翰和普尔梯尼知晓
我散文的名气可是不小；

在他们让我变过时之前
可用笔向大臣发起挑战。
如果他们让我感到难堪,
让我把手中笔抛在一边;
上天赋予他们如此天赋,
我怎不对他们深深憎恶?

命运的礼物可送我对手,
千万不要馈赠我的朋友。
前者我还能温顺地忍耐,
对朋友忌妒我气急败坏。

斯威夫特的为人

(315-354 行)

严肃地挖苦是他的风格,
揭露愚人,予懦夫以鞭策。
从来不把他人创意剽窃,
一心只将自己想法书写[①]。

公爵为拥有他感到骄傲,

---

① 原诗"But what he writ was all his own"出自德纳姆在考利死后写的挽歌,斯威夫特在写给自己的挽歌中抄了这句诗。有学者认为,斯威夫特此举否定了自己的原创性,说明我们不能对他的话太当真。

他从不认为是一种荣耀,
他情愿悄悄躲闪在一边,
与衣着寒酸的才子交谈;
他鄙视满身勋章[①]的白痴,
老是大拍查特里斯[②]马屁。
他不向达官贵人献殷勤,
也不把万众仰慕者奉迎;
再重要的人物他也不怕,
因为他无需求助于人家。
虽然长期受命承担重任,
从不趾高气扬、目中无人。
个人利益从不萦绕心间,
为了朋友耗尽所有家产;
择友只选聪明良善之辈,
马屁精、把兄弟全都不给。
只对窘困的仁者施援手,
很少有不获成功的时候;
许多人必须衷心地承认,
没有他,他们还默默无闻。

他对王侯保持应有礼数,
站在他们面前从不畏惧。

[①] 1726年,沃波尔被授予嘉德勋章。
[②] 查特里斯(Francis Charteris, 1675-1732年),著名的恶棍,1730年因为强奸女仆而受到审判,轰动一时。

大卫的教训他牢牢记住，
永远不把信任寄托君主；
休去说那些权力的奴仆，
这样做会让他勃然大怒。
谁要把爱尔兰议会提及，
他将慷慨陈词不可遏抑！
自由便是他全部的要求，
为了她，生命又何必拥有？
为了她，他一人挺身而出，
为了她，他常常栉风沐雨。
两个王国都由党派主宰，
都曾经悬赏要他的脑袋；
没有一个叛徒敢站出来，
肯为六百英镑将他出卖。①

讽刺的动机

（455-484 行）

也许我得承认这位教长，
血液中有太多讽刺流淌；
决意不让它虚度其年华，

---

① 英国和爱尔兰政府都曾经悬赏缉拿斯威夫特。1713 年，斯威夫特因为写作《辉格党人的公共精神》而受到英国政府通缉。1724 年，又因为伍德的"半便士事件"受到爱尔兰政府通缉。巧的是，两次的赏金都是 300 英镑。

这时代最适合发挥才华。
论动机他没有不良用心，
鞭笞丑恶，从不指名道姓；
成千上万人受到了指责，
心怀怨恨者却没有一个；
他讽刺指摘的种种缺陷，
每一个人都能改过迁善；
他讨厌愚蠢无知的一伙，
把刻薄的嘲笑当作幽默；
驼背和鹰钩鼻轻轻放过，
只要其主人不故意做作。①
他怜悯那些真正的白痴，
除非不知好歹冒充机智。
只要坦然承认自己无知，
他绝不出言挖苦和讽刺；
白痴把贺拉斯生搬硬套，
如此引用名句让他发笑。

他会讲上百个有趣故事，
囊括辉格、托利两党措辞。
面对着死亡他感到快乐，
朋友们对他并不加干涉。
他捐出自己菲薄的财产，

---

① 即天生的缺陷，而非整容的结果。

为傻子和疯子建造家园；
其寓意带有讽刺的笔触，
在我国最有其用武之处。
这个王国还欠他一笔钱，
希望很快有人青出于蓝。

《仆人须知》总则[①]

老爷或太太喊到哪个仆人的名字,那个人又恰好不在,这时候你们谁也不要吱声,否则没完没了的苦差事就会落到你们的头上。老爷们自己也承认,只要能做到叫谁谁来,就已经谢天谢地了。

做错了事,一定要保持嘴硬,摆出一副受尽委屈的样子,老爷太太的态度会立刻软下来。

看到其他仆人做了对不起主人的事情,千万不要声张,以免人家说你搬弄是非。不过有一个例外,如果那厮是主人的宠仆,并因此而理所当然地受到阖家上下的憎恨,那么,把所有的屎盆子都扣到他头上才是明智之举。

厨师、司膳、马夫、采购等涉及家庭开销的仆人,在花钱时

[①] 1745年出版,斯威夫特说,写作此文花去了他28年以上的时间。斯威夫特生前只完成了部分篇章,其余大多是残篇。

要假定主人的全部财产都投入了他经手的那一块。打个比方，如果厨师算出主人的年收入为1000英镑，那么他可以合理地断定，一年用1000英镑来买肉是很宽裕的，花钱时不必缩手缩脚。司膳、马夫、马车夫亦作如是观。这样一来，家里的各项开支都配得上主人尊贵的身份了。

在你当众受到责骂的时候（恕我直言，老爷、太太此举有失身份），常常有好心的陌生人插话，帮你打圆场。在这种情况下，你有权为自己辩护，而且可以合理地得出结论：以后不管什么时候，他要是再骂你，也许都是他的错。你把你的观点告诉共事的仆人，他们肯定会站在你这一边，更加坚定你的立场。所以，正如我在前面说过的那样，受到责骂后尽管诉苦，仿佛受到了很大的委屈。

仆人们外出送信时，常常会在外面流连，也许是两小时、四小时、六小时乃至八小时不等。因为外面的诱惑实在太大，血肉之躯难以抵抗。等你回到家中，老爷大发雷霆，太太一顿臭骂，口口声声要将你剥光，痛打一顿，还要炒你的鱿鱼。你要编好一套理由，不管出现哪种情况，都能从容应对。比如，今天早上你叔叔走了八十里路，特地赶到城里来看你，明天天一亮就要回去了。一位当仆人的哥们丢了差事，向你借了钱，现在要跑到爱尔兰去了。一位当仆人的老同事要乘船去巴巴多斯，你要去为他送行。你爸爸叫你去卖一头奶牛，直到晚上九点还没找到买牛的小贩。一位亲爱的表兄下周六要上绞架了，你要赶去和他诀别。你被一块石头扭伤了脚，在一家店里待了三个小时，才迈得动脚。人家阁楼窗户里扔出来的垃圾落到了你的身上①，你把浑身上下收拾干净，等到臭味没了，才好意思回家。你被抓去当海军，被人带到治安官那里，等了三小时，治安官才开始审你，你费了很大周折才得以脱身。法警把你当作债主抓了起来，在负债人拘留所里关了整整一夜。你听说主人在酒馆里遇上了麻烦，心急如焚，为了打听他的下落，踏遍了从蓓尔美尔街到圣殿关②的上百家酒馆。

你要站在商人的一边，和主人唱对台戏。主人派你出去买东西，绝不要杀价，对方开什么价，你都豪爽地如数付钱。这不但给你主人脸上贴金，自己的腰包也有进账。而且你想想，同样多花点儿冤枉钱，主人总比穷苦的商人更有承受力。

本行以外的工作，永远连一个指头也不要碰。比如，马夫喝醉了抑或不在家，要司膳去关马厩的门，回答是："回老爷的话，我对养马的事情一窍不通。"如果窗帘的一角需要固定，要跟班的去钉一颗钉子，他大可以说自己做不来这个，主人最好去请装潢工人。

老爷和太太老是怪仆人们不随手关门。可是他们也不想想，在关门之前先要开门，这样一开一关，多费了一番手脚，所以最好、最快也最简单的方法是不开也不关。实在催得紧了，想忘也不容易，那就在出去的时候猛地关一下，震得整个房间地动山摇，所有的东西格格作响，让老爷太太知道你执行了他们的命令。

如果你发现自己在老爷太太跟前开始得宠了，抓住机会以非常温和的口气告诉他们，你要离职了。如果他们询问原因，而且

---

① 英国人和爱尔兰人都是直接从窗口往外扔垃圾的。
② 直译为坦普尔栅栏，旧时伦敦城的入口。

有点儿依依不舍的意思,你回答说,你心里最想的是同他们待在一起,但是,一个穷苦的仆人如果想往高处走走,也是天经地义、无可指责的,帮佣不是继承遗产,要干的活很多,拿到的钱却太少。听到这里,如果你的主人有点儿肚量,会给你一个季度加薪五到十先令,而不是让你离开。但是,如果他真的让你走,你又不想走,就让同事转告主人,他说动你同意留下来了。

白天顺手牵羊搞到的好吃的东西,一个都不要动,留到晚上同其他仆人一起美餐,司膳要是能提供酒水,把他也带上。

用蜡烛烟在厨房或佣人房的天花板上熏出你和情人的名字,以显示你的学问。

如果你年轻英俊,在桌上和女主人说悄悄话的时候,不妨把鼻子贴在她的脸颊上;如果你的气息很好闻,就全部哈到她脸上。据我所知,这种做法在有的家庭产生了非常好的效果。

不喊你三四次,绝不现身,只有狗才听到一声口哨就跑过去。主人要是喊:"有人在吗?"谁都不必过去,因为"有人在吗"不是一个人的名字。

要是在楼梯下面把陶杯陶壶全都给打碎了(这种事情一个星期总要发生一回),铜壶也可以代替,可以煮牛奶、热粥、盛啤酒,内急时可以作夜壶用。在派这些用场时,不要厚此薄彼,用不着洗涤冲刷,以免掉锡。

尽管你在佣人房有吃饭用的刀叉,但是不要去碰它们,要用就用你主人的。

制定一条行之久远的规定:佣人房或厨房内的椅子、凳子、桌子都不能超过三条腿。我所见过的家庭普遍遵守这一古老而恒久的习俗,据说理由有二:一是显示仆人们一直处于摇摇欲坠的状态；二是表示谦卑，仆人的桌椅起码要比主人少一条腿才成。这里有一项例外：根据习俗，厨师可以有一把安乐椅，供饭后打盹儿之用，不过我很少见到超过三条腿的。对于仆人桌椅流行的瘸腿现象，哲学家归纳出两点原因，据说它们在国家和帝国内掀起了最伟大的革命，我指的是爱情与战争。在嬉戏玩耍中，凳子、椅子或桌子是人们最先抄起的武器，恢复和平后，桌椅如果不牢固的话，容易在一场风流韵事中受到破坏，厨师通常又胖又重，司膳常常喝得醉醺醺的。

我最不能忍受的是看到女仆们用别针别着裙子上街，这实在太不像话了。说什么不让裙子弄脏，这个理由十分愚蠢，补救的办法很简单：回家后在干净的楼梯上来回走个三四遍就行了。

和在同一条街上为仆的老友聊天，切记把临街的门开着，这样回去时就不用敲门了，要不然，让女主人知道你出去了，你会挨骂的。

我真诚地奉劝你们，要保持团结和睦。不要误会我的意思。你们之间可以互相争吵，但是记住，你们有一个共同的敌人，那就是你们的老爷和太太，你们要捍卫一个共同的目标。相信一个老手的话：谁要是不怀好意地在主人面前说另一个仆人的坏话，大家应该联手整死他。

不管是冬天还是夏天，厨房都是仆人们聚会的根据地。你们在那里讨论家庭大事，不管这些事情关系到马厩、牛奶房、餐具室、洗衣房、酒窖、儿童室、餐厅，还是太太的寝室。你们在那里是十分安全的，可以尽情地笑啊、叫啊、闹啊，得其所哉。

哪位仆人喝醉了酒，回家后不能出来露面，你们要一齐去向主人说，他生了重病，卧床不起，好心的太太会让人带一点儿好东西给那位可怜的男仆或女仆的。

老爷太太晚上一起外出赴宴或访友，只留一个人看家足矣，倘若有一个小混混可供差遣，可让他应门并照料小孩子。让谁留下不妨通过抽签决定，留守的可叫情人来陪，这种时候是不会有被捉住之虞的。这样的大好机会难得才有一次，万万不要错过；只要有一名仆人在家，你们就可以高枕无忧了。

老爷或太太回家后要一名已经外出的仆人听差，你的回答是：此人的表兄奄奄一息，刚刚把他叫走。

如果主人叫你叫到第四遍你才答应，不要急着赶过去；如果他责骂你故意拖延，你可以理直气壮地说，你之所以没有早来，是因为不知道叫你干什么。

因为犯错而受责时，你一边走出房间，下楼梯，一边大声抱怨，让主人听到后以为你是无辜的。

老爷或太太外出时，不管谁来登门造访，都不必费心记他的名字，因为你要记的东西实在太多。更何况这是门房的事情，主人没有养一个门房，这是他的过错。谁能记得住这些名字呢？你又不会读书写字，当然会记错的。

如果有可能，永远不要向老爷或太太说谎，除非你有一点儿把握，他们不会在半小时内发现真相。哪个仆人被炒了鱿鱼，把他做过的错事和盘托出，哪怕老爷或太太大多闻所未闻。别人的过失，不妨全部归咎于他。要举例说明。他们要是问你，以前为何不说。回答是："老爷（或太太），我担心您会动气，而且您也许会认为是我在使坏。"小少爷和小小姐若是在家，对于仆人们纵情嬉戏通常是一个很大的障碍，唯一的办法是用糖果买通他们，不让他们在爸爸妈妈面前说三道四。

如果主人住在乡下，你们又想拿到小费，不妨在陌生人离开时列队相送，让他不得不在你们中间穿行。如果让他白白跑掉，他就愈发有恃无恐，出手就更不大方了，下次他再来的时候，要记得根据他这次的表现予以相应的款待。

主人给你现金去商店买东西，如果你正好囊中羞涩，不妨把钱留下，东西记在主人账上。这给主人和你都挣足了面子，因为在你的推荐下，他成为了一个有信用的人。

女主人对你有所差遣，叫你去她的房间，你一定要站在门口听她讲话，把门打开，把玩门锁，握住把手，以免忘记关门。

如果老爷太太错怪过你一回，你就撞大运了，以后你为他们效劳时再犯错误，别的什么也不要做，只要提醒他们，他们曾经冤枉过你，这次你也同样无辜。

什么时候你想要离开主人，又怕得罪他，不好意思明说，最好的办法是突然变得行为乖张、一反常态，让他忍无可忍，只好把你打发走。你走后为了报复他们，把他们夫妇说得极为不堪，让所有待业的仆人都不敢踏进他们家门。

有些娇滴滴的太太害怕伤风感冒，看到楼下的女仆和男仆在进出后院的时候常常忘记关门，于是设计了一个滑轮，一条绳子，一头挂了一个大铅块，能自动关门，开门时要用很大力气。这对于仆人而言是一个沉重的负担，由于工作的需要，一个上午要进出五十次。但是智慧的力量是巨大的，聪明的仆人已经想出行之有效的办法，来对付这一让人无法忍受的秕政，他们把滑轮扎紧，让铅块起不了作用。不过，如果是我，宁愿在门下放一块大石头，让门一直敞开着。

世间岂有一物可以长久，一般来说，仆人们的烛台都是坏的。但是你们有很多应急的办法：可以方便地把蜡烛插在瓶里，或者用一块黄油插在墙壁上，或者插在火药筒里，在旧鞋里，在裂开的棍棒里，在枪管里，或者用它自己的蜡油粘在桌上，在咖啡杯、玻璃杯、牛角罐、茶壶、拧成一团的餐巾、芥末瓶、墨水瓶、髓骨、面团、木屑堆里，还可以在面包上挖一个洞，把蜡烛插进去。

哪天你邀请邻家的仆人晚上聚餐，教他们用一种特别的方式轻轻敲打厨房的窗户，你听得见，老爷太太听不见，在这样一个不恰当的时刻，总以不打扰或惊吓他们为佳。

把所有的错误都归咎于哈巴狗、宠猫、猴子、鹦鹉、小孩以及刚被解雇的仆人。根据这条法则行事，你可以撇清自己的干系，对其他人不会造成任何伤害，也让老爷或太太免去责骂之劳。

干活时如果缺少称手的工具，想到什么招就用什么招，千万不要耽误了工作。比如，拨火棍不见了或者坏了，改用火钳搅火；手头没有火钳，就用风箱的喷口、火铲的反面、火刷的把手、拖把的把柄或者主人的手杖。燎鸡毛时缺少纸张，就从屋里随手找一本书撕几页下来。没有擦鞋布，用窗帘的端或桌布来代替。把制服上的花边拆下来，代替吊袜带。司膳如果找不到夜壶，完全可以用大银杯嘛。

熄灭蜡烛有好几种不同的方法，我都教给你。可以把蜡烛头按在护墙板上摩擦，烛花会立即熄灭。可以把蜡烛放到地上，用脚踩灭。可以把蜡烛倒过来拿，让它自己的蜡油扑灭它。还可以塞到烛台的插槽里去。可以用手握住，不停旋转，直至其熄灭为止。可以在解手完毕，上床睡觉的时候，把蜡烛头浸入夜壶里。可以在手指和大拇指上吐点唾沫，把烛花掐灭。厨师可以把蜡烛头扔进面粉桶，马夫可以把它扔进燕麦桶、干草堆或垃圾堆里。女仆可以把它按在镜子上擦灭，用烛花擦镜子最干净。但是最快最好的办法，还是一口气把它吹灭，蜡烛很干净，再点也方便。

家里最大的害人精是告密之人，这是你们要联合对付的头号大敌。甭管他干什么，你们都同他对着干，任何搞破坏的机会都不放过。比如，如果是司膳告的密，就趁餐具室门打开的时候，把他的玻璃杯打碎，或者把猫、狗锁在里面，会起到同样的效果；把刀叉和汤匙换一个位置，让他永远也找不到。如果是厨师告的密，趁她转身的节骨眼，往锅里扔一团烟灰，撒一把盐，或者把冒烟的煤块扔到油滴盘上，或者用烟囱灰弄脏烤肉，或者把她的钥匙藏起来。如果跟班有告密的嫌疑，让厨师弄脏他新制服的后背，或者趁他端汤上楼的时候，舀上满满一勺汤，轻手轻脚地跟在后面，一路沿着楼梯洒到餐厅门口，然后让女仆大叫一声，让太太听到。侍女很有可能会为了拍马屁而告密。要是这样，洗衣女工在洗衣服的时候一定要把她的衬衣弄破，并且只洗一半。她要是敢抱怨，就告诉全家老少，她出汗太多，身子太脏，她的衬衣才穿一个小时，已经比人家厨房女仆穿一个星期的衬衣还要脏了。

图书在版编目（CIP）数据

桶的故事·书的战争／（英）斯威夫特著；管欣译．—北京：商务印书馆，2016（2018.2重印）
（涵芬书坊）
ISBN 978-7-100-11477-6

Ⅰ．①桶⋯　Ⅱ．①斯⋯②管⋯　Ⅲ．①散文集—英国—近代②诗集—英国—近代　Ⅳ．①I561.14

中国版本图书馆CIP数据核字（2015）第164327号

权利保留，侵权必究。

桶的故事　书的战争
〔英〕乔纳森·斯威夫特　著
管　欣　译

商 务 印 书 馆 出 版
（北京王府井大街36号　邮政编码100710）
商 务 印 书 馆 发 行
山东临沂新华印刷物流集团印刷
ISBN 978-7-100-11477-6

2016年10月第1版	开本889×1194　1/32
2018年2月第2次印刷	印张10½

定价：60.00元

涵芬
书坊

第一辑

001 亡灵对话录	〔法〕费讷隆 著
	周国强 译
002 艺术家画像	〔奥〕里尔克 著
	张 黎 译
003 莫斯科日记 柏林纪事	〔德〕本雅明 著
	潘小松 译
004 哲学讲稿	〔法〕涂尔干 著
	渠敬东 杜 月 译
005 河上一周	〔美〕梭 罗 著
	陈 凯 译
006 致死的疾病	〔丹〕克尔凯郭尔 著
	张祥龙 王建军 译
007 致外省人信札	〔法〕帕斯卡尔 著
	晏可佳 姚蓓琴 译
008 爱之路	〔俄〕屠格涅夫 著
	黄伟经 译
009 地狱 神秘日记抄	〔瑞典〕斯特林堡 著
	潘小松 译
010 花的智慧	〔比〕梅特林克 著
	谭立德 周国强 译

第二辑

011	残酷戏剧	〔法〕阿尔托 著
		桂裕芳 译
012	道德小品	〔意〕莱奥帕尔迪 著
		祝本雄等 译
013	古希腊的神话与宗教	〔法〕韦尔南 著
		杜小真 译
014	克尔凯郭尔日记选	〔丹〕罗 德 编
		姚蓓琴 晏可佳 译
015	落叶（全两册）	〔俄〕罗扎诺夫 著
		郑体武 译
016	我与你	〔德〕布 伯 著
		陈维纲 译
017	人性与价值	〔美〕桑塔亚那 著
		陈海明 仲 霞 乐爱国 译
018	暮色集	〔德〕赫尔姆林 著
		张 黎译
019	夏洛蒂·勃朗特书信	〔英〕夏洛蒂·勃朗特 著
		杨静远 译
020	批评生理学	〔法〕蒂博代 著
		赵 坚 译

第三辑

021 卢梭与浪漫主义 〔美〕白璧德 著
孙宜学 译

022 一个热爱艺术的修士的内心倾诉 〔德〕瓦肯罗德 著
谷 裕 译

023 刚果之行 乍得归来 〔法〕纪德 著
由 权 译

024 浪漫派 〔德〕海涅 著
薛 华 译

025 约翰·穆勒自传 〔英〕穆勒 著
吴良健 吴衡康 译

026 论自然 〔美〕爱默生 著
赵一凡 译

027 桶的故事 书的战争 〔英〕斯威夫特 著
管 欣 译

028 论诗剧 〔英〕德莱顿 著
赵荣普 译
吉砚茹 补译

029 在世遗作 〔奥〕穆齐尔 著
徐 畅 译

030 来自彼岸 〔俄〕赫尔岑 著
刘敦健 译